KB013629

Ernest Thompson Seton

Animal Heroes

5

뒷골목 고양이

진정한 동물 영웅들

어니스트 톰슨 시튼 지음 | 장석봉 옮김

궁리
KungRee

일러두기

· 이 책은 『Animal Heroes』(Constable & Company Ltd.,1905)를 우리말로 옮긴 것으로, 『뒷골목 고양이』(지호, 2003)를 다시 펴낸 것입니다.

독자들에게

이 책에 실린 모든 이야기는 여러 이야기들을 이렇게 저렇게 모아 하나로 꾸며 낸 것이기는 하지만 진정한 동물 영웅들의 실제 삶을 바탕으로 한 것들이다.

가장 많은 이야기들이 섞여 있는 것은 하얀 순록 이야기이다. 나는 이 이야기를 1890년 여름에 노르웨이의 우트로반 근처에서 썼다. 근처 가까운 고원에서 순록 떼가 풀을 뜯는 모습을 보면서 말이다.

〈소년과 스라소니〉는 내가 어렸을 적 오지 삼림지에서 겪었던 이야기에 어느 정도 바탕을 두고 있다.

〈멧토끼의 영웅 꼬마 워호스〉가 영웅의 영예를 얻은 것은 아직 채 10년도 되지 않았다. 카스카도 사람들 수천 명이 녀석을

기억하고 있을 테고, 녀석이 이룩한 위대한 업적은 몇몇 일간지에 꼬마 워호스라는 이름과 함께 실렸다.

다른 이야기가 가장 적게 섞여 들어간 것은 전서구 아녹스의 이야기이다. 이 이야기는 이 새에 대해 알고 있는 몇몇 사람들이 내게 추가 정보를 주었을 정도로 거의 사실에 가깝다.

잔인한 매의 둥지와 그 둥지들의 주인과 새끼들은 뉴욕에 있는 미국자연사박물관에서 볼 수 있다.

박물관 당국은 9970-S, 1696, U. 63, 77, J. F. 52, Ex. 705, 6-1894, C20900과 같은 번호들이 새겨진 비둘기 고리들이 발견되었음을 내게 알려 주었다. 비둘기 애호가들 중에는 "결코 돌아오지 않았다."라고 오랫동안 기록되어 왔던 놀라운 비행가들의 운명을 이 번호를 보고 알 수 있는 이들도 있을 것이다.

차례

· 독자들에게 ·

5

뒷골목 고양이

9

전서구 아녹스

67

배드랜즈의 빌리

101

소년과 스라소니

153

멧토끼의 영웅 꼬마 워호스

187

불테리어 이야기

235

위니펙의 늑대

263

하얀 순록의 전설

295

· 시튼의 발자취 ·

337

뒷골목 고양이

삶1

1

“고기요! 고기!” 스크라임퍼 골목에 누군가가 큰 소리로 외치는 소리가 울려 퍼졌다. 인근의 고양이들이 죄다 소리가 나는 곳으로 달려가고 있는데도 개들은 한심하다는 듯 신경조차 쓰지 않는 것으로 보아 피리 부는 사나이가 온 것이 확실했다.

“고기요! 고기!” 소리가 더 커졌다. 이윽고 목소리의 주인공이 모습을 드러냈다. 거칠고 지저분한 작은 남자 하나가 수레를 밀고 있었다. 외치는 소리를 듣고 모여든 20마리 남짓의 고양이들이 제멋대로 뒤를 따라다니며 그 남자만큼이나 큰 소리로 울어 댔다. 남자는 50미터마다 즉 고양이들이 어느 정도 모였다 싶을 때마다 한 차례씩 수레를 멈췄다. 마술 같은 목소리를 지닌 그 남자는 손수레에 실려 있는 상자에서 꼬챙이 하나를 꺼냈는데, 그 꼬챙이에는 냄새가 진동하는 삶은 간들이 꿰어 있었다. 그는 긴 막대기로 꼬챙이의 간 조직들을 떨궈 냈다. 고양이들은 고기 한 점씩을 꽉 물고, 귀를 살짝 내리고는 마치 새끼 호랑이처럼 으르렁거리고 쏘아보면서 빙글빙글 돌다가, 좀더 안전한 곳에 가서 먹으려고 뛰어갔다.

"고기요! 고기!" 아직도 자기 몫의 고기를 먹으려고 고양이들이 몰려오고 있었다. 고기 장수는 고양이들을 다 알고 있었다. 카스틸리오네 씨네 타이거도 왔고, 존슨 씨네 블랙도 왔다. 프랄리츠키 씨네 토커셀도 있고, 댄턴 부인네 화이트도 있었다. 블렌킨쇼프 씨네 몰티도 살금살금 걸어왔고, 소여 씨네 늙은 고양이인 오렌지 빌리는 아예 손수레 위로 기어오르고 있었다. 녀석의 주인은 한 번도 돈을 낸 적이 없는데도 이렇게 염치없는 짓을 하는 것이다. 아무튼 남자는 녀석들을 모두 기억해 두었다가 셈을 챙긴다. 고양이 주인들은 일주일에 10센트씩을 꼬박꼬박 지불했다. 저 녀석은 왠지 의심스러운걸. 먹이 값이 밀린 존 와시 씨네 고양이는 작은 조각밖에는 얻어먹을 수가 없었다. 술집 주인이 기르는 고양이는 목걸이를 걸고 리본도 달고 있었는데, 쥐 잡는 데 일가견이 있었다. 녀석은 인심 좋은 주인을 둔 덕에 덤으로 한 조각을 더 먹었다. 순시원이 기르는 고양이도 있었는데, 녀석의 주인은 돈을 내지 않았지만 그래도 특별히 신경 써 주었다. 다른 대가가 있기 때문이다. 코가 하얀 검정 고양이도 남은 고양이들과 함께 자신 있게 달려들었지만 심하게 퇴짜를 맞았다. 아뿔싸! 녀석은 이해할 수 없었다. 몇 달 동안이나 고기를 받아먹었는데 갑자기 왜 이렇게 몰인정해진 거지? 녀석으로서는 알 수 없는 일이었다. 하지만 남자는 알고 있었다. 녀석의 여주인이 돈을 끊은 것이다. 남자는 장부를 쓰지는 않았지만, 죄다 기억을 하고 있어서 틀리는 법이 없었다.

수레 가까이 갈 수 있는 고양이는 '400마리'의 귀족뿐이었고 나머지 고양이들은 수레에서 떨어져 있었다. 명단에 올라와 있지 않았기 때문이다. 명단이 일종의 주민등록인 셈이다. 그러나 군침이 가득 도는 냄새에 반한 녀석들은 혹시 아주 작은 행운이라도 걸리지 않을까 하는 마음에 수레 주위를 떠나지 못하고 있었다. 이런 불청객들 중에는 몸이 비쩍 마르고 털이 잿빛인 슬러머도 끼어 있었는데, 집도 없이 하루하루 근근이 살아가는 암고양이였다. 늘씬하긴 했지만 균형 잡힌 몸매는 아니었다. 골목 귀퉁이 어딘가에서 새끼들을 키우고 있다는 것을 한눈에 알아볼 수 있을 정도였다. 슬러머는 한쪽 눈으로는 수레를 둘러싼 고양이들을, 다른 한쪽 눈으로는 혹시 개가 튀어나오지 않는지를 주시하고 있었다. 슬러머는 맛있는 '먹이'를 입에 물고 마치 호랑이 같은 분위기를 풍기며 슬그머니 물러나는 20마리 남짓의 행복한 고양이들을 지켜보고 있었다. 그러나 녀석들은 한 치의 빈틈도 보이지 않았다. 그때 자기와 똑같은 처지의 고양이 한 마리가 고기 조각을 빼앗으려고 작은 고양이 한 마리를 덮쳤다. 작은 고양이는 적으로부터 자기 몸을 지키느라 고기를 떨어뜨렸다. 이때다 생각한 슬러머는 힘센 고양이들이 끼어들기 전에 고기를 꽉 집어 물고 달아났다.

슬러머는 멘지 씨네 옆문에 난 구멍으로 빠져나가, 뒷담을 훌쩍 뛰어넘은 후 자리에 앉아 간을 맛있게 먹어 치우고는 입가를 핥았다. 아주 만족스러웠다. 슬러머는 길을 빙 돌아서 쓰레기장으로 갔다. 그곳에 있는 낡은 과자 상자 안에는 새끼들이 어미를 기다리고 있었다. 새끼 고양이들이 애처롭게 우는 소리가 어미 귀에 들렸다. 상자가 있는 곳까지 힘껏 달려가서 보니, 덩치 큰 검은 수고양이 블랙이 태연하게 새끼들을 죽이고 있었다. 블랙은 슬러머보다 몸집이 배는 컸다. 그러나 슬러머는 있는 힘을 다해 녀석에게 달려들었다. 그러자 잘못을 저지르다 들킨 동물들이 대개 그렇듯이 녀석도 몸을 돌려 달아났다. 새끼들 가운데 겨우 한 마리만이 살아남았는데, 어미처럼 몸집은 작았지만, 털색이 더 또렷한 녀석이었다.

잿빛 바탕에 검은 반점이 있었고, 코와 귀, 꼬리 끝은 희끗했다.

며칠 동안 어미가 얼마나 슬퍼했을지는 보지 않아도 충분히 짐작할 수 있다. 그러나 슬픔이 잦아들자 어미는 온 정성을 기울여 남은 새끼를 돌보았다. 그나마 새끼 한 마리라도 살아남은 것이 흉악한 늙은 고양이 블랙의 자비심 때문이었다고는 절대로 말할 수 없다. 하지만 그것은 모양을 달리한 축복이었을 수도 있다. 왜냐하면 고양이 모녀의 건강이 금세 눈에 띄게 좋아졌기 때문이다. 어미는 매일같이 먹이를 찾아 나섰다. 수레에서 고기를 얻는 데 성공하는 것은 아주 드문 일이었지만 대신 쓰레기통들이 있었다. 쓰레기통에는 고기는 없었지만 적어도 감자 껍질은 늘 있어서 극심한 허기를 달래고 다음 날을 기약할 수 있었다.

어느 날 밤, 어미 고양이는 골목길 끝에 있는 이스트 강에서 풍겨 오는 아주 먹음직스러운 냄새를 맡았다. 새로운 냄새는 언제나 조사해 볼 필요가 있었다. 더구나 새로운 데다 맛있어 보이기까지 하는 냄새라면 한 가지 길밖에는 없는 법이다. 냄새를 쫓아가 보니 한 구역 떨어진 곳에 있는 부두가 나왔다. 어미 고양이는 부두로 나갔다. 몸을 숨길 곳은 전혀 없었지만 다행히 밤이었다. 갑자기 시끄러운 소리가 났다. 뭔가가 으르렁거리더니 달려왔다. 오랜 앙숙인 부두 개가 어미 고양이를 가로막은 것이다. 도망갈 길은 하나뿐이었다. 고양이는 부두에서 배로 뛰어올랐다. 냄새를 풍기던 바로 그 배였다. 개는 더 이상 따라오지 못했다. 아침이 되자 고깃배가 바다로 나갔고, 덕분에 어미 고양이도 난데없는 여행을 하게 되었다. 그 후로 더 이상 어미 고양이의 모습을 볼 수 없었다.

2

새끼 고양이는 어미를 기다렸지만, 어미는 나타나지 않았다. 아침이 지나 낮이 되었다. 배가 몹시 고파졌다. 저녁이 되자 깊숙이 숨어 있던 본능이 발동한 새끼 고양이는 먹을 것을 찾아 나섰다. 새끼 고양이는 상자에서 슬그머니 나와 쓰레기 더미로 조용히 가서 먹을 만한 것이 있는지 냄새를 맡아 보았지만, 먹이는 하나도 발견할 수 없었다. 마침내 새끼 고양이는 나무 계단까지 오게 되었는데, 그것은 지하에 있는 잽 말리 씨의 가게로 내려가는 계단이었다. 문이 살짝 열려 있었다. 새끼 고양이는 고약하고 신기한 냄새가 나는 데다가 온갖 짐승들이 우리에 있는 세계로 들어갔다. 구석에 놓인 상자 위에 한 흑인이 빈둥거리며 앉아 있었다. 작고 낯선 새끼 고양이가 들어오는 것을 그는 호기심을 가지고 지켜보았다. 새끼 고양이는 토끼들 옆을 지나쳐 갔다. 토끼들은 이 새끼 고양이에게 아무런 신경도 쓰지 않았다. 고양이는 창

살 사이가 넓은 우리로 갔는데 그 안에는 여우 한 마리가 있었다. 텁수룩한 꼬리가 달린 그 신사는 우리 저쪽 구석에 있었다. 여우는 납작하게 웅크리고 있었다. 여우의 눈이 번뜩였다. 새끼 고양이는 코를 킁킁대며 창살로 다가가 그 안쪽 먹이 그릇 쪽으로 머리를 들이밀었다. 그러자 웅크리고 있던 여우가 쏜살같이 달려들어 고양이를 덥석 물었다. 새끼 고양이는 놀라서 "야옹" 하는 소리를 냈지만, 여우가 꽉 물고 한 차례 흔들자 더 이상 아무 소리도 내지 못했다. 그 흑인이 와서 구해 주지 않았다면 키티는 아마도 목숨을 잃었을 것이다. 흑인은 아무런 무기도 없었기 때문에 우리 안으로는 들어갈 수 없었다. 하지만 여우의 얼굴에다 대고 불같이 화를 내자, 여우는 새끼 고양이를 떨어뜨리고 구석으로 돌아가 두려움에 떨면서 눈만 꿈뻑거리며 시무룩하게 앉아 있었다.

흑인이 새끼 고양이를 끌어냈다. 새끼 고양이는 여우가 물고 흔들 때 기절한 모양이었다. 덕분에 고통을 심하게 당하지는 않았다. 다친 데는 없어 보였지만, 어지러워하는 것 같았다. 새끼 고양이는 한동안 비틀거리더니 서서히 기운을 되찾았고, 몇 분 후에는 흑인의 무릎 위에 올라 그르렁거렸다. 겉으로 보기에는 멀쩡했다. 그때 가게 주인인 잽 말리가 돌아왔다.

잽은 동양 사람이 아닌 런던 토박이였다. 하지만 둥근 얼굴에다 눈이 가늘고 비스듬하게 찢어져 있어서 일본 사람이란 뜻을 가진 '잽'이란 이름으로 불리게 되었다. 주로 그렇게 불리다 보니 원래 이름은 잊혔다. 그는 자기의 생계를 유지시켜 주는 동물들에게 그렇게 몰인정하지는 않았지만 주된 관심사는 돈벌이였다. 그는 자신이 무엇을 원하는지 잘 알고 있었다. 도둑 고양이는 그가 원하는 것이 아니었다.

흑인은 고양이에게 양껏 배를 채울 수 있을 만큼 먹이를 준 후, 가게에서 멀리 떨어진 곳에 있는 고철상 마당에 데려다 놓아 주었다.

3

한 끼를 배불리 먹고 나면 2, 3일은 넉넉히 버틸 수 있는 법이다. 축적된 열량과 힘 덕분에 키티는 매우 힘이 넘쳤다. 키티는 쓰레기 더미 주위를 걷다가 저 멀리 높은 창문에 걸린 새장 안에 있는 카나리아들을 호기심 어린 눈으로 쳐다보았다. 키티는 담장 너머를 훔쳐보다 커다란 개를 발견하고는 조용히 다시 내려왔다. 그리고 곧 햇빛이 잘 내리쬐는 곳을 발견하고 그곳에 누워서 한 시간쯤 잠을 잤다. 조그맣게 '킁킁거리는 소리'에 잠을 깨 보니, 앞에 커다란 검은 고양이가 초록색 눈을 번뜩이며 서 있었다. 목이 두껍고 턱이 각진 것을 보아 블랙이 분명했다. 뺨에는 흉터가 나 있었고 왼쪽 귀는 찢어져 있었다. 녀석의 생

김새는 친절 같은 것과는 거리가 멀어 보였다. 녀석은 귀를 약간 뒤로 젖히고, 꼬리를 흔들면서 목구멍에서 나오는 굵은 소리를 가볍게 내질렀다. 아무것도 모르는 새끼 고양이는 녀석을 향해 걸어갔다. 새끼 고양이는 녀석을 기억하지 못했다. 녀석은 턱 주위를 기둥에 비비고 나서 조용히 그리고 천천히 돌아서서 사라졌다. 새끼 고양이가 마지막으로 본 것은 이쪽저쪽으로 흔들거리는 녀석의 꼬리 끝이었다. 이 작은 도둑고양이는 자기가 오늘 여우 우리에 들어갔다가 죽을 뻔했다는 사실조차 전혀 알지 못했다.

밤이 되자 새끼 고양이는 배가 고팠다. 새끼 고양이는 바람에 실려오는 냄새들을 주의 깊게 조사했다. 새끼 고양이는 그 중에 가장 흥미로운 냄새를 쫓아갔다. 고철상 마당 구석에 음식찌꺼기가 들어 있는 통이 있었다. 그 안에서 새끼 고양이는 먹어도 괜찮을 것 같은 무언가를 찾아냈고, 수도꼭지 밑에 물양동이가 있어 갈증을 풀 수도 있었다.

새끼 고양이는 고철상 마당의 지형을 익히며 어슬렁어슬렁 돌아다니며 그날 밤의 대부분을 보냈다. 다음 날 낮에는 양지바른 곳에서 전날처럼 잠을 잤다. 시간은 그렇게 흘러갔다. 쓰레기통에서 맛있는 음식을 찾은 날도 있었고, 아무것도 발견하지 못하는 날도 있었다. 한 번은 덩치 큰 수고양이 블랙을 보았지만, 녀석이 보기 전에 조심스럽게 도망쳤다. 물통은 대체로 늘 그 자리에 있긴 했지만, 혹시 없을 때라도 수도꼭지 아래 돌바닥을 보면 흙탕물이나마 조금은 고여 있었다. 하지만 쓰레기통은 절대로 믿을 만한 게 못 되었다. 어떤 때는 3일 동안 아무것도 먹지 못한 적도 있었던 것이다. 먹을 것을 찾아 높은 울타리를 따라 걷다 보니 구멍이 하나 있었다. 몸을 웅크려 그 구멍으로 빠져나가니 탁 트인 거리가 나왔다. 새로운 세상이었다. 그러나 멀리 가 보기도 전에 시끄러운 소리가 나면서 뭔가가 달려들었다. 커다란 개가 뛰어오고 있었던 것이다. 새끼 고양이는 울타리 쪽으로 뛰어와서 구멍으로 간신히 도망칠 수 있었다. 새끼 고양이는 배가 고파 죽을 지경이 되었는데, 다행히도 오래된 감자 껍질을 발견해서 허기를 조금이나마 달랠 수 있었다. 아침에는 잠을 자지 않고 먹을 것을 찾아 어슬렁거렸다. 참새 몇 마리가 마당에서 짹짹거렸다. 참새는 그전에도 종종 보았지만, 그날만큼은 새롭게 보였다. 오랜 굶주림이 새끼 고양이 안에 있는 야생의 사냥 본능을 불러일으킨 것이다. 참새는 사냥감 곧 먹이였다. 새끼 고양이는 본능적으로 몸을 웅크린 채 한 걸음 한 걸음 조용히 다가갔다. 하지만 참새들은 금방 알아채고 날아가 버렸다. 여러 번 시도했지만 잡을 수만 있다면 먹이가 된다는 사실만 확인했을 뿐 결국 아무런 성과도 올리지 못했다.

운이 나쁜 날이 닷새째 이어지던 날, 마침내 새끼 도둑고양이는 다시 거리로 나가는 모험을 단행했다. 배가 고파 도저히 견딜 수 없었기 때문이다. 안전하게 도망칠 수 있는 구멍에서 멀리 떨어졌을 때, 작은 사내아이들이 마구 돌을 던지기 시작했다. 새끼 고양이는 겁에 질려 내달렸다. 개도 한 마리 합류해 쫓아오는 바람에, 사태는 점점 나빠졌다. 하지만 구식 철망 울타리가 쳐진 집 앞마당이 나타났다. 덕분에 개가 막 따라잡으려는 순간 철망 사이로 살짝 빠져나갈 수 있었다. 한 여자가 창문에서 개에게 소리를 질렀다. 그러자 사내아이들이 불쌍해 보이는 새끼 고양이에게 고기 한 점을 떨어뜨려 주었다. 새끼 고양이는 생애 최고의 맛있는 식사를 했다. 게다가 현관에 있는 계단은 피난처가 되어 주었다. 그 아래서 참을성 있게 조용히 앉아 기다리다 밤이 되자 새끼 고양이는 그림자처럼 슬그머니 고철상 마당으로 돌아왔다.

이렇게 시간은 흘러 두 달이 지나갔다. 새끼 고양이는 몸집도 커지고 힘도 세졌다. 그리고 이웃 동네에 대해서도 잘 알게 되었다. 새끼 고양이는 쓰레기통이 아침마다 길게 늘어서는 다우닝 거리도 잘 알게 되었다. 새끼 고양이는 쓰레기통의 주인들을 나름대로 생각해 보기도 했다. 커다란 집이 한 채 있었는데 그것은 새끼 고양이에게는 천주교 성당이 아니라 맛있는 생선 찌꺼기들이 많이 든 쓰레기통을 내놓는 집에 불과했다. 곧 새끼 고양이는 고기 수레를 끄는 남자에 대해서도 알게 되어, 수레 주위를 쭈뼛쭈뼛 맴도는 고양이 무리에 합류했다. 새끼 고양이는 부두 개뿐만 아니라 다른 무시무시한 개 두세 마리도 만났다. 새끼 고양이는 개들이 어떻게 행동할지 그리고 어떻게 녀석들을 피해야 하는지도 잘 알고 있었다. 또 새끼 고양이는 새로운 사업을 발견하고는 행복을 느꼈다. 아침 일찍 우유 배달원이 계단과 창턱에 먹음직스러운 우유통을 올려놓으면 수많은 고양이들이 혹시나 하는 기대를 품고 그 주위로 몰려들었다. 그러던 중 새끼 고양이는 아주 우연히 마개가 깨진 우유통 하나를 발견했다. 덕분에 새끼 고양이는 마개를 들어올리면 맛있는 우유를 먹을 수 있다는 것을 배웠다. 물론 병마개를 여는 것은 불가능했지만, 깡통의 경우에는 뚜껑이 제대로 닫히지 않은 것이 많았기 때문에 새끼 고양이는 뚜껑이 헐거운 우유 깡통을 찾는 수고를 아끼지 않았다. 마침내, 이웃 동네의 중심가까지 탐험 범위를 늘려 가다가, 한번은 말리 씨네 가게 뒷마당까지 가기도 했는데 그곳에는 맥주통과 상자들이 쌓여 있었다.

고철상 마당에서는 한 번도 집처럼 아늑한 느낌을 받아 본 적이 없었다. 그곳에 있으면 늘 어딘지 모르게 낯설었다. 하지만 그래도 그곳의 주인은 자기라는 생각이 들어서인지, 다른 작은 고양이가 마당에 들어와 있는 것을 보면 화가 치밀어 올랐다. 새끼 고양이는 침입자에게 다가가 위협을 했다. 두 고양이가 서로 크게 으르렁거리고 있을 때, 누군가가 창 위에서 물 한 양동이를 퍼부었다. 몸이 흠뻑 젖자 두 마리 모두 화가 식어 버렸다. 두 마리 모두 도망쳤다. 낯선 고양이는 담장 너머로, 새끼 도둑고양이는 자기가 태어났던 바로 그 상자 아래로. 완벽하게 후미진 이곳이 매우 마음에 든 새끼 고양이는 다시 여기에 눌러살기로 했다. 마당은 음식 쓰레기도 그다지 많지 않았고, 물도 없었지만 질 좋은 집쥐와 생쥐들이 자주 나타났다. 새끼 고양이는 종종 이 쥐들을 잡았는데, 맛있는 먹이가 되었을 뿐만 아니라 덕분에 훗날 친구를 얻기도 했다.

4

새끼 도둑고양이 키티는 이제 완전히 자라서 호랑이처럼 눈에 확 띄는 고양이가 되었다. 몸에는 아주 옅은 바탕에 검은 반점이 있었고, 네 곳 그러니까 코, 양쪽 귀, 꼬리 끝에 아름다운 흰 점이 나 있어서 다른 고양이들과는 확실하게 구별할 수 있었다. 키티는 사는 일에는 능숙해졌지만, 그래도 며칠 동안 굶기도 했고 참새를 잡는 일도 아직은 무리였다. 완전히 혼자였지만, 그래도 새로운 힘이 키티의 삶에 다가오고 있었다.

8월의 어느 날, 키티가 햇볕을 쬐며 누워 있는데 커다란 검은 고양이가 담장 위를 걸으며 키티 쪽으로 걸어왔다. 키티는 찢겨진 귀를 보고 그 고양이가 누군지를 금방 알아차렸다. 키티는 슬며시 상자로 들어가 숨었다. 검은 고양이는 조심스럽게 다가오더니, 마당 끝에 있는 헛간으로 가볍게 뛰어올라 지붕을 가로질러 갔다. 그때 누런 고양이 한 마리가 벌떡 일어났다. 검은 고양이가 그르렁거리며 노려보자 누런 고양이도 똑같이 했다. 둘은 꼬리를 양쪽으로 세차게 흔들었다. 튼튼한 목구멍을 울려 그르렁거리며 울었다. 그들은 온몸을 긴장시키고 귀를 뒤로 젖힌 채 서로에게 다가갔다.

"야우-야우-오옹!" 검은 고양이가 말했다.

"우우-우-옹!" 그러자 좀더 묵직한 대답이 들렸다.

"야우-우우- 우우-오옹!" 검은 고양이가 말하며 1센티미터쯤 더 가까이 접근했다.

"야우-우-옹!" 누런 고양이가 답하며, 몸을 쭉 펴고 일어서서 위엄 있게 2, 3센티미터쯤 앞으로 나갔다. "야우-오옹!" 누런 고양이는 꼬리를 철썩 철썩 휘두르면서 또 상대 앞으로 다시 2, 3센티미터 앞으로 나갔다.

"야-우우-야우-웅!" 검은 고양이가 날카롭게 울부짖었다. 그러나 검은 고양이는 누런 고양이의 넓고 딱 벌어진 가슴을 보고는 뒤로 약간 물러섰다.

사방에서 창문이 열리고 사람들의 소리가 들려왔지만, 고양

"야우 오옹." 누런 고양이가 나지막하게 으르렁거렸다.

이들의 대치는 계속되었다.

"야우-야우-오옹!" 누런 고양이가 나지막하게 으르렁거렸다. 상대 고양이의 소리는 높아졌지만 누런 고양이의 소리는 오히려 굵어졌다.

"야옹!" 누런 고양이는 한 발자국 더 앞으로 다가갔다.

이제 두 마리 고양이의 코는 7, 8센티미터까지 근접했다. 두 마리는 비스듬하게 서서 맞붙어 싸울 준비를 했다. 그러나 서로 상대방이 먼저 공격하기를 기다렸다. 녀석들은 꼬리를 말아 올린 채 마치 동상처럼 아무 소리도 없이 3분 동안이나 서로를 노려보았다.

누런 고양이가 다시 묵직한 소리를 냈다. "야우-오우-오옹."

"야-아-아-옹!" 검은 고양이가 날카로운 소리를 냈다. 상대에게 겁을 주려는 의도였다. 하지만 약간 뒤로 물러섰다. 누런 고양이가 약간 앞으로 다가갔다. 이제 수염이 맞닿을 정도였다. 이번에는 검은 고양이가 앞으로 나가갔다. 이제는 코가 거의 닿을 정도가 되었다.

"야-오-옹!" 누런 고양이가 마치 깊은 신음 같은 소리를 냈다.

"야-아-아-아-아-아-옹!" 검은 고양이가 약간 물러서면서 날카로운 소리를 냈다. 그러자 누런 전사가 바짝 다가와 마치 악마처럼 검은 고양이에게 엉겼다.

오! 녀석들은 데굴데굴 구르며 서로를 심하게

물어뜯었고, 아래로 곤두박질치면서도 꽉 잡고 서로를 놓지 않았 특히나 누런 녀석이!

때로는 한 고양이가, 때로는 다른 고양이가 위에 올라타며 계속해서 엎치락뒤치락했다. 하지만 위에 있는 것은 주로 누런 고양이 쪽이었다. 결국 두 마리는 창가로 몰려든 사람들의 환호성 속에, 지붕 아래로 굴러떨어졌다. 녀석들은 쓰레기장으로 떨어지는 와중에도 서로를 단 1초도 놓지 않았다. 떨어지면서 물어뜯고 할퀴기를 계속했지만, 누런 고양이 쪽이 특히 더 했다. 바닥에 떨어져서도 녀석들은 여전히 싸움을 계속했는데, 이번에도 위에 있는 것은 주로 누런 고양이 쪽이었다. 서로 떨어졌을 때 녀석들은 둘 다 온몸을 심하게 다쳤다. 특히 검은 고양이 쪽이! 녀석은 담장으로 기어올라 가, 피를 흘리면서 그르렁거리면서 사라졌다. 케일리 씨네 블랙이 오렌지 빌리에게 졌다는 소식이 창가에서 창가로 전해졌다.

누런 고양이가 뭔가를 찾는 데 아주 소질이 있거나 아니면 도둑고양이 키티가 제대로 숨지 않았던가 둘 중 하나였다. 아무튼 누런 고양이는 상자들 사이에서 키티를 발견했다. 하지만 키티는 도망치려 하지 않았다. 아마도 싸움하는 모습을 보았기 때문인 것 같았다. 암컷의 마음을 얻는 데는 싸움을 이기는 것만큼 좋은 것이 없는 법이다. 녀석과 키티는 아주 좋은 친구가 되었다. 하지만 생활을 같이하거나 먹이를 나누어 먹거나 하지는 않았다. 그런 건 원래 고양이들의 방식이 아니다. 어쨌든 이 둘은 서로를 이해하고 각별하게 대했다.

5

9월이 지나고 10월이 되어 낮이 점점 짧아졌을 때, 낡은 과자 상자 속에서 특별한 일이 하나 일어났다. 오렌지 빌리가 그곳에 왔다면, 어미 품에 안겨서 편안히 누워 있는 새끼 고양이 다섯 마리를 보았을 것이다. 정말로 멋진 일이었다. 키티는 새끼를 낳은 어미가 느낄 수 있는 모든 행복과 기쁨을 맛보았다. 키티는 새끼들을 사랑했고 그래서 자기 자신도 놀랄 만큼 다정하게 새끼들을 핥아 주었다.

낙이라고는 하나도 없던 키티의 삶에도 이제 낙이 생긴 것이다. 그러나 걱정과 부담도 함께 더해졌다. 먹이를 구하는 일에 온 힘을 다 써야 했다. 새끼들이 상자 주위를 기어다닐 만큼 자라면서 부담은 더욱더 커졌다. 6주가 지나자 새끼들은 어미가 없을 때면 상자 밖으로 기어 나오곤 했다. 걱정거리는 떼지어 돌아다니고 행운은 연이어 찾아온다는 말은 뒷골목에서 흔히 쓰는 말이다. 키티는 그동안 개들과 세 번 마주쳤고, 이틀 동안이나 굶고 있는 와중에 말리 씨네 흑인에게 돌팔매질을 당하기도 했다. 그런데 상황이 갑자기 바뀌었다. 바로 그다음 날 아침,

키티는 우유가 가득 든 깡통이 마개도 없이 놓여 있는 것을 발견한 것이다. 게다가 수레에서 고기를 받아먹는 고양이한테서 고기를 뺏는 일도 성공했고 큼직한 생선 대가리도 발견했다. 이 모든 일이 두 시간 안에 일어난 것이었다. 배를 가득 채우고 아주 편안한 상태가 되어 돌아온 키티는 쓰레기장에서 작은 갈색 짐승 하나를 보았다. 사냥과 관련된 기억들이 선명하게 되살아났다. 하지만 이 짐승이 뭔지는 알 수 없었다. 그래도 전에 생쥐를 몇 마리 잡아먹어 본 경험으로 볼 때, 꼬리가 짧고 귀가 길긴 하지만 어쨌든 몸집이 큰 생쥐라는 확신이 들었다. 키티는 아주 조심스럽게 녀석에게 다가갔지만, 사실 그렇게 조심할 필요는 없었다. 새끼 토끼는 그냥 똑바로 앉아서 재미있다는 듯이 바라보기만 했던 것이다. 토끼는 도망가려고 하지 않았다. 그래서 키티는 토끼를 덮쳐 물었다. 배가 고프지 않았던 키티는 토끼를 물고 과자 상자로 가 새끼 고양이들 사이에 떨어뜨려 놓았다. 토끼는 다친 데가 별로 없었다. 놀란 가슴이 진정되어 정신이 돌아온 토끼는 상자 밖으로 나갈 수 없다는 것을 알아채자 새끼 고양이들 사이로 파고들었다. 그러고 나서 새끼 고양이들이 저녁을 먹기 시작하자, 이내 자기도 똑같이 하기로 마음먹었다. 어미 고양이는 당황스러웠다. 사냥꾼의 본능으로 가득 차 있었지만 배가 고프지 않아서 살려 준 것인데, 지금은 모성 본능이 솟구치려 하고 있었던 것이다. 결국 토끼도 한가

족이 되었고 그 이후로는 다른 새끼 고양이들처럼 어미의 보호를 받고 어미가 주는 젖을 먹게 되었다.

두 주가 흘러갔다. 새끼 고양이들은 어미가 없을 때면 상자들 사이에서 뛰놀았다. 하지만 토끼는 상자 밖으로 나올 수 없었다. 뒷마당에 고양이들이 있는 것을 본 잽 말리가 녀석들을 쏴 버리라고 흑인에게 말했다. 어느 날 아침, 흑인이 22구경 소총으로 새끼 고양이들을 차례로 쏘았다. 그리고 새끼 고양이들이 잡동사니 더미에 떨어지는 것을 보았다. 그때 어미 고양이는 작은 쥐를 물고 부두에서 담을 따라 달려오고 있었다. 흑인은 어미 고양이도 쏠 수 있었지만, 쥐를 보고 마음을 바꾸었다. 쥐를 잡는 고양이라면 살려 줄 가치가 있었던 것이다. 이번이 태어나서 처음 쥐를 잡은 것인데, 덕분에 목숨을 건진 것이다. 어미 고양이는 잡동사니 더미를 헤치고 과자 상자로 가 새끼들을 불렀지만 아무도 나오지 않았다. 어미 고양이는 아마도 당황했을 것이다. 게다가 토끼는 어미가 쥐를 먹는데도 함께 먹으려 들지 않았다. 어미 고양이는 웅크리고 앉아 토끼에게 젖을 먹였다. 그리고 이따금씩 새끼들을 불러보았다. 이 소리를 듣고 살금살금 다가와 상자 안을 들여다본 흑인은 깜짝 놀랐다. 상자 안에 어미 고양이와 살아 있는 토끼, 그리고 죽은 쥐가 함께 있었기 때문이다.

어미 고양이는 귀를 뒤로 젖히고 그르렁거렸다. 흑인은 물러

났다가 잠시 후 과자 상자 위로 널빤지를 올려놓았다. 그러고 나서 살아 있는 짐승들과 죽은 짐승 모두를 상자와 함께 들어올려 다른 동물들이 있는 지하실로 데려왔다.

"여기요, 사장님, 여기 좀 보세요. 우리가 잃어버렸던 새끼 토끼가 여기 있어요. 사장님은 제가 훔쳤다고 생각하셨죠?"

키티와 새끼 토끼는 조심스럽게 대형 철망 우리에 갇혀 행복한 가족의 모범으로 전시되었지만, 얼마 지나지 않아 새끼 토끼는 병이 들어 죽었다.

우리에 갇힌 어미 고양이는 결코 행복하지 못했다. 먹을 것과 물은 충분했지만, 자유가 몹시도 그리웠다. 마치 '자유가 아니면 죽음을'의 심정이라고나 할까. 하지만 나흘 동안 내내 털을 정성껏 핥아 정돈한 덕에 원래 가지고 있던 털빛이 되살아났다. 그것을 본 잽은 고양이를 그냥 그대로 두기로 마음먹었다.

삶2

6

잽 말리는 지하실에서 싸구려 카나리아를 팔았는데, 런던 동부 빈민가 출신인 데다 싸움꾼 기질도 있어 평판이 좋지 않았다. 게다가 찢어지게 가난하기까지 했다. 그런데도 그 흑인이 그와 함께 사는 것은, 그가 흑인인 자신과 기꺼이 함께 자고 함께 먹었고, 대다수 미국인들과는 달리 자신을 아주 평등하게 대해 주었기 때문이다. 잽은 자기 딴에는 스스로 정직한 사람이라고 여겼다. 하지만 그는 결코 정직한 사람은 아니었다. 그의 주수입원이 개나 고양이를 훔쳐서 숨겨 두었다가 다시 주인에게 돌려주고 돈을 챙기는 것이라는 사실은 웬만한 사람이면

다 아는 공공연한 비밀이었다. 대여섯 마리의 카나리아는 눈속임에 불과했다. 그래도 잽은 자기 자신을 믿었다. 그는 조금만 잘 되어도 왜소한 가슴을 쫙 펴고 "이봐, 언젠간 내 말을 꼭 갖게 될 거라구! 두고 봐." 하며 허풍을 떨곤 했다. 그렇다고 아무런 야심도 없었던 것은 아니다. 그 역시 한때는 희미하게나마 야심을 가지고 있었다. 때때로 그는 동물 사육가로 인정받고 싶어했다. 실제로 그는 뉴욕 상류사회 애완 고양이 전시회에 고양이를 출품하는 분에 넘치는 짓을 하기도 했다. 그런데도 참가한 데에는 세 가지 이유가 있었다. 첫째는 자신의 야심을 만족시키기 위해서였고, 둘째는 출품자에게 주어지는 무료 관람권 때문이었다. 그리고 마지막으로 세 번째는 "알다시피, 어떤 고양이가 귀한 고양인지를 알아야 그런 고양이를 잡을 수 있기 때문이었다. 그러나 그것은 상류사회를 대상으로 하는 전시회여서 출품자는 반드시 자신을 소개해야 했기 때문에 보잘것없는 그의 잡종 페르시아 고양이는 비참하게 거부당하고 말았다. 신문을 볼 때 잽이 유일하게 관심을 가지고 읽는 것은 '잃어버린 것을 찾습니다.' 란뿐이다. 그래도 '모피용 동물 사육하기'에 관한 기사를 보고 오려 내 간직한 적이 있긴 했다. 그는 이 기사를 지하실 벽에 붙여 두었는데, 그 때문인지 뒷골목 고양이에게 잔인한 실험을 해 보기로 했다. 먼저 그는 고양이 몸에 기생하는 해충 두세 가지를 한꺼번에 죽일 수 있는 약품에 고양이의 더러운 털을 푹 적신 후, 물고 할퀴고 그르렁거리는 고양이를 따뜻한 물에 담그고 비누로 털을 씻겨 주었다. 키티는 너무 화가 났지만, 난로 근처의 우리 안에서 털을 말리자 따뜻하고 나른한 온기가 온몸으로 퍼졌다. 키티의 털은 보송보송해지면서 놀랍도록 부드럽고 하얘졌다. 잽과 흑인 조수는 결과에 아주 만족했다. 키티도 그랬을 것이다. 그러나 이것은 예비단계에 불과했다. 본격적인 실험은 이제부터였다. 신문 기사에는 '털을 잘 자라게 하려면 기름진 먹이를 많이 먹이고 추운 곳에 두는 것이 가장 좋은 방법'이라고 쓰여 있었던 것이다. 겨울이 눈앞에 와 있었는데도 잽과 말리는 비가 들이치거나 바람이 직접 닿지 않을 정도의 조치만 취한 채, 키티가 든 우리를 마당에다 옮겨 놓았다. 그러고는 내내 기름진 케이크와 생선 대가리만 주었다. 일주일 만에 변화가 보이기 시작했다. 키티는 금세 살이 찌고 털에 윤기가 흘렀다. 먹는 것과 털을 고르는 것 말고는 할 일이 아무것도 없었다. 잽과 흑인은 우리를 늘 청결하게 치워 주었고 날씨도 오싹오싹할 정도로 추웠다. 게다가 기름진 먹이를 먹은 덕분에 키티의 털은 하루가 다르게 윤기를 더해 갔다. 그리고 한겨울이 되자 더없이 풍성하고 훌륭한 털을 가진 아름다운 고양이가 되었다. 게다가 몸에 난 무늬도 매우 진기한 것이었다. 잽은 실험 결과에 매우 흡족해 했다. 그리고 이 작은 성공에 들뜬 그는

영광의 길을 꿈꾸기 시작했다. 전시회에 도둑고양이를 내보낸다고 누가 뭐라고 하겠는가? 그는 지난번 실패를 경험 삼아 아주 세세한 것에까지 신경을 썼다.

"자네도 알겠지만 말야. 이 떠돌이 고양이에게 뉴욕 것들의 입맛에 맞도록 혈통을 만들어 주어야 한다구. 그러려면 먼저 좋은 이름을 지어야 해. 알겠지만 말이야. 요즘은 '로열' 하는 식이라야 해. 뉴욕 것들한테 '로열' 하는 것보다 더 어울리는 건 없거든. 음, '로열 닉', 아니면 '로열 샘'은 어때? 음, 그건 수컷 고양이 이름이군. 샘, 자네가 태어난 섬 이름이 뭐였지?" 그가 조수에게 물었다.

"제 고향이요? 제 고향 근처에는 음…… 애낼러스턴 섬이 있었읍죠."

"음, 그거 좋군. 근사한 걸, 로열 애낼러스턴, 아주 좋아. 그렇군! 전시회에 단 하나뿐인 순종 로열 애낼러스턴이라. 근사하군. 좋지 않나?" 두 사람은 낄낄거리며 웃었다.

"그런데 족보가 있어야 하는데 말야." 그래서 두 사람은 공인된 혈통임을 보여 주는 장문의 가짜 족보를 만들었다. 어둑어둑한 어느 날 오후, 샘은 남에게 빌린 실크해트를 쓰고 전시회장 현관에 고양이와 족보를 전달했다. 이 영광스러운 일은 샘이 맡았다. 전에 6번 가에서 이발사를 한 적이 있어 우아하고 오만한 척할 수 있었던 것이다. 그는 단 5분 동안에, 잽 말리가

평생 한 것보다 훨씬 더 많은 고상함을 과시했다. 로열 애낼러스턴이 고양이 전시회에서 정중한 대접을 받은 것은 당연히 샘의 공로가 한몫한 것이었다.

잽은 전시회에 자기 고양이를 출품한 것이 매우 자랑스러웠다. 하지만 런던 하층민 출신인 그는 상류사회 사람들에 대해 존경심을 가지고 있었다. 개막식 날이 되어 입구로 간 그는 마차와 실크해트의 행렬에 주눅이 들었다. 수위가 날카롭게 그를 훑어보긴 했지만 표를 내보이고 행사장으로 무사히 들어갔다. 십중팔구 출품자의 마부쯤으로 여겼을 것이다. 전시장 안에는 우리가 길게 늘어서 있었고 그 앞에는 우단 카펫이 깔려 있었다. 잽은 옆으로 처져 조심스럽게 걸으며 온갖 종류의 고양이, 특히 파란 리본과 빨간 리본을 단 고양이들을 훑어보았다. 그는 자기가 출품한 고양이를 찾고 싶었지만 감히 물어볼 엄두를 내지 못했다. 화려하게 차려입고 모인 사람들이 만약 자신의 속임수를 알면 뭐라고 말할지를 생각하며 속으로 떨고 있었던 것이다. 바깥쪽 통로와 상을 받은 고양이들을 모두 둘러보았지만, 키티는 어디에서도 보이지 않았다. 안쪽 통로는 바깥쪽 통로보다 더 붐볐다. 안쪽 통로도 살펴보았지만 키티는 여전히 보이지 않았다. 그래서 그는 자신이 실수했다고 생각했다. 나중에 심사위원들이 키티를 거부한 모양이었다. 하지만 별로 신경 쓰지는 않았다. 덕분에 출품자용 표를 얻었고 페르시안 고양이와 앙고라 고양이를 어디 가면 볼 수 있는지를 알았으니까 말이다.

중앙 통로 한가운데에는 고급 고양이들이 있었다. 그곳에는 엄청나게 많은 사람들이 모여 있었다. 통로를 따라 줄이 쳐져 있었고, 경찰관 두 사람이 사람들이 잘 이동할 수 있도록 도와주고 있었다. 잽은 사람들을 비집고 나갔다. 하지만 키가 작아서 보기가 힘들었다. 고급스럽게 차려입은 사람들은 초라하고 낡은 옷을 입은 잽을 피했다. 그래도 우리에 가까이 가는 것은 여의치 않았다. 하지만 여기저기서 들리는 말을 미루어 볼 때 전시회 최고의 고양이가 바로 거기에 있는 것 같았다.

어떤 키 큰 여인이 말했다. "아, 정말 멋진 고양이야!"

"정말 다르네요!" 누군가가 이렇게 맞장구쳤다.

"정말 한눈에 알아보겠는걸. 훌륭한 환경에서 오랫동안 길러진 고양이만이 가질 수 있는 분위기야."

"저런 멋진 고양이를 직접 기를 수만 있다면!"

"위엄 있고 게다가 침착하고!"

"파라오 시대까지 올라가는 진짜 족보 있는 고양이라고 하더군." 지저분하고 왜소한 가난뱅이 잽은 이렇게 멋진 고양이들 틈에 도둑고양이를 보낸 자기 자신의 뻔뻔스러움에 새삼 놀랐다.

"실례합니다, 부인." 전시회를 총괄하는 감독이 관람객들을

헤치고 모습을 드러냈다. "스포팅 엘레먼트의 화가분이 이 전시회의 진주인 고양이를 그리라는 의뢰를 받고 여기 오셨습니다. 조금씩만 물러서 주시겠습니까? 됐습니다. 감사합니다."

"감독님, 이 아름다운 고양이를 팔도록 주인을 설득해 주실 수 있나요?"

"글쎄요, 저도 모르겠습니다. 제가 알기로는 그분은 대단한 재산가인 데다 아무나 만날 수 없는 분이라고 합니다. 하지만 시도는 해 보겠습니다. 예, 예. 이 보물을 전시하는 것도 꽤 꺼려하셨다고 하더군요. 집사한테 들은 말이지만……. 여기, 이봐요, 길 좀 내 줘요." 감독은 너저분하고 작은 남자에게 화난 목소리로 말하고는 그를 화가와 귀족 혈통의 고양이 사이로 밀쳤다. 하지만 그 초라한 사내는 값비싼 고양이들이 어디 있는지 알고 싶었다. 드디어 그는 우리를 볼 수 있을 정도로 가까이 갈 수 있었다. 우리에는 '뉴욕 상류사회 애완 고양이 및 애완 동물 전시회의 파란 리본과 금메달. 저명한 애완동물 사육가인 잽 말리 씨가 들여와 출품한 순종 혈통의 고양이 로열 애낼러스턴(판매 불가)'이라고 쓰여진 현수막이 걸려 있었다. 잽은 숨을 멈추고 다시 한 번 보았다. 확실했다. 경찰관 네 명이 지키는 가운데 저기 금빛 우리 안 우단 방석 위에 연한 잿빛 바탕에 검은 점이 선명하게 빛나는 털을 가진 고양이가 푸른 눈을 지그시 감고 누워 있었다. 자기는 무슨 일인지도 모르겠고 하나도 즐겁지 않은데 사람들이 야단법석을 떠는 게 지루해 죽겠다는 모습을 하고 있는 고양이가 바로 도둑고양이 키티였다.

7

잽 말리는 몇 시간씩이나 우리 주위를 얼쩡거리며 사람들의 말에 매료되었다. 그는 평생 한 번도 알지 못했고 꿈에서조차 보지 못했던 영광을 맛보고 있었던 것이다. 그러나 영리한 그는 자신은 모습을 드러내지 않는 것이 좋겠다고 생각했다. 모든 일은 '집사'에게 맡겨야 했다.

전시회를 성공으로 만든 것은 도둑고양이 키티였다. 주인은 고양이의 값이 매일매일 올라가는 것을 지켜보았다. 그는 고양이들의 가격이 얼마나 하는지 몰랐다. 그래서 그는 자기 딴에 가격이 가장 높이 올랐다고 여겨졌을 때, 그의 '집사'가 전시회 감독에게 전권을 주어 애낼러스턴을 100달러에 팔았다.

이것이 도둑고양이가 5번가의 대저택으로 옮겨가게 된 전말이다. 처음에 키티는 까닭 없이 거칠게 굴었다. 그러나 사람들은 이 고양이가 귀여움 받기를 거절하는 것은 귀족적인 성품 때문이라고 여겼다. 그리고 자그마한 애완견을 피해 식탁 한가

우단 방석 위에 그의 도둑고양이 키티가 있었다.

운데로 올라가는 것은 개와 접촉하는 것이 불결하다고 생각하는 뿌리 깊은 오해 때문이라고 이해했다. 애완용 카나리아를 공격하는 것은 고향인 동방에서 살 때 그런 사나운 행동에 익숙해져 있었을 것이라는 이유로 용납되었다. 사람들은 고양이가 우유 깡통 마개를 귀족적으로 열 때마다 큰 갈채를 보냈다. 비단이 깔린 바구니를 싫어하는 것, 그리고 유리창에 자주 달려드는 습성도 아주 쉽게 이해하고 넘어갔다. "바구니가 너무 평범한 거야. 그리고 전에 살던 왕궁에는 유리창이 없었던 거로군." 하고 말이다. 양탄자를 더럽히는 곳도 고양이가 동양적인 사고방식을 가진 것으로 여겼다. 높은 담장으로 둘러싸인 뒷마당에서 참새를 잡으려다 몇 차례 실패한 것은 왕궁에서 자란 탓이라고 여기고 지나갔다. 번번이 쓰레기통에서 뒹구는 것은 고귀한 출신다운 기벽이 나타난 것 정도로 이해했다. 키티는 배불리 먹고 응석도 피우면서 사람들에게 칭찬 받았다. 하지만 행복하지 않았다. 향수병에 걸린 것이다! 키티는 목에 달린 파란 리본을 발톱으로 할퀴어 뜯어냈다. 유리창을 향해 뛰어오르기도 했다. 밖으로 나갈 수 있는 길처럼 보였기 때문이었다. 키티는 사람과 개를 피했는데, 그것은 여지껏 만난 사람과 개들이 늘 자신을 미워하고 못살게 굴었기 때문이다. 키티는 앉아서 창 너머로 보이는 다른 집들의 지붕과 뒷마당을 물끄러미 쳐다보며 거기로 나갈 수 있어서

뭔가 변화가 생겼으면 좋겠다는 생각에 빠지곤 했다.

그러나 사람들이 엄격하게 감시를 하는 바람에, 집 밖으로는 결코 나갈 수 없었다. 그래서 집 안에 있는 쓰레기통을 볼 때면, 쓰레기통을 뒤지던 행복한 순간들이 떠올랐다. 그러나 3월의 어느 날 밤, 일찌감치 찾아오는 청소부를 위해 쓰레기통을 내놓는 틈을 이용해 로열 애낼러스턴은 문 밖으로 살며시 빠져나가 모습을 감추었다.

한바탕 소동이 벌어졌음은 물론이다. 그러나 고양이는 그런 일이 있었다는 사실을 몰랐고 안다고 해도 관심이 없었다. 집으로 가야 한다는 생각밖에는 없었다. 그래머시그레인지 힐로 가는 방향을 잡은 것은 우연한 일일 수도 있겠지만 아무튼 키티는 이런저런 사소한 모험 끝에 결국 그곳에 도착했다. 이제 무엇을 해야 할까? 키티는 집에 가지도 못했고, 살기도 막막했다. 배가 고파 오기 시작했지만 그래도 뭔지 모를 야릇한 행복을 느꼈다. 키티는 한동안 어느 집 앞마당에 웅크리고 앉아 있었다. 으슬으슬한 동풍이 아주 반가운 소식을 실어다 주었다. 사람에게는 그 냄새가 부둣가에서 나는 불쾌한 냄새로 여겨지겠지만, 고양이에게는 집이 근처에 있으니 빨리 오라는 환영의 소식이었다. 키티는 앞마당 울타리를 통과해 큰길로 뛰어나갔다. 잠시 동상처럼 멈추기도 하고 어두운 쪽을 골라 길을 가로

질러 가기도 하면서 키티는 드디어 부둣가에 도착했다. 하지만 그곳은 낯선 곳이었다. 남쪽으로도 갈 수 있었고 북쪽으로도 갈 수 있었지만 뭔가가 키티를 남쪽으로 가게 만들었다. 그리고 부두와 개와 마차들을 피하며 구불구불한 길을 지나 울타리를 따라 곧장 내달렸다. 한두 시간쯤 가자 친숙한 풍경과 냄새가 나타났다. 그리고 해가 뜨기 전에 키티는 지친 몸과 아픈 다리를 이끌고 예전 그대로 있는 낡은 담장에 난 전과 똑같은 구멍으로 들어가 담을 넘어 지하실 뒤쪽 쓰레기 마당으로 돌아왔다. 자기가 태어났던 바로 그 과자 상자로 말이다.

오, 5번가 주민들이 동방의 고향으로 돌아온 키티의 모습을 볼 수 있었더라면!

한참을 쉰 후, 키티는 과자 상자에서 조용히 나와 지하실로 통하는 계단 쪽으로 가 예전처럼 먹을 것이 있나 하고 찾아보았다. 문이 열리고 흑인이 서 있는 것이 보였다. 흑인이 안에 있던 잽에게 소리쳤다.

"사장님, 여기요. 여기 와 보세요. 로열 애낼러스턴이 돌아왔어요."

잽이 다가오자 키티는 담 위로 뛰어올랐다. 그들은 큰 소리로 그리고 몹시 달콤한 소리로 그슬리며 키티를 불렀다. "나비야, 나비야, 이리 온. 나비야, 이리 와. 나비야!" 하지만 키티는 그들의 알랑거림이 별로 마음

에 들지 않아서 예전에 먹이를 구하던 곳으로 사라져버렸다.

로열 애낼러스턴으로 횡재를 한 덕분에 지하실에 생활을 편하게 해 주는 물건들을 많이 들여올 수 있었고 우리 안에 동물도 몇 마리 더 채워 둘 수 있게 되었다. 지금 가장 중요하고 긴급한 일은 보물 애낼러스턴을 다시 사로잡는 것이었다. 잽은 썩은 고기 찌꺼기와 고양이가 도저히 피해 갈 수 없는 온갖 미끼들을 계속해서 놓았다. 드디어 배를 곯고 있던 애낼러스턴이 커다란 생선 대가리가 들어 있는 상자형 덫에 슬그머니 접근했다. 덫을 지키고 있던 흑인이 줄을 잡아당기자 뚜껑이 닫혔고, 애낼러스턴은 다시 한 번 지하실 우리에 갇히는 신세가 되었다. 한편 잽은 신문의 '잃어버린 것을 찾습니다' 란을 보았다. '25달러' 등등 하는 광고가 실려 있었다. 그날 밤, 잽 말리 씨의 집사가 잃어버린 고양이를 데리고 5번가 대저택을 방문했다. "말리 씨가 안부를 여쭙더군요. 며칠 전에 로열 애낼러스턴이 주인님이 거처하는 곳 근처에 다시 찾아왔습니다. 주인님은 로열 애낼러스턴을 다시 되찾은 걸 다행으로 여기고 계신답니다." 집사는 주인님은 사례를 바랄 분이 아니시지만 자신은 사례를 하겠다면 마다하지 않겠다며 약속하신 것 혹은 그 이상을 주셨으면 한다고 노골적으로 말했다.

키티는 그 뒤로 더욱더 세심한 보호를 받았다. 하지만 굶주림의 연속이었던 지난 세월이 지긋지긋하지도 않았고 그렇다고 지금의 편안함이 기쁘지도 않았다. 키티는 더욱 사나워지고 불만도 더 많아졌다.

8

뉴욕의 봄이 절정에 달했다. 작고 꾀죄죄한 유럽참새들이 도랑에서 뒹굴며 서로 싸움을 해댔고, 근방의 고양이들은 밤새 울부짖고 있었다. 그 무렵 5번가 사람들은 시골 별장에 갈 생각을 하고 있었다. 짐을 꾸린 그들은 문단속을 하고 나서 80킬로미터쯤 떨어진 곳에 있는 여름 별장으로 떠났으며, 애낼러스턴도 바구니에 담겨 그들과 함께 갔다.

"애낼러스턴에게 꼭 필요한 거야. 공기도 바뀌고 풍경도 바뀌고 하면 옛 주인도 잊고 행복해질 거야."

바구니는 덜컹거리는 마차의 짐칸에 실렸다. 새로운 소리와 냄새들이 짐칸으로 들어왔다 사라져 갔다. 마차가 방향을 바꾸더니 한동안 심하게 덜컹거리며 달렸다. 바구니도 덩달아 흔들렸다. 마차가 잠시 서는 듯하더니 다시 방향을 바꾸었다. 철컥하는 소리가 나기도 하고 쾅하는 소리가 나고 날카로운 휘파람 소리가 길게 들렸다. 이어서 앞문에 달린 종소리가 났다. 덜컹거리는 소리와 쉭쉭하는 소리가 나더니, 기분 나쁘고 고약한 냄새가 밀려 왔다. 숨이 막힐 정

도로 메스껍고 끔찍한 그 냄새는 점점 더 심해졌다. 죽고 싶을 정도로 괴롭고 독한 냄새였다. 게다가 덜컹거리면서 나는 소음은 불쌍한 키티의 울부짖음을 집어삼켜 버렸다. 인내심이 한계에 도달할 무렵 잠시 휴식이 찾아왔다. 찰칵 철컥 하는 소리가 들렸다. 빛이 들어오고 공기도 통했다. 한 사내가 외쳤다. "모두 125번가로 나가요" 물론 키티에게는 그 소리가 사람의 고함 소리에 불과했다. 굉음은 이제 거의 멈춘 듯했다. 아니 완전히 끝났다. 잠시 후 바구니가 흔들리면서 요란한 소리가 다시 나기 시작했다. 하지만 지독한 냄새는 나지 않았다. 멀리서 둔탁한 굉음이 상쾌한 부듯가 냄새와 함께 빠르게 스쳐 지나갔다. 그러고 나서 덜컹거리는 소리와 굉음이 나기도 하고 그러다 멈췄다가 다시 철컥 찰칵 하는 소리가 나기도 하고 어떤 냄새가 풍겨 오기도 하고 툭 올라가기도 하고 흔들리기도 했다. 냄새가 더욱 많이 나고 흔들림도 심해졌다. 어떤 때는 더 심하게, 어떤 때는 덜 심하게 흔들렸다. 가스와 연기가 나오고 삐걱거리는 소리, 기적 소리, 쿵쾅거리는 소리, 천둥 같은 소리가 나고 새로운 냄새들이 나며 톡톡 탁탁 소리와 함께 올라갔다 내려갔다 하기도 하고 다시 덜컹거리는 소리가 나기도 하고 더 많은 냄새가 풍겨 오기도 했지만, 방향이 바뀔 기미는 보이지 않았다. 마침내 움직임이 멈추자, 햇빛이 바구니 뚜껑을 통해 반짝이며 들어왔다. 왕족 고양이는 아까 같은 짐칸에 다시 실렸다. 그리고 지나왔던 길에서 벗어나자마자 삐걱삐걱 덜컹거리는 바퀴 소리가 들렸다. 끔찍한 소리가 하나 더 추가되었다. 개들이 짖는 소리였다. 크고 작은 개들이 짖는 소리가 몸서리칠만큼 가까운 곳에서 나고 있었다. 바구니가 들어올려졌다. 뒷골목 키티가 시골 별장에 도착한 것이다.

모두들 지나칠 정도로 친절했다. 그들 모두 왕족 고양이의 비위를 맞춰 주고 싶어했지만 그들 중 누구도 그다지 성공하지 못했다. 다만 키티가 부엌을 어슬렁거리다 만난 몸집 크고 뚱뚱한 요리사만은 예외였던 듯하다. 유들유들한 이 요리사는 왕족 고양이가 지난 몇 달 동안 만난 사람들 가운데 뒷골목 냄새가 가장 많이 났고, 그래서 로열 애낼러스턴은 이 사람에게 제법 마음이 끌렸다. 그녀는 사람들이 고양이가 어디로 달아나지 않을까 겁내는 것을 알고 이렇게 말했다. "물론, 이 녀석은 그러려고 할 거예요. 하지만 고양이가 자기 발을 핥는 건 편안하다는 뜻이죠." 그래서 그녀는 다가가기조차 힘든 왕족을 능숙하게 치마에 잡아안고는 고양이 발바닥에 냄비 기름을 바르는 지독하게 모욕적인 일을 했다. 물론 키티는 그것이 싫었다. 사실 그곳에 있는 것이 죄다 싫긴 했다. 키티는 한 시간 동안 네발을 샅샅이 핥았다. 그러자 요리사는 "자, 이제 어디로 도망가는 법은 없을 거예요."라고 자신만만하게 말했다. 과연 도망가는 일은 생기지 않았다. 그러나 고양이는 놀랍고도 불쾌하게도 부엌과 요리사와 쓰레기통을 좋아하게 되었다.

가족들은 왜 이런 지저분한 것을 좋아하는지 걱정스럽기는 했지만, 로열 애낼러스턴이 좀더 만족스러워하고 가까이 하기도 쉬워진 것을 보게 되어서 기뻤다. 한두 주 후, 가족들은 키티에게 더 많은 자유를 주었다. 그들은 모든 위협으로부터 키티를 보호해 주었다. 개들에게는 이 고양이를 존경하라고 가르쳤다. 이 유명하고 족보 있는 고양이에게 돌팔매질을 한다는 것은 어른이건 아이건 근처에 사는 그 어느 누구도 꿈조차 꿀 수 없는 일이었다. 고양이는 먹고 싶은 것은 무엇이든 먹을 수 있었다. 하지만 행복하고는 여전히 거리가 멀었다. 그리운 것이 많았다. 그게 뭔지는 정확히 몰랐지만 말이다. 부족한 것? 물론 그런 건 하나도 없었다. 하지만 뭔가 다른 것이 필요했다. 먹을 것? 마실 것? 그러나 접시에 담겨 있어 언제든지 원할 때면 마실 수 있는 우유는 제맛이 나지 않았다. 우유란 모름지기 뱃가죽이 달라붙을 정도로 배가 고프고 갈증이 날 때 우유통에서 훔쳐먹어야 제맛이 나는 법이다. 그런 톡 쏘는 맛이 없다면 그건 우유라고 할 수 없는 것이다.

그랬다. 그 집 뒤쪽에 쓰레기장이 있기는 했다. 그리고 그 옆에도 있었고 집 주위에도 커다란 쓰레기장이 있었다. 그러나 그곳은 장미꽃들로 온통 망쳐져 있었다. 말이나 개들도 나쁜 냄새를 풍겼다. 주변이 온통 구역질나는 정원과 건초 밭으로 꽉 들어찬 활기라고는 하나도 없는 불쾌한 사막이었다. 집 한 채, 굴뚝 하나 눈에 들어오지 않았다. 고양이가 이 모든 것들을 얼마나 혐오했던지! 이 끔찍한 곳에서 딱 하나 달콤한 냄새가 나는 것은 관목 한 그루뿐이었다. 그것은 사람의 발길이 닿지 않는 구석에 있었다. 고양이는 관목을 물어뜯고 낙엽 속에서 뒹구는 것이 좋았다. 이 지역에서 활기를 느낄 수 있는 곳은 그곳뿐이었다. 이곳에 온 이래로 썩은 생선 대가리나 제대로 된 쓰레기통은 한 번도 보지 못했기 때문이다. 게다가 그곳은 지금까지 알고 있는 곳 중에서 가장 불쾌하고 매력 없고 냄새까지 고약한 곳이기도 했기 때문이다. 첫날 밤부터 자유가 주어졌다면 고양이는 확실히 이곳을 떠나 버렸을 것이다. 자유는 몇 주 후에나 주어졌고, 그사이 요리사와 친해졌고 그것이 이곳에 머무르게 하는 끈이 되었다. 그러나 불만스러운 여름이 지나고, 왕족 포로의 뒷골목 본능을 일깨우는 일련의 일들이 벌어졌다.

부두에서 시골 별장으로 커다란 짐꾸러미가 왔다. 그 안에 뭐가 들어 있는지는 조금도 중요하지 않았다. 그러나 거기에서는 부두나 뒷골목에서나 나는 극도로 짜릿하고 매력적인 냄새가 짙게 풍겼다. 기억의 끈은 코 속에서 사는 법이다. 고양이의 과거가 위험할 만큼 강렬하게 떠올랐다.

다음 날, 바로 이 짐 때문에 벌어진 문제 때문에

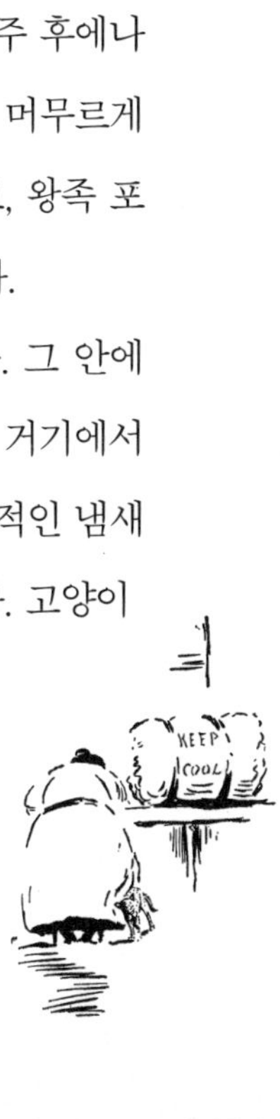

요리사가 "떠나갔다." 끈이 끊어진 셈이었다. 그리고 바로 그날 밤, 집에서 가장 어린 사내아이가, 즉 왕족이 뭔지 하나도 알지 못하는 지긋지긋한 미국 꼬마가 혈통 있는 고양이의 꼬리에다 깡통을 묶었다. 물론 고양이를 위한다고 한 짓이었다. 화가 난 고양이는 이런 경우에 쓰라고 발에 달려 있는 커다란 다섯 개의 낚싯바늘로 꼬마를 할퀴었다. 꼬마가 울어 대자 화가 난 꼬마의 엄마가 민첩하게 그리고 여성스럽게 책을 집어들어 고양이를 때렸다. 하지만 간신히 피한 고양이는 위층으로 도망갔다. 쥐는 쫓기면 아래로, 개는 똑바로 도망가지만 고양이는 쫓기면 위쪽으로 도망간다. 고양이는 눈에 띄지 않게 다락방에 숨어 밤이 오기를 기다렸다. 그러고 나서 아래층으로 살금살금 기어 내려와 방충망이 쳐진 문을 하나하나씩 밀어 보았다. 마침내 걸쇠가 걸리지 않은 문을 찾아낸 고양이는 8월의 칠흑 같은 밤 속으로 도망쳤다. 사람의 눈에는 새까맣기만 한 밤도 고양이에게는 그저 그런 어둠에 불과했다. 진저리나는 관목숲과 화단을 거침없이 헤쳐 나간 후 고양이는 정원에서 유일하게 끌렸던 작은 덤불을 마지막으로 한 번 물어뜯고 봄에 왔던 길을 겁 없이 되짚어 돌아가기 시작했다.

한 번도 본 적이 없는 길을 어떻게 되돌아갈 수 있을까? 동물들은 모두 어느 정도의 방향 감각을 가지고 있는 법이다. 방향 감각이라면 사

람은 형편없고 말의 경우는 아주 뛰어나다고 할 수 있다. 그리고 고양이들은 타고난 도사이다. 아무튼 이런 신비스러운 안내자가 키티를 서쪽으로 인도했다. 확실하지도 분명하지도 않기는 했지만, 그쪽 길이 여행하기에 쉽다는 단순한 이유 때문에 충동이 그쪽 방향을 선택하도록 만들었다. 한 시간에 3킬로미터를 달려 허드슨 강에 도착했다. 그 길이 맞다고 키티의 코가 여러 번 말해 주었다. 낯선 거리를 1킬로미터쯤 걷고 난 사람이 단 하나의 특징도 기억해 내지 못하다가도 다시 그곳을 보면 기억이 나서 "그래, 맞아. 전에 와 본 곳이지."라고 말하게 되는 것처럼 냄새를 맡으면 맡을수록 기억이 되살아났다. 키티에게 길을 안내한 것은 방향 감각이었다. 그러나 키티를 계속해서 안심시켜 준 것은 코였다. "맞아, 넌 지금 제대로 가고 있어. 지난봄에 여기를 지나갔었다구."

강가에는 철도가 있었다. 강을 건널 수는 없었다. 그러니 남쪽이나 북쪽으로 갈 수밖에는 없었다. 이번에도 방향 감각은 확실했다. "남쪽으로 가."라는 방향 감각의 말을 들은 키티는 철길과 울타리 사이에 난 보도를 따라 종종걸음으로 걷기 시작했다.

삶3

9

고양이들은 나무나 담장 위로는 아주 빨리 올라갈 수 있지만 몇 킬로미터나 되는 거리를 몇 시간이고 꾸준히 달리는 일은 잘하지 못한다. 그런 것은 고양이가 아니라 개에게나 어울리는 일이다. 여행은 즐거웠고 길도 쭉 뻗어 있긴 했지만 '장미 지옥'까지 가는 데만도 5킬로미터 넘게 달렸고 그것도 한 시간이나 걸렸다. 지친 데다 발에 통증이 약간 느껴졌다. 잠깐 쉴까 하는데, 개 한 마리가 울타리 쪽으로 달려오더니 무시무시하게 짖어 댔다. 소리가 너무나 가까이서 들리는 바람에 겁이 난 고양이는 재빨리 울타리를 뛰어넘었다. 길을 따라 있는 힘껏 내달리면서 개가 울타리를 지나쳐 갔는지를 살펴보았다. 아직은 아니었다! 개는 울타리 옆에 바싹 붙어 달리면서 소름 끼치게 으르렁거렸다. 고양이는 안전한 쪽을 따라 빠르게 달려갔다. 개가 짖는 소리는 낮게 으르렁거리는 소리로 변해 갔다. 소리는 점점 더 커지더니 무시무시한 천둥소리로 바뀌었다. 한 줄기 빛이 번쩍였다. 키티는 뒤를 돌아 흘끗 쳐다보았다. 개가 아니라 엄청나게 큰 검은 것이 빨간 눈을 부릅뜬 채, 마당 가득 고양이들이 들어차 울부짖는 듯한 소리를 내며 다가오고 있었다. 있는 힘을 다해 앞으로 달릴 수밖에 없었다. 지금까지 한 번도 그렇게 힘껏 달려 본 적은 없었다. 울타리를 뛰어넘을 생각은 감히 해 보지도 못했다. 마치 개처럼 달렸다. 아니 날았다. 그러나 헛된 일이었다. 괴물은 키티를 따라잡았다. 하지만 어두워서 키티를 제대로 보지 못했는지 급하게 밤 속으로 사라졌다. 개가 다시 짖어 대는 바람에 집 쪽으로 1킬로미터쯤 더 달린 후에야 웅크리고 앉아 헐떡이는 숨을 고를 수 있었다.

이런 이상한 괴물과는 처음으로 마주친 것이다. 그러나 키티의 눈에만 이상한 것일 뿐, 코는 이것이 집으로 가는 길을 알려 주는 또 다른 표지라고 일러 주었다. 그러자 이제는 녀석과 같은 족속에 대한 두려움이 많이 가셨다. 키티는 녀석들이 머리가 무척 모자라서 울타리 아래로 재빨리 도망쳐 가만히 있기만 하면 자기를 발견하지 못한다는 사실을 알게 된 것이다. 아침

이 오기 전까지 키티는 녀석들과 몇 차례 마주쳤지만 그 때마다 아무 데도 다치지 않고 피할 수 있었다.

해 뜰 무렵, 키티는 집으로 돌아가는 길에 작고 멋진 뒷골목에 도착했다. 그리고 운 좋게도 재 버리는 곳에서 소독되지 않은 먹이를 발견할 수 있었다. 키티는 그날 하루를 마구간 근처에서 보내다 개 두 마리와 사내아이들을 만나 거의 죽을 뻔하기도 했다. 고향과 매우 비슷했지만, 그곳에 머물 생각은 들지 않았다. 오랜 열망에 이끌린 키티는 다음 날 저녁, 전처럼 길을 떠났다. 낮 동안 내내 천둥소리를 내며 굴러가는 외눈박이 괴물을 보았지만 점차 익숙해졌다. 그래서 그날 밤에도 여행은 계속되었다. 다음 날은 한 헛간에서 지냈는데, 그곳에서 쥐를 한 마리 잡았다. 그다음 날 밤은 개와 마주치는 바람에 지나왔던 길을 한참 되돌아간 것 말고는 지난 밤과 똑같았다. 꾸불꾸불한 길 때문에 몇 차례 길을 잃고 멀리 헤매기도 했지만, 이내 남쪽 방향으로 다시 되돌아갈 수 있었다. 낮에는 개나 어린 사내아이들을 피해 헛간 아래쪽에서 숨어 지내고, 밤에는 다친 발을 이끌고 절룩거리며 길을 걸었다. 그러나 1킬로미터 또 1킬로미터 이렇게 꾸준하게 남쪽으로 걸어갔다. 개, 사내아이, 울부짖는 괴물, 허기……, 개, 사내아이, 울부짖는 괴물, 허기……. 그러나 키티는 계속해서 남쪽으로 갔다. 그리고 코가 이따금씩 자신 있는 말로 격려해 주곤 했다. "지난봄에 지나올 때 맡은 냄새가 확실해."

10

그렇게 일주일이 흐른 후, 고양이는 리본도 없이 더러운 몸에 발은 아프고 지친 채로 할렘 다리에 도착했다. 맛있는 냄새가 그득했지만, 다리의 모양은 영 마음에 들지 않았다. 밤의 절반쯤을 고양이는 물가를 오르락내리락 해보았지만 남쪽으로 갈 수 있는 뾰족한 방법을 찾아낼 수는 없었다. 다른 다리들을 발견하기도 하고, 이곳 어른들은 사내아이들만큼이나 위험하다는 흥미로운 사실을 알게 되기도 했지만 그런 것은 아무 소용도 없는 일이었다. 어떻게든 집으로 돌아가야만 했다. 냄새만 익숙한 것은 아니었다. 가끔씩 외눈박이가 그 다리를 지나갈 때면, 봄에 여행할 때 들었던 특유의 덜커덩 소리도 났다. 늦은 밤의 정적이 퍼져 나가자, 고양이는 통나무 들보로 뛰어올라 살금살금 강을 건넜다. 채 3분의 1도 건너지 못했을 때, 천둥소리를 내는 외눈박이가 우레 같은 소리를 내며 반대쪽에서 고양이 쪽으로 다가왔다. 무척 놀랐지만, 녀석이 어리석은 데다 눈도 어둡다는 것을 알고 있는 고양이는 옆쪽 낮은 곳으로 뛰어내려 몸을 웅크리고 숨었다. 물론 멍청한 괴물은 이번에도 고양이를 보지 못하고 그냥 지나쳐 갔다. 그다음 일은 모두 잘

풀렸다. 그런데 녀석이 다시 나타난 것인지 아니면 비슷하게 생긴 다른 녀석인지는 몰라도 무언가가 갑자기 뒤에서 으르렁거리며 다가왔다. 고양이는 긴 철로 쪽으로 뛰어올라 고향 쪽 물가로 향했다. 그런데 그쪽에서도 날카로운 소리를 울리며 세 번째 빨간 눈 괴물이 고양이를 향해 달려왔다. 고양이는 있는 힘껏 내달렸지만, 결국 두 적 사이에 잡히고 말았다. 철로 침목 위에서 아래로 뛰어드는 수밖에는 달리 방법이 없었다. 뭐가 있는지는 알 수 없었다. 아래로, 아래로, 퐁당, 첨벙, 깊은 물 속에 빠진 것이다. 차갑지는 않았다. 8월이니까. 하지만, 오! 끔찍한 일이었다. 고양이는 물 위로 올라와 물기를 털며 캑캑거린 후, 괴물들이 혹시 자기를 뒤쫓아 헤엄쳐 오지나 않는지 힐끔 살핀 후 물가로 나왔다. 헤엄치는 법을 한 번도 배워 본 적이 없는데도 헤엄을 친 것이다. 하지만 그 이유는 간단하다. 고양이가 걸을 때 하는 동작이나 자세가 수영할 때와 똑같기 때문이다. 좋아하지 않는 곳에 떨어진 것이다. 당연히 걸어 나오려 했고 그 결과 물가로 헤엄쳐 나오게 된 것이다. 어느 쪽 기슭이었을까? 고향 사랑은 결코 실패하지 않는 법이다. 고양이는 집과 더 가까운 남쪽 물가로 갈 수밖에 없었다. 고양이는 물기를 뚝뚝 떨어뜨리며 진흙 둑으로 기어 올라온 후 석탄더미와 흙더미를 헤치고 전진했다. 온몸이 까매지고 더러워져 귀족하고는 거리가 먼 모습이 되어 버렸다.

고양이로도 보이지 않을 정도였다.

일단 충격이 가시자, 혈통 있는 왕족 도둑고양이는 물에 빠지는 바람에 나빠졌던 기분이 좀 나아졌다. 목욕을 하고 나온 것은 아니건만 기분 좋은 흥분이 찾아왔다. 승리감이었다. 거대한 괴물을 셋이나 따돌리지 않았는가?

코, 기억력, 본능적인 방향 감각이 다시 그 길을 따라가라고 시켰지만, 거기엔 천둥 같은 괴물이 너무나 많았다. 그래서 그 길에서 벗어나 좋은 냄새가 나는 고향 생각을 떠올리며 강둑을 따라 따라갔다. 덕분에 말로 표현할 수 없을 정도로 무시무시한 터널을 지나갈 수밖에는 없었다.

이스트 강 부두에서 온갖 일과 머리 아픈 일들을 경험하는 와중에 사흘이 지나갔다. 한번은 실수로 나룻배를 탔다가 롱아일랜드까지 실려 가기도 했다. 하지만 새벽에 되돌아오는 배를 탈 수 있었다. 드디어, 세 번째 날 밤, 고양이는 낯익은 땅에 도착했는데, 그곳은 첫 번째 탈출을 했던 날 밤에 지났던 곳이었다. 그곳부터는 확실히 아는 길이었기 때문에 빨리 갈 수 있었다. 고양이는 자기가 어디로 가고 있는지뿐만 아니라 어떻게 가야 하는지도 알고 있었다. 이제는 눈에 띄는 풍경이 점점 더 많아졌다. 빨리 달릴수록 더 행복해졌다. 조금만 더 가면 이제 곧 고향인 동방 즉 옛 고철상 마당에서 편안히 누울 수 있을 것이 확실했다.

방향을 바꾸자 동네가 보였다.

그런데, 무슨 일이람! 없었다! 키티는 자기 눈을 믿을 수가 없었다. 잘못 본 것이 아니었다. 아직 태양이 뜬 것이 아니었기 때문이다. 한때 집들이 똑바로 혹은 비스듬히 아니면 무질서하게 서 있었던 마을이 돌덩이, 나뭇조각 움푹 패인 땅덩이만 남은 폐허로 변해 버린 것이다.

키티는 주변을 샅샅이 돌아다녔다. 위치도 맞았고 포장 도로의 색도 맞았다. 집이 있던 곳이 틀림없었다. 새 장사가 살던 예전의 쓰레기장이 있던 곳이 분명했다. 그러나 아무것도 없었다. 남은 것이라고는 하나도 없었다. 익숙한 냄새를 맡아 보려 하다가 이 엄청나게 절망적 상황에 마음의 상처만 입고 돌아섰다. 고양이가 그 장소를 사랑했던 것은 그곳의 분위기 때문이었다. 모든 것을 포기하고 집으로 돌아왔는데, 집도 더 이상 거기에 있지 않았다. 강인한 가슴도 이번만큼은 무너져 내렸다. 쓰레기 더미 위를 어슬렁거려 보았지만 아무런 위안거리도, 먹을 것도 찾을 수 없었다. 폐허가 된 것은 몇몇 마을뿐만 아니라 강가도 마찬가지였다. 불이 난 것은 아니었다. 키티는 전에 이런 모습을 본 적이 있었다. 마치 붉은 눈의 괴물들이 떼로 몰려들어 한 짓처럼 보였다. 바로 이 장소에 커다란 다리가 세워질 것이라는 것을 키티는 전혀 알지 못했다.

해가 떠오르자 키티는 숨을 곳을 찾아 나섰다. 옆 마을은 별로 변한 것 없이 여전히 그대로 있었다. 그래서 로열 애낼러스턴은 그곳으로 물러났다. 키티는 그곳의 길도 어느 정도는 알고 있었다. 그러나 그곳은 불쾌하고도 놀랍게 변해 있었다. 자신처럼 옛 땅에서 쫓겨난 고양이들로 가득한 것이었다. 쓰레기통이 나올 때마다 도둑고양이들이 서너 마리씩 한꺼번에 달려들었다. 그곳 고양이들이 굶주려 있다는 증거였다. 키티는 그곳에서 며칠을 보낸 후 5번가에 있는 또 다른 집을 찾아 떠났다. 그곳에 도착해 보니 문이 닫힌 채 아무도 보이지 않았다. 하루 종일 기다려 보았다. 그러다 파란색 외투를 입은 커다란 사내에게 기분 나쁜 일을 당한 후 다음 날 밤 고양이들로 북적이는 바로 그 뒷골목으로 다시 돌아왔다.

9월과 10월이 지나갔다. 대부분의 고양이가 굶어죽거나, 혹은 적의 공격을 피하기에 너무 약해진 바람에 죽어 나갔다. 그러나 젊고 강한 키티는 여전히 살아 있었다.

폐허가 된 마을들에 엄청난 변화가 휘몰아쳤다. 키티가 처음 보았던 날 밤은 조용했지만, 이제는 소란스러운 일꾼들로 하루 종일 붐볐다. 키티가 도착했을 때 건설 중이던 높은 건물이 10월 말에 완공되었다. 굶주림에 지친 도둑고양이 키티는 한 흑인이 내다놓은 양동이 쪽으로 살금살금 다가갔다. 그러나 불행하게도 그 양동이 안에는 아무런 쓰레기도 들어 있지 않았다. 이 지역에서는 처음 보는 것이었다. 청소용 양동이였던 것이다. 실망하기는 했지만, 위로가 되는 것도 있었다. 손잡이에서 익숙한 냄새가 났던 것이다. 그것이 뭔지 알아보는 동안, 승강기 일을 하는 한 흑인이 다시 나타났다. 파란 옷을 입고 있긴 했지만, 그래도 손잡이에서 났던 좋은 냄새가 그에게서도 났다. 키티는 이미 길 건너편으로 도망가 있었다. 그가 키티를 뚫어지게 바라보았다.

"어 저건 로열 애널러스턴 같아 보이는 걸! 여기, 나비야, 나비야, 나아비야! 이리 온. 나비야, 이리 온! 배가 고픈 모양이군."

배가 고팠다! 그러고 보니 한 달 내내 제대로 먹어 본 적이 없었다. 흑인은 건물 안으로 들어갔다가 자기 점심 가운데 일부를 가지고 다시 나왔다.

"이리 온, 나비야, 나비야, 나비야, 나비야!" 맛있어 보이긴 했지만 고양이는 그 남자를 의심하고 있었다. 그는 결국 고기를 포장 도로 위에 두고 문으로 되돌아갔다. 도둑고양이 키티는 매우 조심스럽게 다가갔다. 코를 킁킁거리며 고기 냄새를 맡아 본 후 한입에 물었다. 그러고는 작은 호랑이처럼 도망쳐 편안하게 고기를 먹었다.

삶4

11

새로운 시대의 서막이었다. 배가 고파 죽을 지경이 되면 고양이는 언제나 그 건물 문 앞으로 갔다. 그러면서 흑인에 대한 좋은 감정이 커져 갔다. 전에는 그를 한 번도 이해해 본 적이 없었다. 그는 늘 적으로만 보였다. 하지만 이제 그는 고양이의 친구가 되었다. 고양이가 가진 유일한 친구.

일주일 내내 운이 좋았다. 이레 동안 매일 맛있는 음식을 먹었던 것이다. 그리고 마지막 일곱 번째 식사를 하고 있다가 맛있어 보이는 죽은 집쥐까지 발견했다. 멋진 일이었다. 진짜 횡재였다. 다 자란 집쥐는 한 번도 잡아 본 적이 없었지만, 나중에

먹기 위해 숨겨 두기로 했다. 신축 건물 앞쪽 길을 건너다가 키티는 오랜 앙숙을 만났다. 부두 개였다. 당연히 키티는 친구가 있는 문 앞으로 도망을 쳤다. 문 앞 가까이 갔을 때는, 그가 문을 열고 잘 차려 입은 한 남자를 배웅하려는 참이었다. 집쥐를 물고 있는 고양이를 두 사람 모두가 보았다.

"이봐! 저 고양이 좀 보게나!"

"예, 사장님. 제 고양이입죠. 쥐들이 저 고양이만 보면 무서워서 도망을 칩니다. 주위에 쥐라곤 찾아보기가 힘듭니다. 고양이가 빼빼 마른 건 바로 그 때문입죠." 흑인이 대답했다.

"음, 그렇다면 굶주리지 않게 하게나. 자네가 고양이에게 먹이를 줄 수 있겠나?" 건물주인 듯한 그 남자가 말했다.

"고양이에게 간을 주는 남자가 오지요. 사장님. 일주일에 25센트입죠." 흑인이 말했다. 이런 '생각'을 해낸 사람도 15센트 정도는 받을 자격이 있다고 생각한 것이다.

"알겠네, 내가 내 주지."

12

"고기요! 고기!" 고양이들을 마치 자석이나 되는 것처럼 마술처럼 끌어들이는 고기 남자의 외침이 들렸다. 그리고 수레가 영광스러운 스크라임퍼 골목에 나타나자 예전처럼 고양이들이 떼 지어 몰려들어 자기 몫을 받았다.

검은색, 하얀색, 누런색, 잿빛 고양이들을 기억해 두었지만, 특히 그 주인들을 더 기억해 두었다. 손수레가 신축 건물의 모퉁이를 돌자 그는 새로운 일정을 지키기 위해 멈추어 섰다.

"얘야, 이리 온. 꺼져, 이 쓰레기 같은 네 녀석들은 꺼지고." 고기 장사는 이렇게 외치며 지팡이를 휘둘러 다른 고양이들을 쫓은 후 하얀 코에 푸른 눈을 가진 잿빛 고양이에게 길을 열어 주었다. 키티는 특별히 커다란 고기 조각을 받았다. 샘이 건물 주인에게서 받은 돈의 꼭 절반을 그에게 주었기 때문이었다. 도둑고양이 키티는 '매일의 먹이'를 물고 커다란 건물의 은신처로 돌아왔다. 키티는 이제 정기적으로 그곳에 와서 살았다. 인생의 제4막이 열린 것이다. 키티는 전에는 꿈조차 꾸지 못했던 행복을 느꼈다. 처음에는 나쁜 일만 있었는데, 이제는 모든 일이 다 잘 되어 가는 것처럼 보였다. 여행을 통해 마음의 폭이 넓어진 것은 아닐 것이다. 그렇지만 이제 키티는 자신이 원하는 것이 무엇인지를 알게 되었고 그것을 얻었다. 키티는 오랫동안 지녀왔던 야망도 채웠다. 도랑에서 죽자살자 싸우던 참새를 한 마리도 아니고 두 마리나 잡은 것이다.

키티가 집쥐를 잡았으리라고 생각할 만한 이유는 하나도 없었다. 하지만 흑인은 고양이에게 돌아갈 연금

이 위험에 처하지 않도록 기회가 생길 때마다 죽은 쥐를 잡아 두었다. 물론 전시용이었다. 죽은 쥐를 통로에 두었다가 집주인이 오면 사과를 하며 치웠다. "그런데 말입니다. 사장님, 이건 저 고양이 짓입죠. 로열 애널러스턴 혈통인데 쥐들이 벌벌 떱죠."

키티는 그 후로 몇 차례 새끼를 낳았다. 흑인은 누런 고양이가 새끼들 몇몇의 애비일 것이라고 생각했는데 그 생각이 맞았다.

그는 아무런 양심의 거리낌도 없이 몇 번씩이나 키티를 다른 사람에게 팔았다. 그는 며칠 후면 로열 애널러스턴이 다시 돌아올 것을 알고 있었던 것이 확실했다. 그는 명예를 얻기 위한 야심을 갖고 돈을 모으고 있는 것이 확실했다. 키티는 승강기 타는 것을 참을 줄도 알게 되었고 심지어는 승강기를 타고 위아래를 왔다갔다 하기도 했다. 한번은 흑인이 대담한 주장을 하기도 했다. 키티가 꼭대기 층에 있다가 고기 장사의 목소리가 들리면, 직접 버튼을 눌러 승강기를 타고 아래로 내려간다는 것이다.

키티는 예전의 윤기 있고 아름다운 모습으로 되돌아갔다. 이제 키티는 간을 나눠 주는 수레에 마음대로 접근할 수 있는 고양이 400마리 가운데 하나일 뿐 아니라 그들 가운데서도 스타 연금 생활자로 인정받았다. 고기 장사도 분명 키티에게 경의를 표했다. 크림과 닭고기를 먹이로 먹는 전당포 안주인의 고양이조차도 로열 애널러스턴과 같은 지위는 얻지 못했다. 그러나 부와 사회적 지위와 왕족의 이름과 위조된 혈통 증명서에도 불구하고 키티의 삶에서 가장 즐거운 일은 땅거미가 질 무렵 뒷골목으로 몰래 빠져나가는 것이다. 예전의 삶이 그랬듯이 지금까지도 키티의 본성은 작고 지저분한 도둑고양이일 뿐이고 앞으로도 그럴 것이다.

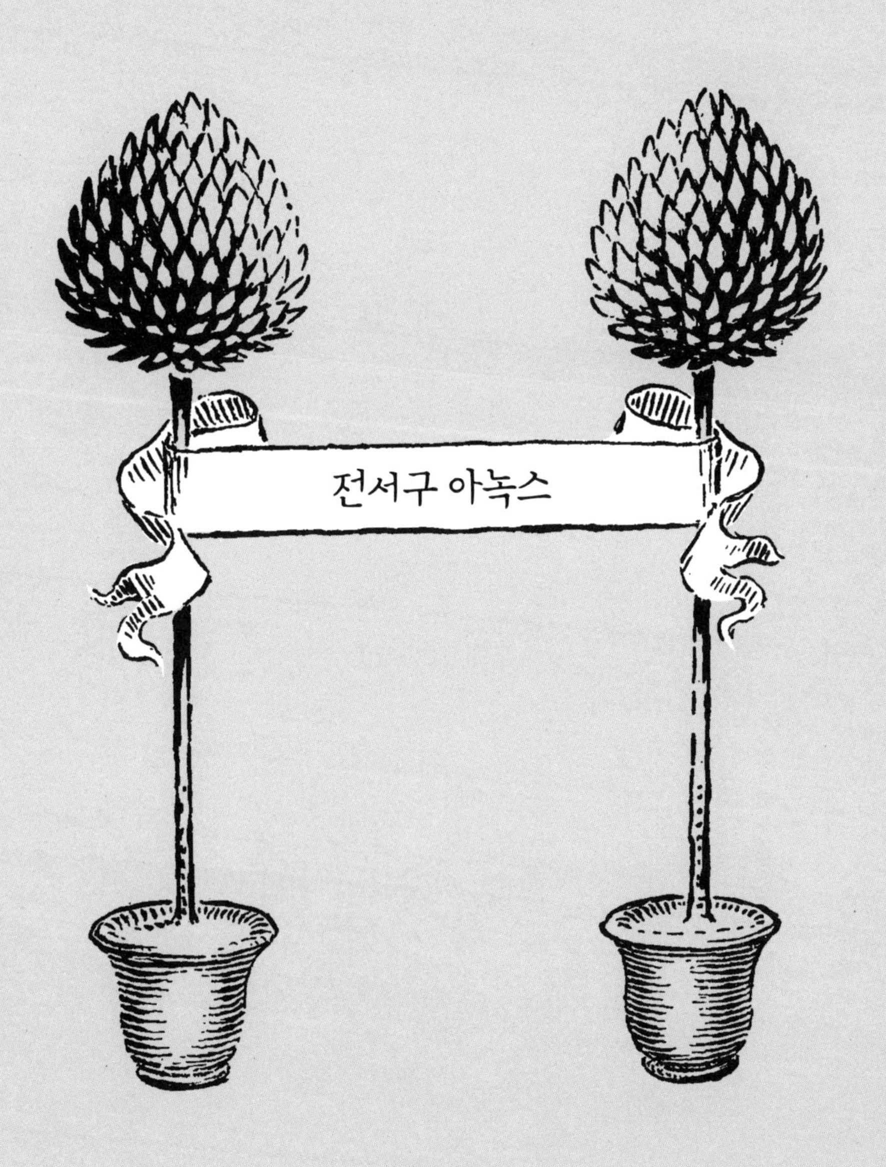
전서구 아녹스

1

우리는 웨스트 19번가에 있는 커다란 마구간 옆문을 통해 들어갔다. 마구간은 잘 관리되어 있었다. 그래서인지 사다리를 타고 긴 다락방으로 올라가는 동안 건초 냄새만이 향긋하게 풍겨 왔다. 벽으로 막혀 있는 남쪽 끝에서 "구우-구, 구우우우, 쿠-우-우-구" 하는 낮익은 소리들이 "파닥, 파닥, 파닥" 날갯짓 소리와 함께 들려왔다. 비둘기장에 와 있다는 것을 실감나게 해 주는 소리였다.

이곳은 유명한 새들이 많이 사는 집이다. 오늘은 어린 비둘기 50마리가 참가하는 경주가 열리는 날이다. 비둘기장의 주인

은 내게 외부인으로서 공정한 심판을 맡아 달라고 부탁했다.

이번 경주는 어린 새들을 훈련시키기 위한 것이었다. 녀석들은 자신들의 부모들과 함께 짧은 거리를 날아갔다가 비둘기장으로 다시 돌아오는 훈련을 한 적이 한두 번씩 있었다. 그러나 녀석들은 이제 태어나서 처음으로 나이 든 비둘기 없이 날아야만 했다. 출발점은 뉴저지 주 엘리자베스였고 어린 비둘기들은 처음으로 아무런 도움 없이 하는 긴 여행이었다. 조련사가 말했다. "하지만 이렇게 하고 나면 멍청이들을 골라 낼 수 있거든요. 최고의 녀석들만이 완주할 수 있어요. 우리가 바라는 건 그것뿐이지요."

이번 비행에는 다른 목적이 하나 더 있었다. 어떤 비둘기가 가장 먼저 완주하는지를 보는 것이었다. 주위의 몇몇 비둘기 애호가들뿐만 아니라 부근에 사는 사람들도 제각각 한두 마리씩 관심이 있는 전서구가 있었다. 그들은 겨울 동안 돈을 모아 왔다. 그리고 그 판돈을 누구에게 줄 것인지를 결정하는 중요한 임무를 내게 맡긴 것이다. 우승은 가장 먼저 돌아오는 비둘기가 아니라 가장 먼저 비둘기장 안으로 들어가는 새의 차지가 된다. 왜냐하면 편지를 가지고 곧장 집이 아니라 단지 동네로 돌아오는 것은 편지를 나르는 비둘기에게는 그다지 적합한 일이 아니기 때문이다.

일반적으로 '호밍 피전(Homing Pigeon)'이라는 말은 편지를 전달하는 일을 맡은 비둘기 즉 전서구를 뜻하지만, 이 말은 여기서는 그저 턱볏이 지나치게 발달한 전시용 새를 가리키는 용도로만 쓰였다. 이곳 사람들은 편지를 전달하는 일을 하는 비둘기들을 호머(Homer), 즉 집을 찾아오는 비둘기인 호밍 피전을 줄인 말로 불렀다. 이 비둘기들은 색이 특별히 아름다운 것도, 그렇다고 전시회에 나오는 새들처럼 화려한 장식이 있는 것도 아니었다. 이곳 사람들이 호머를 기르는 것은 겉모양 때문이 아니라 빠른 속도와 지적 능력 때문이었다. 녀석들은 자신들의 집에 충실해야 하며, 반드시 실패하지 않고 돌아올 수 있는 능력을 갖추고 있어야만 한다. 방향 감각은 귓속에 있는 미로같이 생긴 뼈 덕분이라고 여겨지고 있다. 훌륭한 호머보다 위치 감각이나 방향 감각이 나은 동물은 없다. 이와 관련해 눈에 보이는 증거라고는 귀 위쪽으로 머리 양쪽에 나와 있는 커다란 혹과 집을 사랑하는 고귀한 열정에 충실할 수 있도록 완벽하게 부여받은 튼튼한 날개 말고는 없다. 이제 이 어린 비행기들의 지적 능력과 신체적 능력이 시험대에 오르게 된다.

목격자들이야 많이 있겠지만, 그래도 나는 비둘기장의 문 가운데 하나만 열어 놓고는 나머지는 닫아 두었다가 첫 번째 비둘기가 돌아오는 즉시 닫을 준비를 하고 있는 것이 제일 좋겠다고 생각했다.

나는 이날의 느낌을 결코 잊지 못할 것이다. 누군가

내게 주의 사항을 일러 주었다. "비둘기들은 12시에 출발해서 12시 반까지는 이곳에 와야 합니다. 하지만 녀석들이 회오리처럼 나타날 테니 정신 단단히 차리고 계세요. 언제 안으로 들어왔는지 모르기 십상이니까요."

우리는 비둘기장 안쪽을 따라 늘어서서 반쯤 닫힌 비둘기장의 문을 한 눈으로 힐끗 보기도 하고 남쪽 수평선을 불안스럽게 훑어보며 서 있었다. 그때 누군가 외쳤다. "봐요. 비둘기들이 오고 있어요!" 마치 하얀 구름처럼 녀석들이 한눈에 들어왔다. 커다란 굴뚝들 주위에 있는 도시의 지붕들 위를 낮게 스치듯이 날아오고 있었다. 그리고 처음 본 지 불과 2초 만에 비둘기들이 돌아오는 것이 눈에 띄었다. 새하얀 빛줄기가 들이치는 것처럼, 힘차게 날갯짓을 하면서 날아 오고 있었다. 이 모든 게 너무나 갑작스러운 일이었다. 너무나 짧은 시간 동안 벌어진 일이었다. 미리 준비를 하고 있었다고 생각했지만 사실 나는 제대로 준비한 것이 하나도 없었던 것이다.

나는 유일하게 열려 있는 문 옆에 서 있었다. 푸른 화살이 휙 하고 날아들더니 날개로 내 얼굴을 때리며 지나쳤다. 작은 문을 미처 닫을 새도 없이, 사람들 사이에 함성이 터져 나왔다. "아녹스야! 아녹스라구! 내가 말했었지. 녀석이 1등을 할 거라구. 사랑스런 녀석 같으니라구. 겨우 석 달밖에 안 된 녀석이 1등을 하다니. 아이구, 귀여운 녀석!" 아녹스의 주인은 자기가 받게 될 상금보다는 자기 새가 1등을 했다는 사실이 너무도 기뻐 춤을 추었다.

사람들은 털퍼덕 앉거나 무릎을 꿇고 앉은 채, 아녹스가 물을 실컷 마시고 나서 모이통 쪽으로 몸을 돌리는 모습을 대단하다는 듯 바라보고 있었다.

"저 눈하고 날개를 좀 봐요. 전에 저런 가슴을 본 적이 있나요? 오! 정말 대단해!" 아녹스의 주인은 자신의 새가 져서 아무 말 없이 있는 사람들에게 흥에 겨워 떠들었다.

이것이 아녹스가 생애 최초로 이룩한 위업이었다. 훌륭한 비둘기장에서 자란 50마리들 중 최고를 차지한, 그의 미래는 희망으로 빛났다.

사람들은 아녹스의 발목에 '최고의 호머에게 바쳐진 훈장'이라고 적힌 은제 고리를 달아 주었다. 2590C라는 숫자가 쓰여 있었는데, 오늘날 이 숫자는 전서구를 기르는 세계 모든 사람들에게 중요한 의미를 갖는다.

엘리자베스에서 출발한 시험 비행에서 돌아온 새는 고작 40마리뿐이었다. 시험 비행의 성적은 보통 그렇다. 어떤 녀석은 몸이 약해서 뒤로 처진 것이고, 또 어떤 녀석들은 멍청해서 길을 제대로 못 찾은 것이다. 비둘기 주인들은 시험 비행을 통해 비둘기들을 선별함으로써, 혈통을 개량해 간다. 열 마리 중에 다섯 마리는 더 이상 볼 수 없게 되었지만, 그날 늦게 다섯 마리가 한꺼번에는 아니었지만 여하튼 뿔뿔이라도 돌아오긴 했다. 가장 늦게 돌아온 녀석은 몸집만 큰 미련퉁이 푸른 비둘기였다. 비둘기장에 있던 한 남자가 외쳤다. "저기 좀 보라구. 제이키가 걸었던 얼간이 푸른 비둘기야. 돌아오리란 생각은 안 했는데. 하긴 신경 쓸 일은 아니지. 내 생각엔 집비둘기 피가 약간 섞인 것 같아."

구석 상자에서 태어났다고 '구석 상자'라고도 불리는 이 빅 블루는 태어날 때부터 체력이 무척 좋았다. 사육사들이 특별히 신경을 쓴 것도 아닌데 녀석은 또래들에 비해 성장도 빠르고 몸집도 더 컸다. 게다가 잘생기기까지 했다. 녀석은 자신의 강점을 잘 알고 있는 것 같았다. 어릴 때는 자기보다 몸집이 작은 비둘기를 못살게 구는 성깔을 보이기도 했다. 주인은 녀석이 대단한 물건이 될 거라고 장담했지만, 사육사 빌리는 녀석의 목 길이, 커다란 모이 주머니, 하는 짓거리, 지나치게 큰 몸집에 의심을 가지고 있었다. "몸 앞에 바람 주머니를 달고 빨리 나는 새는 없어. 저 긴 다리는 어떻고. 엄청 무겁겠는걸. 목에는 힘도 하나 없어 보이잖아." 빌리는 아침에 비둘기장을 청소할 때마다 녀석을 헐뜯으며 투덜거리곤 했다.

2

그 뒤로 비둘기들의 훈련은 정기적으로 계속되었다. 집에서부터의 거리는 훈련 때마다 40킬로미터, 50킬로미터 식으로 계속 '뛰었고', 방향도 바뀌었다. 이런 훈련 덕분에 호머들은 뉴욕 주위 250킬로미터 안에 있는 지역을 알게 되었다. 처음 50마리였던 비둘기는 점차 20마리로 줄었다. 몸이 약하거나 부실한 비둘기뿐만 아니라 일시적인 병에 걸렸거나 사고를 당했거나 혹은 출발 전에 너무 먹이를 많이 먹는 실수를 한 비둘기까지도 훈련 과정에서 가혹하다 싶을 정도로 걸러졌기 때문이다. 비행에 참가한 비둘기 중에는 훌륭한 녀석들이 많았다. 쫙 벌어진 어깨, 초롱초롱한 눈, 긴 날개를 가진 이 녀석들은 빠른 속도와 무의식적인 용기를 길러 줄 훈련을 받았다. 긴급한 소식을 전해 주는 임무를 맡아야만 했기 때문이다. 비둘기들은 대부분 흰색이나 파란색 혹은 갈색이었다. 제복은 없었지만. 훈련을 통과한 비둘기들은 좋은 호머의 혈통을 타고나서 모두들 반짝반짝 빛나는 눈과 불룩한 귀를 가지고 있었다. 그중에서 최고는 거의 언제나 어린 아녹스의 차지였다. 다른 비둘기들도 모두 은제 고리를 발목에 달고 있었기 때문에, 가만히 있을 때는 아녹스도 별로 두드러져 보이지 않았다. 그러나 공중에 떠 있을 때는 확실히 눈에 띄었다. 커다란 바구니의 뚜껑이 열리고 "출발!"이란 명령이 떨어지면, 가장 먼저 출발하는 것이 바로 아녹스였다. 어떤 장애물에도 전혀 구애를 받지 않을 정도의 높이까지 비상해 집으로 가는 길을 한눈에 알아낸 후, 먹이나 물이나 동료 때문에 멈추는 일 없이 계속 날았다.

빌리의 악의에 찬 예상에도 불구하고, 구석 상자 빅블루도 20마리 가운데 한 마리로 뽑혔다. 하지만 늦게 돌아오는 일이 잦았다. 1등을 한 적은 한 번도 없었고 심지어는 다른 비둘기들보다 몇 시간이나 늦게 들어온 적도 많았다. 배고파 하는 기색도 목말라 하는 기색도 없는 것으로 보아 오는 도중에 딴짓을 한 것이 분명했다. 하지만 그래도 돌아오긴 했다. 그런데도 어쨌든 다른 비둘기처럼 지금은 녀석 역시 장차 유명해질 가능성이 있는 비둘기에게 주어지는 번호와 신성한 고리를 달고 있었다. 빌리는 녀석을 경멸했다. 그는 아녹스와 비교해 가면서 녀석의 나쁜 점만을 말했다. 하지만 주인은 "녀석에게 기회를 줘봐요. 빨리 익은 과일이 빨리 썩는다는 말도 있지 않소. 처음에는 더딘 새가 나중에는 최고의 새가 되는 법이오."

1년도 못 되어 아녹스는 기록을 세웠다. 바다를 건너는 일은 가장 힘들다. 왜냐하면 길을 찾을 때 참고할 것이 하나도 없기 때문이다. 바다를 건널 때 가장 힘든 경우는 안개가 껴 있을 때이다. 왜냐하면 해조차 제대로 보이지 않아 길을 인도해 줄 것이 전혀 없기 때문이다. 기억력과 시력은 물론 청력조차 도움이 되지 않는 경우, 호머에게는 단 하나만이 남는다. 그것은 가장 큰 능력 즉 타고난 방향 감각이다. 이런 능력을 엉망으로 만드는 것은 단 하나, 두려움뿐이다. 그러므로 고귀한 양 날개 사이에는 반드시 작지만 용기 있는 심장이 있어야만 한다.

훈련을 위해 아녹스는 동료 비둘기 두 마리와 함께 유럽으로 가는 증기선에 태워졌다. 그들은 육지라고는 전혀 보이지 않는 곳에서 날려질 예정이었다. 그러나 안개가 짙게 끼는 바람에 비둘기를 날려 보내는 것이 불가능해졌다. 비둘기들은 다음 번 배로 돌려보내기로 하고 증기선은 항해를 계속했다. 10시간 후 증기선의 기관이 고장났다. 짙은 안개가 여전히 바다를 뒤덮고 있었다. 증기선은 마치 한 조각 통나무처럼 정처 없이 이리저리 떠돌았다. 도움을 청할 방법이라고는 뱃고동을 울리는 것 말고는 아무것도 없었다. 하지만 그것은 결과만 놓고 본다면 선장이 수기로 신호를 보내는 것과 마찬가지일 것이다. 그때 생각난 것이 바로 비둘기들이었다. 스타백 2592C가 먼저 선택되었다. 선장은 구조를 요청하는 글을 방수 종이에 쓴 후 돌돌 말아 꼬리 깃털 아래쪽에 끈으로 묶었다. 스타백은 하늘로 던져진 후 사라졌다. 30분 후에, 두 번째로 구석 상자 즉 빅블루 2600C가 편지를 가지고 날아가는 임무를 맡았다. 하지만 녀석은 날아오르기는 했지

만 이내 배로 되돌아와 로프 위에 내려앉았다. 겁에 질린 비둘기의 전형이었다. 어떤 설득을 해도 녀석은 배에서 떠나지 않았다. 쉽게 잡혀 창피하게 새장 속에 처넣어질 정도로 녀석은 겁에 질려 있었다.

이제 세 번째 새가 불려나왔다. 조그맣지만 다부진 새였다. 선원들은 녀석을 알지 못했지만 그래도 발목의 고리에 적혀 있는 아녹스 2590C라는 이름과 번호를 적어 두었다. 하지만 녀석을 손에 잡은 항해사는 앞의 비둘기와는 달리 녀석의 심장은 그다지 격렬하게 뛰지 않는다는 것을 알아챘다. 빅블루에게 달아 주었던 편지를 풀었다. 편지에는 이렇게 쓰여 있었다.

화요일 오전 10시

뉴욕에서 340킬로미터 떨어진 해상에서 기관 고장이 발생했습니다. 우리는 속수무책으로 안개 속을 떠돌고 있습니다. 되도록 빨리 예인선을 보내 주시기를 바랍니다. 60초마다 한 번씩 한 번은 길게 한 번은 짧게 고동을 울리겠습니다.

선장

항해사는 편지를 돌돌 말아 방수 필름에 싼 후, 증기선 회사 주소를 적고 아녹스의 꼬리 가운데 깃털에 동여맸다.

공중으로 날려진 아녹스는 배 주위를 한 번 돌고는, 더 높이

아녹스는 빛줄기처럼 빠르고 곧게 날아갔다.

올라 다시 한 번 돈 후 사람들의 시야에서 사라졌다. 아녹스는 배의 모습도 느낌도 완전히 사라져 버릴 때까지 높이 날아올랐다. 이제 다른 감각을 사용할 수 없게 되었다. 아녹스는 단 하나의 감각 즉 방향 감각에만 몰두했다. 그 감각은 너무도 강렬했기 때문에 두려움이라는 저 흉악한 폭군조차도 어찌할 수 없는 것이었다. 이제 아녹스는 극지방을 가리키는 나침반 바늘처럼 망설임도 주저함도 없었다. 새장을 떠난 지 1분도 못 되어 아녹스는 자신이 태어난 비둘기장을 향해 마치 빛줄기처럼 빠르고 곧게 날아갔다. 만족을 느낄 수 있는 곳은 지상에서 오직 그곳뿐이었다.

그날 오후 일을 하던 빌리는 뭔가 빠르게 날아가는 날갯짓 소리를 들었다. 푸른빛 물체 하나가 비둘기장 속으로 번개처럼 날아들더니 물통으로 향했다. 녀석은 물을 한입 가득 또 한입 계속해서 꿀꺽꿀꺽 삼켰다. 빌리는 숨이 멈출 정도로 놀랐다. "어, 아녹스, 아녹스로구나. 그래 아녹스야." 비둘기 조련사인 그는 평소처럼 재빠르게 시계를 꺼내 시간을 기록했다. 오후 2시 40분. 얼핏 꼬리에 묶인 줄이 보였다. 그는 문을 닫고 아녹스의 머리에 새를 잡을 때 쓰는 망을 씌웠다. 잠시 후 둘둘 만 편지가 그의 손에 들어왔다. 불과 2분 만에 그는 증기선 회사를 향해 달려가고 있었다. 중요한 정보가 있었기 때문이다. 그는 아녹스가 안개를 뚫고 바다 위를 4시간 40분 동안 340킬로미

터나 날아온 것을 알게 되었다. 불운을 당한 증기선에 필요한 조치가 한 시간도 되지 않아 취해졌다.

340킬로미터를 4시간 40분 만에 날아오다니! 그것도 안개 낀 바다 위를! 이것은 대단한 기록이었다. 이 기록은 전서구 협회의 명부에 정식으로 기록되었다. 누군가 아녹스를 잡고 있는 사이, 서기가 지워지지 않는 잉크를 고무 도장에 묻혀 그날의 대기록을 날짜와 증명 번호와 함께 눈처럼 하얀 오른쪽 날개 첫 번째 칼깃에 찍었다.

언제나 2등이었던 스타백의 소식은 결국 들을 수 없었다. 바다에서 죽은 게 틀림없었다.

구석 상자 빅블루는 예인선을 타고 돌아왔다.

3

그것이 아녹스의 첫 번째 공식 기록이었다. 그러나 아녹스는 곧 더 빠른 기록들을 세웠다. 그리고 낡은 비둘기장에서는 아녹스를 주인공으로 하는 흥미로운 몇몇 장면들이 펼쳐졌다.

어느 날, 마구간에 마차 한 대가 오더니 백발의 한 신사가 내렸다. 그는 지저분한 계단을 올라가 빌리와 함께 아침 내내 앉아 있었다. 처음에는 금테 안경 너머로 이런저런 신문을 보던 이 신사는 지붕 건너 쪽을 바라보았다. 뭔가를 기다리는 눈치

였다. 무얼 기다리고 있었을까? 60킬로미터쯤 떨어진 곳에 있는 작은 마을에서 소식이 오기로 되어 있던 모양이었다. 그에게는 아주 중요한 소식이었다. 그를 성공시킬 수도 파산시킬 수도 있는 소식이었는데, 이 소식은 전신보다 빨리 도착해야만 했다. 전신은 한 구간마다 최소 한 시간씩 지연되었다. 60킬로미터 거리에서 더 빨리 소식을 전할 방법이 무엇일까? 당시에는 단 한 가지밖에는 없었다. 바로 최우수 등급의 호머였다. 이기기만 한다면, 돈 따위는 아무것도 아니었다. 돈이 얼마가 들건 그는 최고 중의 최고가 필요했다. 그래서 지워지지 않는 기록이 칼깃에 일곱 개나 새겨져 있는 아녹스가 배달부로 뽑힌 것이다. 한 시간이 지나고 또 한 시간이 지났다. 다시 한 시간이 시작되었다. 그때 날갯짓 소리가 들리고 푸른빛 유성이 비둘기장 안으로 번개처럼 들어왔다. 빌리가 문을 꽝 닫고 아녹스를 붙잡았다. 그는 실을 능숙하게 끊고, 돌돌 말린 편지를 은행가에게 건네주었다. 극도로 창백해진 노인이 조심스럽게 편지를 펴 보았다. 노인의 안색이 그제야 제대로 돌아왔다. 그는 숨을 헐떡거리며 "감사합니다. 하나님!"이라고 말한 후 자신의 운명을 결정할 이사회 모임 장소로 급히 돌아갔다. 작은 아녹스가 그를 구한 것이다.

은행가는 그 호머를 사고 싶어했다. 막연하지만 아무튼 아녹스에게 경의를 표하고 소중히 돌봐 주고 싶은 생각이 든 것이다. 하지만 빌리는 그 점에 대해서 만큼은 확실했다.

"그럴 필요가 있겠습니까? 호머의 마음은 살 수 있는 것이 아니랍니다. 단지 감옥에 가두는 것뿐이죠. 그게 답니다. 호머는 자기가 태어난 비둘기장을 결코 저버리지 않는답니다."

그래서 아녹스는 웨스트 19번가 211번지에 계속 머무르게 되었다. 그러나 은행가는 그 일을 결코 잊지 않았다.

미국에는 집에서 멀리 떨어진 곳을 날아가는 비둘기를 보면 사냥을 해도 괜찮다거나 또는 누가 한 짓인지 알 수 있겠냐는 생각으로 총을 쏘는 나쁜 사람들이 있다. 생사가 걸린 소식을 가지고 서둘러 날아가던 많은 호머들이 이런 비열한 사람들의 총에 맞아 비둘기 스튜가 되는 잔혹한 일을 당했다. 아녹스의 형제인 아놀프도 날개에 훌륭한 기록을 세 개나 가지고 있었지만 의사를 부르러 서둘러 날아가다가 그렇게 살해당했다. 총을 쏜 사람의 발치로 떨어졌을 때, 아놀프의 훌륭한 날개가 펼쳐지면서 승리의 기록들이 보였다. 다리에 달려 있던 은고리가 거기에 있었던 것이다. 총을 쏜 사람은 양심의 가책을 느꼈다. 그는 자신이 '발견'했다며 그 죽은 비둘기를 전서구 협회에 되돌려주었다. 주인이 그를 만나러 왔다. 총을 쏜 사람은 엄격한 조사를 받았고, 결국 자신이 그 호머를 쏘았노라고 인정했다. 하지만 그렇게 한 것은 가난하고 아픈 이웃 사람들에게 비둘기 스튜를 해 주고 싶었기 때문이라고 말했다.

비둘기 주인은 분노의 눈물을 흘렸다. "내 비둘기, 내 아름다운 아놀프. 아놀프는 중요한 편지를 스무 번이나 전했소. 세 번은 기록을 세우기도 하고, 사람 목숨을 구한 것도 두 번이나 된다오. 그런데 고작 스튜를 만들려고 내 비둘기를 쏘다니. 당신을 법으로 처벌할 수도 있겠지만 난 그런 치사한 보복을 할 마음이 없소. 그래도 이것만은 지켜 주었으면 하오. 만약 비둘기 스튜를 먹고 싶어하는 가난한 이웃을 보거든 내게 오시오. 파이를 만들기 위해 기르는 새끼 비둘기들을 얼마든지 주겠소. 하지만 인간의 심성을 조금이라도 가지고 있다면, 결코, 결코 다시는 총을 쏘지 마시오. 그리고 다른 사람이 쏘는 것도 막아 주시오. 비둘기는 값으로 결코 따질 수 없는 배달부라오."

이 일은 은행가가 비둘기장 주인과 알고 지내던 중에 일어난 일이었다. 그는 비둘기에게 애정을 가지고 있었다. 영향력이 큰 인물이었던 그는 올버니 주에 비둘기 보호법을 제정했다. 아놀프의 죽음이 직접적인 계기가 되어 이루어진 일이었다.

4

빌리는 구석 상자 빅블루 2600C를 한 번도 좋아해 본 적이 없었다. 빅블루가 여전히 은고리 등급을 유지하고 있었음에도 불구하고 그는 녀석이 형편없다고 믿었다. 증기선 일은 녀석이 겁쟁이임을 여지없이 보여 준 사건이었다. 녀석은 약한 비둘기나 괴롭히는 악동일 뿐이었다.

어느 날 아침 비둘기장에 갔더니 싸움이 벌어지고 있었다. 작은 비둘기 한 마리와 큰 비둘기 한 마리가 온 바닥을 뒹굴며 엉겨붙어 싸우고 있었다. 깃털이 날리고 먼지가 일고, 난리가 따로 없었다. 녀석들을 떼어 놓은 빌리는 이내 작은 녀석이 아녹스이고 큰 녀석이 구석 상자 빅블루라는 것을 알게 되었다. 아녹스도 잘 싸우긴 했지만, 빅블루의 상대로는 한참 모자랐다. 왜냐하면 빅블루가 아녹스보다 몸집이 반절은 더 컸기 때문이다.

녀석들이 무엇 때문에 싸웠는지는 금방 밝혀졌다. 혈통 좋고 예쁜 암컷 때문이었다. 빅블루는 늘 다른 비둘기를 괴롭혀 좋은 대접을 받지 못하고 있었다. 그런데 이번에 목숨을 건 전투가 벌어진 것은 바로 이 작은 아씨 때문이었다. 빌리에게 빅블루의 목을 비틀 권리가 있었던 것은 아니지만 그래도 그는 자신이 가장 좋아하는 아녹스를 위해서 기꺼이 이 싸움에 끼어들었다.

비둘기들의 짝짓기는 인간과 비슷한 점이 있다. 가장 중요한 것은 가까운 곳에 있어야 한다는 것이다. 한동안 둘이 함께 지내게 하면 자연스럽게 일이 진행된다. 그래서 빌리는 아녹스와 작은 아씨를 별도의 비둘기장에 2주 동안 함께 가두어 두었다. 그리고 좀더 확실하게 하기 위해 빅블루와 짝 없는 다른 암컷을 다른 비둘기장에 2주 동안 같이 가두었다.

일은 기대했던 대로 되었다. 작은 아씨는 아녹스에게, 다른 암컷은 빅블루에게 몸을 맡겼다. 보금자리 두 개가 꾸며지고, 모든 것이 "그 뒤로 오래도록 행복하게 살았습니다."는 말처럼 되어 갔다. 그러나 빅블루는 몸집도 무척 크고 잘생기기까지 했다. 모이 주머니를 부풀리고 햇빛을 받으며 우쭐거리며 돌아다니면 목 주위에서 무지개 빛이 났다. 이때 녀석의 모습은 아무리 정숙한 암컷일지라도 마음을 돌릴 정도였다.

아녹스는 비록 다부진 몸매를 가지고 있기는 했지만 몸집이 작은 데다가 초롱초롱한 눈 말고는 특별히 멋진 외모가 아니었다. 게다가 가끔씩은 중요한 일 때문에 집을 떠나 있었다. 하지만 빅블루는 비둘기장 주변에 남아 기록이라고는 하나도 적혀 있지 않은 날개를 펼쳐 보이는 일 말고는 아무 할 일이 없었다.

도덕주의자들은 사랑과 지조의 예로 하등 동물 특히 비둘기를 자주 예로 든다. 사실 맞는 말이기는 하다. 하지만 예외는 있는 법이다. 부정은 인간만 저지르는 것이 결코 아니다.

처음부터 빅블루에게 깊이 빠져 있었던 아녹스의 아내가 결국 배우자가 자리를 비운 사이에 끔찍한 일을 저지르고 만 것이다.

어느 날 아녹스가 보스턴에서 돌아와 보니 빅블루가 자신의 짝이 있는 구석 상자는 물론 아녹스의 상자와 아내마저 차지해 버린 것이다. 목숨을 건 싸움이 시작되었다. 구경꾼은 두 아내뿐이었지만, 그들은 무심하기만 했다. 아녹스는 자신의 그 유명한 날개를 펴고 싸웠지만, 기록이 20개나 찍혀 있을 뿐 날개는 그다지 좋은 무기가 아니었다. 게다가 부리와 다리도 작았다. 혈통이 그랬던 것이다. 작은 심장은 튼튼했지만 몸집의 차이를 메우기에는 역부족이었다. 싸움은 아녹스에게 불리하게 진행되었다. 아녹스의 아내는 아무런 관심도 없다는 듯이 무관심하게 둥지에 앉아 있었다. 빌리가 제때에 도착하지 않았다면 아녹스는 죽었을지도 몰랐다. 그는 빅블루의 목을 비틀고 싶을 정도로 화가 나 있었지만, 그 못된 녀석은 때맞춰 비둘기장에서 도망을 쳤다. 빌리는 며칠 동안 아녹스를 정성껏 보살폈다. 주말이 되자 건강을 되찾은 아녹스는 열흘 만에 다시 길을 나섰다. 한편 아무런 감정도 내색하지 않고 전처럼 둥지를 지키는 것으로 보아 아녹스는 자신의 부정한 아내를 용서한 것이 분명했다. 아녹스는 그 달에 새로운 기록 두 개를 세웠다, 16킬로미터를 8분 만에 날아 소식을 전했고, 보스턴에서 4시간 만에 돌아온 것이다. 돌아오는 길의 매순간 아녹스를 사로잡았던 것은 집에 대한 열정적인 사랑이었다. 그러나 그것이 조금이라도 아내 때문이었다면, 그것은 딱한 일이었다. 왜냐하면 아내가 빅블루와 바람을 피우는 것을 다시 보게 되었기 때문이다.

지쳤지만 그래도 아녹스는 결투를 벌였다. 빌리가 개입하지 않았다면 이번에도 아녹스는 목숨을 잃을 뻔했다. 빌리는 싸우는 그 둘을 떼어놓은 후, 빅블루를 새장에 가두었다. 어떻게든 이번에는 녀석을 없앨 생각이었다. 한편, 시카고에서 뉴욕까지 1500킬로미터를 나는 경주인 '장거리 전서구 경주대회'가 열렸다. 실력이 좋은 비둘기일수록 불리한 조건에서 나는 대회였다. 아녹스는 여섯 달 전에 그 경주에 참가 신청을 했었다. 가정불화 때문에 상태가 계속 안 좋아지고 있었지만 그래도 아녹스의 친구들은 아녹스가 반드시 출전할 것이라고 믿고 있었다.

비둘기들은 기차에 태워져 시카고까지 가서 일정한 간격을 두고 출발했다. 가장 뒤에 출발한 비둘기는 아녹스였다. 비둘기들은 시간을 낭비하지 않았다. 실력 있는 비둘기들 몇몇이 보통 때처럼 길이 보이지 않는 똑같은 하늘을 날아 보통 실력의 비둘기 무리를 시카고 외곽에서 따라잡았다. 호머는 방향 감각에 의지해 날 때는 직선으로 날지만, 익숙한 곳을 쫓아올 때는 잘 기억해 둔 표지를 따라 날아간다. 대부분의 호머들은 콜럼버스와 버펄로 사이의 길에서 훈련을 받은 적이 있었다. 아녹스는 콜럼버스 길을 알고 있었지만 디트로이트 길도 알고 있었다. 미시간 호에 도착한 후 아녹스는 디트로이트로 가는 직선 길을 택했다. 이렇게 해서 핸디캡을 극복하고 몇 킬로미터쯤 이익을 볼 수 있었다.

디트로이트, 버펄로, 로체스터가 낮익은 탑이나 굴뚝들과 함께 아녹스의 뒤로 사라져 갔고 시러큐스가 눈앞에 다가왔다. 이제 늦은 오후가 되었다. 12시간 동안 970킬로미터나 난 아녹스가 선두로 나선 것은 당연한 일이었다. 하지만 하늘을 오래 날 때면 늘 그렇듯이 갈증이 몰려왔다. 도시 위를 스치듯 날던 아녹스의 눈에 비둘기장 하나가 들어왔다. 아녹스는 두세 차례 커다란 원을 그리면서 하강했다. 그리고 그곳으로 들어가는 비둘기들을 따라 들어가 예전에도 종종 그랬듯이 물통에 든 물을 허겁지겁 먹었다. 비둘기 애호가들은 전서구들이 그렇게 하는 것을 언제나 환영한다. 그 비둘기장의 주인이 그곳에 있다가 낯선 비둘기를 보았다. 그는 아녹스를 자세히 보기 위해 조용히 다가갔다. 그 순간, 그가 기르는 비둘기 중 하나가 이 낯선 비둘기에게 달려들었다. 아녹스는 비둘기들의 방식대로 날개를 펼치고 옆으로 비켜서서 싸움을 벌였다. 그러자 날개에 줄줄이 찍혀 있는 기록이 보였다. 사육사였던 그는 관심이 생겼다. 그는 줄을 당겨 나가는 문을 닫았고, 아녹스는 불과 몇 분 만에 포로 신세가 되었다.

사육사는 수많은 기록이 찍힌 날개를 펼쳐서 기록을 하나하나 읽은 후 은고리를 훑어보았다. 금 고리였어도 괜찮을 것 같은 이름이 보였다. 아녹스. 그가 외쳤다. "아녹스! 아녹스야! 오, 네 이름을 들은 적이 있지. 멋지기도 하구나. 널 잡게 돼서 기쁘구나." 그는 꼬리에서 편지를 가위로 잘라내 펼친 후 읽어 보았다. "아녹스, 오늘 아침 오전 4시에 시카고 출발. 장거리 전서구 경주대회에 참가해 뉴욕으로 향함."

"12시간에 970킬로미터라! 하늘에 맹세코, 정말 놀라운 신기록이야." 비둘기 도둑은 날개를 퍼덕거리는 그 비둘기를 거의 존경에 찬 손길로 푹신푹신한 것을 깐 우리에 안전하게 집어넣었다. "글쎄다. 널 여기 머물게 해 봤자 별 소용이 없다는 건 나도 알지만 너를 교배시키면 네 자식을 얻을 수는 있을 거야." 그가 덧붙였다.

그래서 아녹스는 다른 비둘기 서너 마리와 함께 널찍하고 쾌적한 비둘기장에 갇혔다. 그 남자는 비록 도둑이긴 했지만 호머를 사랑했다. 그는 최선을 다해 포로를 편안하고 안전하게 해 주었다. 그는 석 달 동안 아녹스를 그 비둘기장에 가두어 두었다. 아녹스는 처음에는 철망을 오르락내리락하며 하루 종일 도망칠 방법만 찾았다. 그러나 넉 달이 지나자 이제는 도망칠 생각을 단념한 것처럼 보였다. 열심히 감시를 하던 간수는 두 번째 계획에 착수했다. 그는 수줍음이 많은 어린 암비둘기를 소개해 주었다. 그러나 아무 반응이 없었다. 아녹스는 암비둘기에게 호의조차 보이지 않았다. 얼마 후 간수는 그 암비둘기를 내보내고 한 달 동안 아녹스를 홀로 두었다. 그 뒤 다른 암컷 비둘기를 들여보냈지만 더 나은 행운은 찾아오지 않았다. 이런 식으로 그는 1년 동안 다른 매력적인 암컷들을 소개해 주었다. 아녹스는 암컷들을 거칠게 공격하거나 경멸하듯 무관심하게 대했다. 때때로 달아나고픈 열망에 사로잡히면 있는 힘을 다해 철망 앞을 힘차게 오르내리기도 하고 철망을 향해 돌진하기도 했다.

기록이 찍혀 있는 날개 깃털이 연례의 털갈이를 시작하자 간수는 마치 보물이라도 되는 것처럼 그것들을 모아 두었다. 새로운 깃털이 생겨날 때마다 거기에 그 명예로운 기록들을 다시 찍어 두었다.

두 해가 느릿느릿 지나갔다. 간수는 아녹스를 새 비둘기장에 넣고 또 다른 암컷을 함께 넣어 주었다. 우연히도 이번 암컷은 집에 있는 그 부정한 암컷과 꽤 닮았다. 아녹스는 새로운 이 암컷이 마음에 들었다. 간수가 생각하기에 이 유명한 포로가 이 암컷에게는 어느 정도 관심이 있어 하는 것 같았다. 그랬다. 암컷 비둘기가 둥지를 준비하는 것을 보았던 것이다. 간수는 확실히 그들이 서로에게 마음을 열었다고 생각하고 처음으로 출구를 열어 주었다. 아녹스에게 자유가 찾아온 것이다. 의심에 차서 주위를 어슬렁거렸을까? 주저했을까? 아니다. 단 한순간도 주저하지 않았다. 문이 열리자마자 아녹스는 쏜살같이 문을 빠져나가 멋진 날개를 활짝 펴고는 새로 만난 미녀도 두 번 다시 보지 않고 증오스러운 감옥을 떠나 버렸다. 멀리, 저 멀리.

5

비둘기의 마음을 들여다볼 수 있는 방법은 우리에겐 없다. 비둘기의 마음속에 집에 대한 사랑이 담겨 있다고 상상하는 것은 어쩌면 착각일지도 모른다. 이 고귀한 새 안에 위대하신 하느님이 씨를 뿌리고 인간이 가꾼 그 사랑, 참을 수 없을 정도로 타오르는 집에 대한 사랑은 아무리 강렬하게 채색하고 또 아무리 높이 칭찬하고 찬미해도 지나치지 않으리라. 그것을 당신이 무엇이라고 부르건, 인간이 이기적인 목적으로 의도적으로 꾸며 낸 단순한 본능에 불과하다고 해도, 어떻게 발뺌을 하건, 어떻게 분석을 하건, 어떤 다른 이름을 갖다 붙이건, 그것이 여전히 그곳에 있는 것이다. 작지만 용감한 심장이 박동하고 날개가 움직일 수 있는 한 결코 꺾이지 않고 결코 사라지지 않는 엄청난 힘 속에.

집으로, 집으로, 즐거운 집으로! 아녹스보다 더 강렬하게 집을 사랑하는 존재는 없을 것이다. 아녹스의 강렬한 본능은 옛 비둘기장에서 있었던 시련과 슬픔을 잊게 해 주었다. 창살 안에 갇혀 지낸 세월도, 새로운 사랑도, 죽음에 대한 공포도 그 힘을 내리누를 수는 없었다. 노래를 부를 수 있는 능력이 있었다면, 영웅이 환희에 차서 노래 부르듯 아녹스 역시 노래를 불렀을 것이다. 발판을 박차고 날아오른 아녹스는 영광에 찬 날개가 경의를 표할 바로 그 열망에 이끌려 자유롭게 원을 그리며 높이 날아올랐다. 위로, 위로. 푸른 하늘에 회청색 원을 더 크고 넓게 그리면서, 수많은 기록이 적힌 하얀 날개를 반짝이며 날아올랐다. 집에 대한 사랑, 그리고 자신의 유일한 집과 자신의 부정한 아내에게 충실해야 한다는 생각에 이끌려 마치 불꽃을 내뿜는 것처럼 그렇게 그렇게 더 높이 더 멀리 날아올랐다. 눈을 감으라고 말한다. 귀를 닫으라고 말한다. 마음을 닫으라고 말한다. 최근의 일들에, 지난 2년 동안의 삶에, 생의 절정 중의 절반에 말이다. 그렇게 아녹스는 푸른 하늘로 날아올랐다. 마치 성자들이 자신의 내면 속으로 은둔해 마음속 가장 깊은 곳의 안내자에게 자신을 내맡기듯이 말이다. 아녹스는 배의 선장이었다. 하지만 수로 안내인도, 해도도, 나침반도 없었다. 그 모든 것은 저 깊은 곳에 있는 본능이 대신했다. 나무 위 300미터쯤에서 이해할 수 없는 속삭임이 들려왔다. 아녹스는 화살처럼 빠르게 남남동을 향해 날아갔다. 작고 하얀 불꽃이 양쪽으로 번쩍이는 모양이 낮은 하늘 속으로 사라진 후, 시러큐스의 그 도둑은 다시는 아녹스를 볼 수 없었다.

급행 열차가 연기를 내뿜으며 계곡 아래로 내려오고 있었다. 열차는 저 멀리 있었다. 하지만 마치 야생 오리가 헤엄치는 사향뒤쥐를 지나쳐 날아가는 것처럼 아녹스는 기차를 따라잡아 지나쳤다. 아녹스

는 계곡 높이 날아 올랐다가 소나무들이 산들바람에 넘실거리는 셔냉고 강가 언덕들 위로 낮게 날아갔다.

참나무 둥지에서 매 한 마리가 선회를 하며 조용히 날아올랐다. 뭔가 날아가는 것을 보았기 때문이었다. 먹잇감을 뜻했다. 아녹스는 오른쪽으로도 왼쪽으로도 방향을 바꾸지 않았다. 날갯짓을 멈추지도 않았다.

매는 앞쪽 골짜기에서 기다리고 있었다. 마치 오솔길에서 기다리는 곰을 지나쳐 가는 한창 때의 사슴처럼 아녹스도 그 매를 지나쳐 갔다.

날갯짓, 날갯짓, 날갯짓. 속도를 조금도 늦추지 않고 번개처럼 날개를 퍼덕이며 아녹스는 이제 낯익은 길 위로 날고 있었다. 한 시간 후, 캣츠킬이 바로 가까이 다가왔다. 두 시간 후 아녹스는 그곳을 지나쳐 가고 있었다. 이제는 예전의 낯익은 장소들이 빠르게 다가오고 있었고 덕분에 날갯짓에도 더욱 힘이 솟았다. 집으로! 집으로! 가슴이 부르는 침묵의 노래였다. 갈증으로 죽어 가는 여행자가 전방의 야자수를 바라보는 것처럼, 반짝반짝 빛나는 아녹스의 눈은 저 멀리 맨해튼의 연기에 가 있었다.

캣츠킬의 산마루에서 매 한 마리가 높이 날아올랐다. 맹금류 중에서도 가장 빠르고 힘과 날개에 자부심이 가득한 녀석은 좋은 먹잇감을 발견한 기쁨에 들떴다. 수많은 비둘기들이 녀석의 둥지로 잡혀 왔다. 녀석은 힘을 아끼기 위해 적절한 시기를 기다리고 있다가 바람을 타고 가까이 와 급강하했다. 오! 녀석은 바로 그 순간을 너무도 잘 알고 있었다! 아래로, 아래로, 마치 번쩍이는 창처럼. 어떤 야생 오리도, 어떤 수리매도 녀석을 피할 수는 없었다. 역시 매였다. 뒤돌아가라. 지금. 오! 호머야, 그래야만 목숨을 구할 수 있으리. 위험한 언덕을 돌아서 가라. 그 호머가 언덕을 돌아갔을까? 결코 아니다. 역시 아녹스였다. 집으로! 집으로! 집으로! 아녹스의 생각은 단 하나뿐이었다. 위험과 맞부딪혔을 때 아녹스가 한 것이라고는 속도를 높인 것뿐이었다. 매가 급강하하며 아녹스를 덮쳤다. 무엇을 덮친 걸까? 하얀 빛이 한 차례 번쩍였다. 잡은 건 아무것도 없었다. 한편 아녹스는 마치 새총으로 발사한 돌처럼 계곡의 공기를 가르며 날아가 사라져 버렸다. 하얀 날개를 가진 새 한 마리가 사라져 버린 것이다. 푸른 하늘에 섬광처럼 번쩍이는 점 하나를 후광처럼 남긴 채 말이다. 허드슨의 계곡을 따라 내려가자 아녹스가 잘 아는 도로가 나왔다. 지난 2년 동안 한 번도 보지 못했던 그 길이! 정오가 되어 북쪽에서 산들바람이 불어와 아래쪽 강물을 넘실거리게 하자 아녹스는 낮게 날기 시작했다. 집으로! 집으로! 집으로! 도시의 탑들이 눈에 들어오기 시작했다. 집으로! 집으로! 집으로! 퍼킵시의 거대한 거미 다리를 지나 강둑 언저리를 스치듯 날아갔다. 바람이 불어오자, 아녹스는 강둑 옆으로 낮게 날았다. 아뿔싸! 낮았다! 너무 낮았다! 6월에 그 언덕가에 숨어 있으라고 포수를 유혹한 것은 도대체 어떤 악마였을까? 푸른 하늘에서 북쪽으로 가는 그 하얀 번쩍임을 보도록 시킨 것은 도대체 어떤 악마였단 말인가? 오! 아녹스, 미끄러지듯이 낮게 나는 아녹스야, 예전의 그 포수를 정녕 잊었더냐! 너무 낮구나. 너무 낮게 언덕을 지나고 있다. 너무 낮고 너무 느리구나. 번쩍, 탕! 죽음의 운명이 아녹스를 덮쳤다. 총에 맞아 다치기는 했지만 떨어지지는 않았다. 섬광처럼 반짝이는 날갯깃에서 기록이 적힌 깃털들이 남쪽으로 팔랑팔랑 떨어져 내렸다. 전에 아녹스가 바다에서 기록했던 기록에서 '0'이 사라졌다. 이제는 340이 아니라 34킬로미터가 되어 버린 것이다. 오! 창피스러운 전리품! 짙은 얼룩 하나가 아녹스의 가슴에 나타났지만 아녹스는 계속해서 날았다. 집으로, 집으로, 집으로 가야만 했다. 위험은 금방 지나가 버렸다. 집으로, 집으로, 아녹스는 전처럼 똑바로 날았다. 하지만 그 놀라운 속도는 줄어 있었다. 지금은 1분에 1킬로미터 반도 날 수 없었다. 누더기가 된 날개 사이로 바람이 어울리지 않는 소리를 만들어 냈다. 가슴에 난 얼룩이 힘이 약해졌음을 말해 주었다. 그러나 여전히 집을 향해 똑바로 날아갔다. 집이 보였다. 그러자 가슴의 통증도 잊혔다. 뉴저지의 높은 절벽 옆을 스쳐 지나가자, 높이 솟은 도시의 탑들이 멀리 볼 수 있는 아녹스의 눈에 확실히 들어왔다. 아녹스는 계속해서 날아갔다. 날개가 축 늘어지면서 눈이 어두워졌지만 고향 사랑만큼은 더욱더 강해졌다.

바람을 막아 주는 높은 팰리사이즈 협곡 아래로, 반짝거리는 물 위, 나무 위를 지나 거대하고 무시무시한 매들이 앉아 있는 해적의 성, 즉 매의 둥지 아래를 지나갔다. 검은 복면을 쓴 노상 강도처럼 매들이 가까이 다가오는 그 비둘기를 노려보았다. 배달되지 못한 많은 편지들이 그 둥지 안에 있었고, 기록이 쓰여진 많은 깃털들이 그 성채에서부터 팔랑팔랑 나부끼고 있었다. 그러나 아녹스는 전에 그들과 마주친 적이 있었다. 이번에도 전처럼 그렇게 가까이 갔다. 계속해서 빨리 날았지만 전과는 달랐다. 치명적인 총상에 힘을 빼앗겨 속도가 줄어 있었다. 그래도 계속해서 날아갔다. 때를 기다리던 매들이 석궁의 화살처럼 앞으로 날아왔다. 녀석들은 번개처럼 빠르고 힘차게 지치고 다친 아녹스를 향해 날아들었다.

뒤이은 경주에 대해 이야기할 필요가 있을까? 그토록 갈망하던 집을 바로 앞에 두고 속절없이 무너진 작지만 용감한 한 마리 비둘기의 좌절을 그릴 필요가 있을까? 그 모든 것이 1분만에 끝나 버렸다. 매들은 승리에 도취되어 끽끽댔다. 녀석들은 끽끽거리며 둥지로 날아갔다. 녀석들의 발톱에 찢긴 채 먹이가 되어 버린 시체. 그것이 바로 밝게 빛나던 작은 아녹스의

해적의 성에서는 매들이 때를 기다리고 있었다.

최후였다. 바위 위에서는 해적들의 부리와 발톱이 영웅의 피로 붉게 물들고 있었다. 감히 상대할 자가 없던 날개는 갈가리 찢겼고 기록은 흩어져 눈에 띄지 않게 되었다. 살해자들이 죽고 그들의 요새가 약탈당할 때까지 그것들은 햇볕과 폭풍우 속에서 그대로 있었다. 상대할 자가 아무도 없었던 그 새의 운명에 대해 알고 있는 사람은 아무도 없었다. 먼지와 쓰레기로 가득한 그 해적의 둥지 깊숙한 곳에서 복수자가 은제 고리, 최고의 호모라고 기록된 신성한 고리를 발견해 그것에 또렷하게 새겨진 것을 읽기 전까지는.

"아녹스 2590."

배드랜즈의 빌리

1

한밤의 울부짖음

여러분은 늑대가 사냥을 하며 내는 울음에 세 가지 소리가 있다는 사실을 아는가? 낮은 소리로 길게 끄는 울음소리는 사냥감을 발견했지만 너무 강해 혼자서는 상대할 수 없으니 와달라는 소리이다. 무리가 함께 높은 소리로 길게 짖어 점점 크게 울려 퍼지는 소리는 지나간 지 얼마 안 된 사냥감의 냄새를 맡았을 때 내는 소리이다. 그리고 날카롭게 짖으며 짧게 끊어 우는 소리는 죽음의 공포를 뜻한다. "가까워졌어." 이제 마지막

인가?

우리는 배드랜즈의 산악 지대를 말을 타고 가고 있었다. 뒤쪽과 옆쪽으로 여러 종류의 사냥개들이 무리 지어 우리를 따라오고 있었다. 해는 이미 저물고, 센트널 산 너머는 핏빛으로 물들어 있었다. 언덕들이 어슴푸레하게 보이고, 계곡이 어둠에 싸였을 때, 어둠 속 가까운 곳에서 길게 끄는 울음소리가 들려왔다. 누구나 본능적으로 알아챌 수 있는 소리였다. 가락이 있지만 등골을 오싹하게 만드는 그런 느낌의 소리였다. 비록 이제는 더 이상 인간에게 위협이 되지 못하는 소리지만 말이다. 우리는 잠시 동안 그 소리에 귀를 기울였다. 침묵을 깬 것은 늑대 사냥꾼이었다. "배드랜즈의 빌리요. 사람이 내는 목소리 같지 않소? 오늘 밤에 먹을 고기를 찾아 나왔군."

2

센트널 산의 검은 늑대

예전에 늑대들은 아메리카들소 떼를 쫓아가 병들거나 약하거나 부상당한 녀석들을 골라 잡아먹었다. 아메리카들소가 멸종하자, 살기가 몹시 힘들어졌지만 소들이 나타나 아메리카들소의 빈자리를 메꾸어 줌으로써 늑대들의 문제를 해결해 주었

다. 늑대와 전쟁이 시작된 것이다. 목장주들은 늑대 한 마리를 죽일 때마다 보상금을 주었다. 그리고 일거리가 없는 목동들에게는 덫과 독을 주고 늑대를 잡아 죽이도록 시켰다. 늑대를 죽이는 것만을 전문으로 하는 늑대잡이도 생겨났다. 킹 라이더도 그런 늑대잡이들 중 하나였다. 그는 말수가 적고 점잖은 사람이었다. 예리한 눈과 동물의 삶을 꿰뚫어 보는 통찰력을 가지고 있어, 야생마나 개들을 다루는 일뿐만 아니라 늑대와 곰에게까지 특별한 능력을 발휘하곤 했다. 늑대와 곰의 경우에는 그 능력이란 것이 놈들이 어디에 있고 놈들에게 가까이 가려면 어떻게 하는 것이 가장 좋은지 추측하는 것이 고작이었지만 말이다. 오랫동안 늑대잡이 생활을 해온 그의 입에서 "내가 늑대잡이 생활을 하는 동안 회색늑대가 인간을 공격하는 것은 한 번도 본 적이 없다오."라는 말이 나왔을 때 나는 깜짝 놀랐다.

다른 사람들이 자는 동안 우리는 모닥불 가에 앉아 많은 이야기를 나누었다. 나는 그가 배드랜즈의 비리에 대해서도 알고 있다는 사실을 알게 되었다. "그동안 놈을 여섯 번 보았지. 일요일이면 일곱 번째 보게 될 거요. 내 보증하지. 그때 놈에게 긴 휴식을 안겨 줄 생각이오." 그리하여 나는 만물이 모두 잠든 바로 그 땅에서 바람 소리와 코요테의 울음소리, 그리고 거기에

간간이 끼어드는 바로 그 영웅의 길게 끌리는 울음소리를 들으며, 빌리의 생애에 대한 이야기를 들을 수 있었다. 그리고 들판 곳곳에서 주워들은 또 다른 이야기들을 통해 나는 센트널 산의 크고 검은 늑대 이야기를 알게 되었다.

3

협곡에서

한참 거슬러 올라가서 1892년 봄, 아주 길게 뻗어 있어 평원에 사는 사람들이 중요한 이정표로 삼는 센트널 산의 동쪽 기슭에서 한 사내가 '늑대잡이'를 하고 있었다. 5월에 잡은 늑대의 가죽은 별로 좋지 않지만, 머리 하나에 보상금이 5달러나 될 정도로 많았고 특히 암컷 늑대는 그 두 배였다. 어느 날 아침 시냇가로 내려간 그의 눈에 건너편에 와서 물을 마시고 있는 늑대 한 마리가 보였다. 그는 총으로 쉽게 늑대를 쏘아 죽일 수 있었다. 죽은 늑대는 젖먹이를 기르는 어미 늑대였다. 근처 어딘가에 암늑대의 가족들이 있을 것이 분명했다. 그래서 그는 새끼 늑대들이 있음 직한 곳을 2, 3일이나 수색해 보았지만 굴은 흔적도 찾지 못했다.

2주 뒤, 그 늑대잡이가 말을 타고 근처 협곡을 내려오다가 굴

에서 나오는 늑대 한 마리를 보았다.
그는 언제든 쏠 준비가 되어 있던 총알을 발사했고, 10달러짜리 머리가죽 하나를 그의 줄에 추가했다. 굴을 파헤치자 아주 놀랍게도 새끼들이 11마리나 있었다. 보통 늑대는 한번에 새끼를 대여섯 마리 정도 낳는데 말이다. 게다가 이상하게도 몸집이 두 종류였다. 다섯 마리가 다른 여섯 마리보다 몸집도 크고 나이도 많았다. 두 가족이 한 어미 밑에서 살았던 것이다. 전리품 줄에 녀석들의 머리가죽을 추가하던 사냥꾼에게 뭔가가 떠올랐다. 한 무리는 2주 전에 자신이 죽인 암컷 늑대의 가족이 확실했다. 그것은 분명한 일이었다. 새끼들은 다시는 오지 않을 어미를 기다리다 배가 고파지자 더욱 크게 낑낑거리며 슬피 울어 대고 있었다. 지나가던 다른 어미 늑대가 새끼들의 울음소리를 들은 모양이었다. 새끼를 낳은 지 얼마 되지 않아 마음이 온화해져 있었던 어미 늑대는 고아들을 자기 굴로 데리고 와 돌봐주며 곱절이나 되는 가족을 부양하고 있었는데, 짧았지만 훈훈했던 한 가정을 그 늑대잡이가 끝낸 것이다.

많은 늑대잡이들이 늑대 굴을 파헤쳐 보지만 아무것도 발견하지 못하곤 한다. 경험이 많은 늑대들은 보통 굴 옆에 굴을 하나 더 파거나 작은 구멍을 파 놓고 적이 쳐들어오면 그 굴로 숨는다. 흙이 내려앉아 작은 굴을 막아 주기 때문에 새끼들이 위험을 피할 수 있는 것이다. 이 늑대잡이도 머리가죽들을 챙겨

가지고 그곳을 떠나 왔지만 제일 큰 새끼 늑대 한 마리가 굴 속에 아직도 숨어 있는 줄은 몰랐다. 아마 근처에서 두어 시간을 기다렸다 해도 발견하지 못했을 것이다. 세 시간 후 해가 지자, 굴 안쪽에서 가볍게 긁는 소리가 났다. 먼저 굴 한쪽의 부드러운 흙더미에서 작은 회색빛 앞발 두 개와 곧이어 조그맣고 까만 코가 나타났다. 드디어 새끼 늑대가 숨어 있던 곳에서 앞으로 나왔다. 굴이 공격당해 깜짝 놀랐던 녀석은 이제 굴의 상황을 보고 어리둥절해졌다.

굴은 전보다 세 배는 넓어져 있었고 천장에는 구멍이 나 있었다. 근처에 엎어져 있는 것들에서는 형제들과 비슷한 냄새가 났지만 기분이 나빴다. 새끼 늑대는 냄새를 킁킁 맡아 보고는 겁에 질려 살금살금 덤불 속으로 피해 들어갔다. 머리 위에서 쏙독새 한 마리가 울고 있었다. 새끼 늑대는 밤새도록 덤불 속에서 웅크리고 있었다. 새끼 늑대는 감히 굴 가까이 갈 생각도 하지 못했고 사실 어디 다른 데 갈 만한 곳도 없었다. 다음 날 아침 콘도르 두 마리가 시체를 내리 덮쳤다. 그러자 새끼 늑대는 덤불 속에서 뛰어나와 더 깊숙이 숨으려고 협곡을 따라 넓은 골짜기로 들어갔다. 갑자기 풀밭에서 자기 어미와 비슷하게 생긴 커다란 암늑대가 나타났다. 하지만 어미 늑대가 아니라 낯선 늑대였다. 암늑대가 자기 쪽으로 뛰어들자 길을 잃은 새끼 늑대는 본능적으로 바닥에 주저앉았다. 암늑대가 새끼 늑대를 손쉬운 먹이로 착각한 것이 틀림없었다. 하지만 냄새가 그 착각을 바로잡았다. 어미 늑대는 새끼 늑대 앞에서 잠깐 동안 꼼짝 않고 서 있었다. 그러자 새끼 늑대가 암늑대의 발밑에 엎드렸다. 새끼 늑대를 죽이거나 물로 흔들려는 충동은 사라져 버렸다. 새끼 늑대의 냄새를 맡은 것이다. 자기 새끼들과 같은 또래라는 사실에 가슴이 저려 온 것이다. 용기를 낸 새끼 늑대가 코를 치켜들고 자신의 냄새를 맡고 있는데도 암늑대는 약간의 미운 감정을 실어 짧게 으르렁거리기만 했을 뿐 드러내 놓고 화를 내지는 않았다. 그러나 지금 새끼 늑대는 자신이 간절히 바라던 어떤 것의 냄새를 맡았다. 어제부터 아무것도 먹지 못했던 새끼 늑대는 암늑대가 자기를 남겨 두고 돌아서자 서투른 발놀림으로 허둥지둥 따라나섰다. 암늑대의 집이 멀리 떨어진 곳에 있었다면, 새끼 늑대는 뒤에 처지고 말았을 것이다. 하지만 암늑대의 집은 아주 가까운 골짜기에 있었고 새끼 늑대는 암늑대가 들어간 지 얼마 되지 않아 굴 입구에 이르렀다.

낯선 것은 적이다. 암늑대는 적을 물리치려고 뛰쳐나갔다가 새끼 늑대와 다시 만났다. 암늑대는 뭔가의 냄새 때문에 다시 멈칫했다. 새끼 늑대는 절대적인 복종의 표시로 벌렁 누웠다. 하지만 가까운 곳에 뭔가 맛있는 냄새가 나서 참을 수가 없었다. 암늑대가 굴로 들어가 자기 새끼들 옆에 웅크리고 앉자, 새

새끼 늑대는 새로운 가족을 만나게 되었다.

끼 늑대도 고집을 부리며 따라갔다. 암늑대는 새끼 늑대가 자기 새끼들에게 접근하자 으르렁거렸지만 새끼 늑대가 너무 순종적이고 어려서 화를 낼 수 없었다. 새끼 늑대는 곧 다른 새끼들 사이에 끼여 그토록 원하던 것을 얻을 수 있었다. 이리하여 녀석은 암늑대의 가족으로 입양되었다. 며칠 지나자 녀석은 암늑대가 낯선 존재라는 사실을 잊어버릴 정도로 그들과 잘 어울려 지내게 되었다. 그러나 녀석에게는 몇 가지 다른 점이 있었다. 다른 새끼들보다 2주쯤 먼저 태어나 힘도 더 셌고 목과 어깨에는 훗날 거무스름한 갈기로 변할 목털이 두드러지게 나 있었다.

이 새끼 늑대에게 양어미는 더할 나위 없는 최상의 선택이었다. 왜냐하면 이 누런 늑대는 꾀가 많은 훌륭한 사냥꾼이었을 뿐만 아니라 현대적인 사고방식을 가진 암늑대였기 때문이었다. 프레리도그 꼬드겨 내기, 교대로 영양 쫓기, 야생마의 힘줄을 잘라 절름발이로 만들기, 수소의 옆구리 물기 같은 오래된 수법들은 겨울에 다른 늑대들과 무리를 지어 다니며 본능적으로 혹은 경험 많은 다른 늑대들로부터 보고 배운 것들이었다. 또 요즘에 반드시 알아야 할 것들, 예컨대 모든 사람들이 총을 들고 다니고, 총에는 도저히 대적할 수 없다는 것, 총을 피하려면 낮 동안에는 사람의 눈에 안 띄는 수밖에는 없지만 밤에는 총도 위험하지 않다는 것도 잘 알고 있었다. 어미 늑대는 덫에 대해서도 꽤 잘 알고 있었다. 실제로 언젠가 한 번은 덫에 걸려 발가락 하나를 잃고 빠져나온 적도 있었다. 발가락 하나만 잃고 끝난 것은 정말 다행스러운 일이었다. 덫의 성질을 완전히 이해한 것은 아니었지만, 그래도 덫이 얼마나 무서운 것인지 그리고 그것은 어떤 대가를 치르더라도 피해야만 한다는 것을 뼈저리게 느꼈다.

언젠가 한 번 어미 늑대는 다른 늑대 다섯 마리와 함께 양 목장을 습격할 계획을 세웠다가 마지막 순간에 돌아선 적이 있었다. 왜냐하면 못 보던 철사가 보였기 때문이다. 하지만 다른 늑대들은 목장으로 돌진했다가 양에게는 제대로 다가가 보지도 못하고 죽음의 덫에 걸리고 말았다.

이런 식으로 어미 늑대는 새로운 위험을 배워 나갔고, 그것들을 정확히 이해하지는 못했지만 그래도 낯선 것이라면 무조건 의심부터 해 보는 습관을 가지게 되었다. 그리고 특별한 한두 가지에 대해서는 두려움마저 지니고 있었기 때문에 오랫동안 몸을 지킬 수 있었다. 어미 늑대가 해마다 새끼들을 성공적으로 길러 낸 덕에 이 지방의 누런 늑대 수는 계속해서 늘어났다. 늑대들은 총, 덫, 사람 그리고 그들이 데리고 온 새로운 동물들에 대해서 배웠다. 하지만 아직 배워야 할 것이 하나 더 있었다. 그것은 정말로 끔찍한 수업이었다.

검은 갈기의 형제들이 태어난 지 한 달쯤 되었을

때, 어미 늑대가 이상한 모습으로 돌아왔다. 어미 늑대는 입가에 거품을 물고 다리는 부들부들 떨며 굴 입구까지 와서 경련을 일으키며 쓰러져 있다가 간신히 굴 안으로 들어왔다. 어미 늑대는 새끼들을 핥아 주려 했지만 턱도 떨리고 이빨도 덜거덕거렸다. 새끼들을 물 수도 있겠다 싶어진 어미 늑대는 대신 자기 앞다리를 물었다. 그러다 마침내 좀 냉정을 찾을 수 있었다. 무서워서 굴 구석으로 멀리 떨어져 있던 새끼 늑대들이 젖을 찾아 어미에게 다시 달려들었다. 어미 늑대는 회복되긴 했지만 2, 3일 동안 심하게 앓았는데, 어미젖에 있던 독은 그 사이에 새끼들에게 재앙을 초래했다. 새끼들은 심하게 앓았다. 시련이 끝났을 때는 가장 튼튼한 새끼 한 마리만이 살아남을 수 있었다. 이제 굴에는 어미 늑대와 검은 갈기를 가진 새끼 늑대 즉 어미 늑대가 입양한 늑대만 남아 있게 되었다. 그래서 검은 갈기는 어미 늑대가 돌보아야 할 유일한 새끼가 되었다. 어미 늑대는 정성을 다해 녀석을 먹여 살렸고 덕분에 녀석은 무럭무럭 자랐다.

늑대들은 어떤 사물들에 대해 빨리 배운다. 늑대가 느낄 수 있는 것들 가운데 냄새에 대해 가장 강력하게 반응하는데, 그래서 새끼 늑대와 어미 늑대 모두 스트리키닌 냄새를 맡으면 금방 알 수 없는 공포와 증오심을 체험했다.

4

늑대 훈련의 기초

일곱 마리 몫의 젖을 혼자서 차지하게 된 새끼 늑대가 무럭무럭 자라는 것은 당연한 일이었다. 그리고 가을이 되자 어미를 따라 사냥을 나섰다. 녀석은 이제 어미만큼이나 키가 커져 있었다. 그 가을, 이 지역에 일어난 변화가 늑대들에게 엄습했다. 한꺼번에 엄청나게 많은 새끼 늑대들이 자라고 있었기 때문이다. 들판 가운데 요새처럼 서 있는 바위투성이 센트널 산은 덩치도 크고 힘도 센 많은 늑대들이 차지하고 있었다. 그래서 약한 늑대들은 그곳에서 쫓겨날 수밖에 없었다. 그것은 누런 늑대와 거무스름한 새끼 늑대의 경우도 마찬가지였다.

늑대에게는 우리가 사용하는 것과 같은 언어는 없다. 늑대들이 사용하는 단어라고는 간단한 감정을 표현하기 위한 10여 개의 울음소리, 짖는 소리, 으르렁거림이 고작일 것이다. 하지만 늑대들에게는 생각을 전달하기 위한 다른 몇 가지 방법과 정보를 퍼뜨리는 매우 특별한 방법 하나가 있다. 그것은 바로 늑대 전화라는 것이다. 늑대들의 영토 안에는 잘 알려진 '교환소'들이 곳곳에 많이 흩어져 있다. 교환소는 돌인 경우도 있고 오솔길 모퉁이인 경우도 있고, 아메리카들소의 두개골인 경우도 있다. 사실 자신들이 지나다니는 주요 통로 근처에 눈에 잘 띄는 것이 있다면 그것 모두가 본부로 이용된다. 개가 전봇대에, 사향뒤쥐가 특정한 진흙덩어리에 교환소를 두는 것처럼 늑대도 자기들의 몸 냄새를 그곳에 남기고 최근에 누가 와서 똑같은 일을 하고 갔는지를 알아내는 것이다. 몸의 상태, 예컨대 쫓기고 있는지, 배가 고픈지 배가 부른지, 아픈지는 물론 어디서 왔는지 또 어디로 갔는지도 알아낸다. 이 등록 시스템 덕분에 늑대는 적뿐만 아니라 친구들이 어디에 있는지도 알 수 있다. 누런 늑대를 따라다니는 검은 갈기도 어미가 의식적으로 가르치지 않았는데도 많은 교환소의 위치와 이용법을 알고 있었다. 본능적으로 어미를 따라하는 행동이야말로 가장 중요한 스승이었다. 하지만 사람이 위험에 처한 자기 자식을 보호하는 것처럼 어미 늑대가 녀석을 보호해 준 경우도 한두 번 있기는 했다.

거무스름한 새끼 늑대는 늑대로서 살아가는 데 필요한 기초적인 것들을 배웠다. 개와 싸우게 될 경우에는 먼저 무조건 도망을 치고, 어쩔 수 없이 싸우게 되더라도 맞붙어 싸우지 않고 물릴 듯 말 듯 달리면서 싸워야 하고, 사람이 말을 타고 지나갈 수 없는 험한 지역으로 도망쳐야 한다는 것들을 배운 것이다.

새끼 늑대는 사냥할 때 코요테들이 찌꺼기라도 얻을 수 있을까 하고 따라오더라도 신경 쓸 필요가 없다는 것도 배웠다. 녀석들을 잡을 수도 없고 녀석들이 늑대에게 해를 주는 것도 아니기 때문이다.

새끼 늑대는 땅에 내려앉아 있는 새들을 잡으려고 시간 낭비를 하면 안 되고, 검은 바탕에 흰색 줄이 있고 꼬리가 텁수룩한 작은 동물에게서는 반드시 멀리 떨어져 있어야 한다는 것도 알게 되었다. 녀석은 먹기에 좋지도 않고 아주 고약한 냄새가 나기 때문이다.

독! 오, 새끼 늑대는 자신의 형제들이 굴속에서 모조리 죽었던 그날의 냄새를 결코 잊을 수 없었다.

새끼 늑대는 이제 양을 공격할 때 가장 먼저 해야 할 일은 녀석들을 흩어 놓는 것이라는 사실도 알게 되었다. 홀로 떨어진 양은 멍청하고 쉬운 먹잇감이기 때문이다. 그리고 소 떼를 한쪽으로 몰려면 먼저 송아지를 놀라게 해야 한다는 것도 알게 되었다.

새끼 늑대는, 수소는 항상 뒤에서, 양은 앞에서, 말은 옆구리를 공격해야 하며 인간은 절대 공격해서는 안 되며 심지어는 마주쳐서도 안 된다는 것도 배웠다. 하지만 이것들에 덧붙일 한 가지 중요한 교훈이 있었으니, 그 비밀스러운 적에 대해서는 어미가 몸소 가르쳐 주었다.

5

덫에 대한 수업

낙인 찍는 철에 송아지 한 마리가 죽었다. 두 주가 지나자 너무 신선하지도 않고 너무 숙성한 것도 아닌 완벽한 맛이 나는 최고의 먹이가 되었다. 물론 이것은 늑대의 생각일 뿐이다. 바람이 이 소식을 멀리까지 실어 날랐다. 누런 늑대와 검은 갈기가 저녁거리를 찾으러 나섰다. 그런데 어딘지 모를 곳에서 송아지 냄새가 나서 그들은 바람이 불어오는 쪽으로 뛰어갔다. 송아지는 탁 트인 곳에 있어서 달빛에서도 분명히 보였다. 개라면 즉시 시체 쪽으로 뛰어갔을 것이다. 옛날 늑대였어도 아마 그렇게 했을 것이다. 하지만 늘 끊임없는 전쟁을 치르느라 항상 경계를 늦추지 않는 습관을 가지게 된 누런 어미 늑대는 자신의 코 말고는 아무것도 믿지 않았다. 그래서 속도를 늦춰 걸어갔다. 고기가 잘 보이는 곳에 이른 어미 늑대는 멈춰 서서, 코를 흔들어 가며 바람에 실려오는 냄새의 화학적 성분을 한참 동안 자세히 분석했다. 후 하고 불어서 모든 박막을 깨끗하게 털어 낸 후 재차 시험했다. 이어서 믿음직한 콧구멍이 보고서를 제출했다. 물론 만장일치의 보고서였다. 먼저, 먹음직스럽고 향기로운 송아지 냄새가 70퍼센트였다. 풀, 벌레, 나무, 꽃, 모

래, 그리고 여타 중요하지 않은 것들의 냄새가 15퍼센트였다. 그리고 새끼 늑대와 자기 자신의 몸에서 나는 이런저런 냄새가 10퍼센트, 인간의 발자국 냄새가 2퍼센트, 연기 냄새가 1퍼센트, 땀에 전 가죽 냄새가 1퍼센트, 인간의 몸에서 나는 냄새(표본이 너무 작아 구별이 잘 안 되었다)가 0.5퍼센트, 쇠붙이 냄새 미량이었다.

어미 늑대는 몸을 약간 수그리고 코를 흔들며 열심히 냄새를 맡았다. 새끼 늑대도 어미를 흉내 내 똑같이 했다. 어미 늑대가 뒤로 멀찌감치 물러났다. 하지만 새끼는 그대로 서 있었다. 어미 늑대가 낮게 그르렁거렸다. 그러자 새끼도 마지못해 뒤로 물러섰다. 어미 늑대는 먹음직스러워 보이는 시체 주위를 맴돌았다. 새로운 냄새가 났다. 코요테 발자국 냄새였다. 곧이어 코요테의 몸 냄새도 났다. 그랬다. 코요테들이 근처 산등성이를 따라 몰래 돌아다니고 있었던 것이다. 옆으로 비켜서자 다른 냄새가 났다. 이제 송아지 냄새는 바람에 거의 실려 오지 않았다. 대신 흔해빠지고 별로 흥미로울 것도 없는 잡다한 냄새들이 바람에 실려 왔다. 전처럼 사람 발자국 냄새가 났다. 가죽 냄새는 사라졌지만 쇠붙이 냄새가 1.5퍼센트쯤, 그리고 사람의 몸에서 나는 냄새가 2퍼센트쯤으로 늘어났다.

깜짝 놀란 어미 늑대는 무서운 것이 있다는 사실을 긴장한 자세, 분위기, 약간 곤두선 목털을 통해 새끼에게 알려 주었다.

어미 늑대는 계속해서 주위를 돌아다니며 살펴보았다. 높은 곳에 올라가자 인간의 몸에서 나는 냄새가 두 배로 강하게 풍겼다. 하지만 그 냄새는 아래쪽으로 내려오자 희미해졌다. 그때 코요테 몇 마리의 발자국 냄새, 여러 종류의 새 냄새와 함께 송아지 냄새가 진하게 바람에 실려 왔다. 바람에 냄새가 실려 온 먹음직스러운 먹이를 향해 원을 그리며 다가가자 의심스러운 냄새가 잦아들었다. 심지어는 먹이를 향해 한두 발자국 똑바로 가 보기도 했다. 그때 땀에 전 가죽 냄새가 진하게 풍겨 왔다. 또 한 번 연기와 쇠붙이 냄새가 두 가닥의 잔치용 색실처럼 뒤섞여 풍겨 왔다. 그 냄새에 온 신경을 곤두세운 채, 송아지 쪽으로 성큼성큼 두 걸음을 전진했다. 송아지 근처에 사람 냄새가 나는 가죽 조각 하나가 있었다. 그러더니 코를 찌를 듯한 냄새 위로 쇠붙이와 연기 냄새가 났다. 마치 쇠고기 떼가 지나간 곳을 뱀이 다시 지나간 것처럼 쇠붙이와 연기 냄새가 어찌나 희미하던지 식욕이 왕성하고 성급한 새끼는 조금의 주저함도 없이 어미 늑대의 어깨를 밀치고 먹이로 달려들었다. 어미 늑대는 새끼 늑대의 목을 물어서 뒤로 내팽개쳤다. 돌멩이 하나가 새끼 늑대의 발에 치여 앞으로 구르다가 쨍하는 독특한 소리를 내며 멈췄다. 위험한 냄새가 갑자기 확 풍겨 왔다. 어미 늑대는 먹이로부터 천천히 뒤로 물러났고 새끼 늑대도 마지못해 어미를 뒤따라갔다.

새끼 늑대는 코요테들이 자기들의 심기를 건드리지 않으려고 조심조심 송아지 쪽으로 가까이 가는 모습을 부러운 듯이 쳐다보았다. 코요테들이 매우 조심스럽게 다가가는 모습이 보였지만 어미 늑대의 행동과 비교하자면 매우 경솔한 것이었다. 송아지 냄새는 이제 참기 힘들 정도로 강렬하게 풍겨 왔다. 코요테들이 고기를 찢고 있었기 때문이었다. 그때 '철컹' 하는 날카로운 소리가 들리더니 곧이어서 코요테 한 마리가 비명을 질러 댔다. 그와 동시에 총소리와 불빛이 밤의 정적을 깼다. 송아지와 코요테를 향해 무차별 사격이 가해졌다. 코요테들은 마치 두들겨 맞는 개처럼 비명을 지르며 뿔뿔이 흩어졌다. 하지만 총에 맞아 죽은 한 마리와 늑대잡이들이 설치했던 덫에 걸려 몸부림치는 또 한 마리만은 예외였다. 다시 사방이 끔찍한 냄새로 가득 찼다. 아까보다 훨씬 심했고 또 아까는 나지 않던 다른 무시무시한 냄새도 났다. 어미 늑대는 새끼를 데리고 골짜기 아래로 나는 듯이 도망쳤다.

6

함정에 빠진 누런 늑대

삶은 힘든 게임이다. 만 번을 이긴다고 해도 단 한 번의 실패만으로도 그동안 얻은 것을 모두 날릴 수 있기 때문이다. 누런 늑대가 지금까지 조롱해 주었던 덫은 수백 개나 되었다! 얼마나 많은 새끼들에게 덫 피하는 법을 가르쳐 주었던가! 살아가는 동안 마주치는 온갖 위험한 것들 중에서 누런 늑대가 가장 잘 알고 있는 것이 바로 덫이었다.

10월이 왔다. 새끼 늑대는 이제 어미보다 훨씬 키가 커졌다. 그 늑대잡이는 전에 한 번 그들을 본 적이 있다. 누런 어미 늑대와 그 뒤를 따르는 새끼 늑대를 말이다. 길고 서툰 다리, 크고 부드러운 발, 가는 목, 빈약한 꼬리는 녀석이 올해 태어난 새끼임을 말해 주고 있었다. 그러나 지금 흙과 모래에 찍힌 발자국은 어미 늑대는 오른쪽 앞발에 발가락이 하나 없고 새끼 늑대는 몸집이 거대하다고 말해 주고 있었다.

송아지 시체로 늑대를 잡으려고 생각한 것도 바로 그 늑대잡이였다. 하지만 그는 늑대 대신 코요테가 잡힌 것에 낙담했다. 10월은 늑대 털이 가장 좋은 때라 덫사냥이 본격적으로 시작되는 달이다. 젊은 덫꾼은 대개 미끼를 덫 위에 고정시킨다. 그러

어미 늑대는 새끼를 데리고 골짜기 아래로 나는 듯이 도망쳤다.

나 경험이 풍부한 덫꾼은 그렇게 하지 않는다. 노련한 덫꾼은 미끼를 놓고 거기서 3미터에서 6미터쯤 떨어진 곳에 덫을 놓는다. 늑대가 맴돌다가 지나갈 만한 지점에 덫을 놓는 것이다. 덫꾼이 가장 좋아하는 수법은 사방이 탁 트인 곳에다 덫을 서너 개 숨기고 그중앙에 고기 조각을 흩어 놓은 것이다. 덫은 사람 손과 쇠붙이 냄새를 숨기기 위해 연기를 쏘인 후 보이지 않는 곳에 묻는다. 가끔은 미끼를 놓는 대신 늑대의 눈길이나 호기심을 끌 만한 작은 솜조각이나 깃털을 흩뿌려 치명적인 배신의 땅으로 늑대를 유혹하기도 한다. 훌륭한 덫꾼은 늑대들이 자신의 수법을 알아차리지 못하도록 끊임없이 방법을 바꾼다. 유일한 대비책은 사람 냄새가 나는 것은 무조건 끊임없이 조심하고 의심하는 것이다.

그 늑대잡이는 최고로 튼튼한 강철 덫들을 싣고 '미루나무'에서 가을 작업을 시작했다.

예전에 아메리카들소들이 강을 건너던 오솔길이 마른 골짜기를 따라 남아 있었다. 그 마른 골짜기는 언덕 너머 평평한 고원까지 이어진다. 소와 사슴뿐만 아니라 늑대와 여우 등 모든 동물이 그 길로 다닌다. 주요 통행로인 셈이다. 그곳에서 그다지 멀지 않은 곳에 미루나무 그루터기가 하나 있는데, 그곳에 있는 자갈 많은 내에 늑대가 지나다닌 흔적들이 있었다. 늑대 사냥꾼은 그 길 근처의 미루나무 그루터기에서 늑대들의 흔적을 발견했다. 덫을 놓기에 아주 좋은 장소는 오솔길이 아니라 바로 여기였다. 왜냐하면 이곳에는 소들이 많이 다니기 때문이다. 그는 오솔길에서 20미터쯤 떨어진 평평한 모래땅 4평방미터 넓이에 덫 네 개를 놓았다. 그리고 각각의 덫 근처에 고기 두세 덩어리씩을 흩뿌려 두었다. 그러고 나서 한복판에 돋은 풀 위에 하얀 깃털 서너 개로 마무리 지었다. 사람의 눈은 말할 것도 없고 동물의 코도 몇몇을 제외하고는 이 모래땅에 숨어 있는 위험을 아무도 탐지해 내지 못할 것이다. 해와 바람 그리고 모래 그 자체가 사람 냄새를 없애기 때문이다.

누런 늑대는 지금까지 그런 덫을 천 번도 더 보고 그냥 지나쳤다. 그리고 덩치 큰 아들에게도 그런 것은 그냥 지나쳐 가라고 가르쳐 주었다.

찌는 듯한 한낮에 소들이 물을 마시러 왔다. 소들은 예전에 아메리카들소들이 그랬던 것처럼 그 오솔길을 따라 줄지어 내려왔다. 작은 새들이 앞에서 훨훨 날아갔다. 탁란찌르레기들이 소들의 등 위에 올라타고, 프레리도그들이 소들을 향해 재잘거렸다. 예전에 아메리카들소들에게 했던 것처럼 말이다.

소들은 녹회색 바위들이 솟아 있는 녹회색 고원에서 당당하고 엄숙한 모습으로 목적지를 향해 똑바로 행진해 내려갔다. 오솔길 가에서 장난치며 놀던 송아지들도 강가 모래톱에 이르자 얌전히 어미들 뒤를 따라 걸어갔다. 행렬의 맨 앞에 있던 늙은 암소가 '덫 설치지'를 지나면서 뭔가 의심스럽다는 듯이 코를 킁킁거리며 냄새를 맡았다. 하지만 덫 설치지는 멀리 있었다. 그렇지 않았다면 그 암소는 피가 뚝뚝 흐르는 쇠고기 위를 짓밟으며 길길이 날뛰었을 것이다. 당연히 덫도 모두 퉁겨져 나와 못쓰게 되었을 것이다.

하지만 암소는 무리를 이끌고 강으로 갔다. 물을 실컷 마시고 나서 소들은 저녁이 될 때까지 가까운 강둑에 누워 있었다. 저녁 식사 때가 되자 소들은 자리에서 일어나 목초가 무성하게 자란 곳으로 행진해 돌아가기 시작했다.

작은 새 한두 마리가 고기 조각을 쪼아 먹기도 하고 검정파리가 윙윙거리며 주위를 날아다니기도 했지만, 해가 저물 때까지 덫을 숨긴 모래는 아무도 건드리지 않았다.

태양이 자신의 색으로 놀이를 시작했을 즈음, 잿빛개구리매 한 마리가 강가의 모래톱 위를 스치듯이 날아왔다. 잿빛개구리매가 검정지빠귀들을 잡으려고 했지만 너무 어설펐다. 검정지빠귀들은 덤불 속으로 뛰어들어 도망쳤다. 생쥐들에게는 너무 이른 시간이었다. 하지만 잿빛개구리매는 지면을 스쳐 날았다. 녀석의 날카로운 눈에 덫 옆에서 깃털이 날리는 것이 보였다. 녀석은 방향을 바꾸었다. 미처 가까이 가기도 전에 깃털밖에는 없다는 것을 알 수 있었지만, 대신 고기 조각이 보였다. 순진하게도 바닥에 내려앉아 두 번째 고깃덩어리를 게걸스럽게 먹는 순간, 철컥 하는 소리와 함께 먼지가 높이 피어올랐다. 튼튼한 늑대 덫에 발가락이 걸린 것이다. 몸부림쳐 보았지만 소용없는 일이었다. 많이 다치지는 않았다. 그래서 가끔씩 커다란 날개를 퍼덕여 덫에서 빠져나가 보려고 애썼지만, 쥐덫에 걸린 참새처럼 조금도 날 수가 없었다. 이윽고 태양이 반음계의 노래, 즉 백조의 노래를 부르면서 서부에서만 볼 수 있는 타는 듯이 빨간 저녁놀이 사그라들었다. 코끼리 덫에 걸린 생쥐나 다름없이 최후를 맞은 그 가엾은 녀석 위로 땅거미가 내렸다. 그때 평평한 외딴 산에서 낮고 굵은 포효가 들려왔다. 그러나 또 다른, 그리 길지도 않고 반복되지도 않는 소리가 응답하듯이 들려왔다. 뭔가를 간절히 부르는 소리라기보다는 본능적으로 나오는 소리였다. 처음 울음소리는 늑대가 동료를 부르는 소리이고 또 다른 소리는 매우 큰 수놈이 대답하는 소리였는데, 이번 경우는 짝이 아니라 모자였다. 누런 늑대와 검은 갈기였다. 이들은 함께 아메리카들소의 길을 따라 뛰어내려 왔다. 언덕에 있는 교환소에 들르기도 하고 다시 오래된 미루나무 그루터기에 들르기도 하면서 강가로 갔다. 그때 덫에 걸린 매가 날개를 퍼덕였다. 어미 늑대는 매 쪽으로 고개를 돌렸다. 상처를 입고 땅 위에 떨어진 새가 틀림없어 보였다. 어미 늑대는 그쪽으로 달려갔다. 태양과 모래는 모든 냄새를 금방 지워 버린다. 그래서 어미 늑대에게 경계심을 불러일으킬 만한 것은 아무것도 없었다. 어미 늑대는 퍼덕거리는 새에게 달려들어 한입에 꽉 물었고, 새의 고통도 끝을 맺었다. 그 순간 소름끼치는 소리가 났다. 이빨이 강철에 부딪힌 것이다. 위험을 고하는 소리였다. 어미 늑대는 입에 물었던 매를 떨어뜨리고 그 위험 지역에서 뛰어나가려고 하다 두 번째 덫을 밟고 말았다. 죽음의 덫이 발을 깊숙이 물었다. 어미 늑대는 빠져나오려고 힘껏 뛰어올라 봤지만 숨어 있던 또 다른 덫에 앞발까지 물리는 신세가 되었다. 이런 식으로 놓인 덫은 처음이었다. 이렇게 방심한 적도 처음이었다. 그리고 이렇게 꽉 잡힌 것도 처음이었다. 공포와 분노의 불길이 확 타올랐다. 입에 거품을 물고 으르렁거리며 사슬을 잡아당기기도 하고 물어뜯어 보기도 했다. 덫이 하나였다면 땅속에 묻힌 통나무를 끌고서 도망칠 수도 있으련만, 두 개의 덫에 물렸으니 어쩔 도리가 없었다. 몸부림을 칠수록, 이 비정한 덫은 발을 더욱더 꽉 물 뿐이었다. 어미 늑대는 허공을 물어뜯기라도 하듯 울부짖었다. 어미 늑대는 이미 죽어 있는 매를 갈가리 찢어 놓았다. 어미 늑대는 단말마 같은 신음을 토해 냈다. 마치 미친 늑대가 짖는 소리 같았다. 어미 늑대는 덫을, 자기 새끼를, 그리고 자기 자신까지 물어뜯었다. 덫에 물린 앞발과 뒷발을 물어뜯었다. 분노에 휩싸여 자기 옆구리를 물다 미친 듯이 꼬리까지 물어 떼냈다. 강철 덫을 무는 바람에 이빨이 부러지고 피와 거품 투성이가 된 털은 흙과 모래로 엉망이 되었다.

어미 늑대는 몸부림을 치다 지쳐 쓰러져서 죽은 듯이 누워 있거나 몸을 뒤척이다가 힘이 소생하면 다시 일어나 사슬을 갉아 댔다.

그러는 동안 밤이 지나갔다.

그렇다면 검은 갈기는? 검은 갈기는 어디에 있었을까? 검은 갈기는 어미 늑대가 독을 먹고 집으로 돌아왔던 때의 기억이 되살아났다. 하지만 지금 어미는 그때보다 훨씬 더 무서웠다. 지금 어미 늑대에게는 전투적인 증오심만이 남아 있는 것 같았다. 검은 갈기는 조금 떨어져서 낑낑거리며 울었다. 녀석은 뒤로 물러났다가 어미가 움직이지 않고 누워 있으면 다시 다가갔다가 어미가 자기에게 화를 내면서 달려들면 다시 뒤로 물러났다. 그러면 어미는 다시 덫에서 빠져나오려고 발버둥쳤다. 새끼 늑대는 무슨 영문인지 알 수가 없었다. 아는 것이라고는 어미가 지금 무시무시한 고통을 당하고 있다는 것, 지난번 송아지 고기를 먹으러 갔을 때 자기들을 위협한 것과 똑같은 이유 같다는 것뿐이었다.

검은 갈기는 가까이 가기는 무섭고 그렇다고 달리 어떻게 해야 할지도 몰라 그저 무기력하게 어미 곁을 밤새도록 어슬렁거

리고만 있었다.

이튿날 새벽, 어느 양치기가 길 잃은 양을 찾아 나섰다가 부근 언덕 위에서 어미 늑대를 발견했다. 거울로 신호를 보내자 그 늑대잡이가 야영지에서 달려왔다. 검은 갈기는 새로운 위험을 느꼈다. 녀석은 몸집은 컸지만 그래도 아직은 새끼였다. 인간을 상대한다는 것은 엄두도 못 낼 일이었다. 녀석은 늑대잡이가 다가오자 도망쳤다.

늑대잡이는 덫에 걸려 갈기갈기 찢어진 채 피투성이가 되어 가련하게 쓰러져 있는 암늑대가 있는 곳으로 말을 타고 왔다. 그가 총을 쏘았고 몸부림은 곧 멈췄다.

늑대잡이는 근처에 남아 있는 발자국과 흔적을 조사하다 전에도 이런 것을 본 적이 있다는 사실을 기억해 냈다. 그는 이 늑대가 거대한 몸집의 새끼 늑대를 데리고 다니던 저 센트널 산의 암늑대라고 짐작했다.

검은 갈기가 몸을 숨기려고 급히 도망치고 있을 때 '탕' 하는 소리가 들렸다. 이 소리가 무엇을 뜻하는지 알 까닭이 없었지만, 다정했던 어미 늑대를 다시는 볼 수가 없었다. 이제부터 녀석은 세상과 홀로 맞서야 했다.

7

지위와 명예를 얻다

본능은 가장 훌륭한 안내자임이 분명하다. 하지만 좋은 부모를 가졌다는 것도 큰 힘이 된다. 검은 갈기를 한 새끼 늑대는 흔히 볼 수 없는 훌륭한 어미를 둔 덕에 어미의 탁월한 능력과 지혜를 배울 수 있었다. 뛰어난 코를 상속받은 검은 갈기는 코가 해 주는 충고를 절대적으로 신뢰했다. 인간은 콧구멍이 얼마나 뛰어난 능력을 가지고 있는지 그다지 잘 알지 못한다. 회색늑대는 인간이 아침 신문을 읽듯이 아침 바람을 쓱 한 번 냄새 맡아 보고 온갖 최신 정보를 얻을 수 있다. 또 땅 위를 한 번 돌아보고 몇 시간 내에 그곳을 지나친 모든 동물들에 대해 아주 세세한 정보까지 다 얻는다. 심지어 녀석의 코는 어느 동물이 어느 쪽으로 갔는지도 말해 준다. 한 마디로 말하자면, 녀석이 지나가는 길에 최근에 어떤 동물들이 어디서 와서 어디로 갔는지를 모두 설명해 주는 것이다.

검은 갈기의 능력은 최상급이었다. 두툼하고 촉촉한 코는 이 모든 것이 사실이라고 판단할 수 있는 근거다. 또한 검은 갈기는 남다른 힘과 지구력이 있었다. 그리고 마지막으로 녀석은 어떤 것이든 좀 이상하다고 생

각되는 것은 무조건 의심을 해야 한다는 것을 어릴 때 이미 배웠다. 이것을 수줍음이라고 하거나 조심성이나 의심이라고 불러도 상관없다. 하지만 그것은 지혜보다도 훨씬 더 소중한 것이었다. 그의 삶을 성공으로 이끈 것은 육체의 힘이기도 했지만 이에 못지않은 조심성 덕분이기도 했다. 늑대의 세계에서는 힘이 곧 정의여서 검은 갈기 모자는 센트널 산악지대에서 쫓겨났었다. 그러나 그곳은 안락한 곳인 데다 고향이기도 해서 검은 갈기는 계속해서 그곳으로 돌아오곤 했다. 그런데 그곳에 사는 한두 마리의 큰 늑대가 녀석이 오는 것을 싫어했다. 녀석은 몇 번이나 쫓겨났지만 매번 더욱 강해진 모습으로 돌아왔고 마침내는 녀석들과 대적할 수 있을 정도가 되었다. 18개월이 되기도 전에 녀석은 경쟁자들을 모두 무찌르고 고향 땅에 다시 자리를 잡았다. 녀석은 그 풍요로운 땅에서 공물을 거두고 바위투성이 요새 안에 안전한 은신처를 마련하고 마치 산적 두목처럼 살았다.

늑대잡이 킹은 가끔 이곳에서 사냥을 했다. 이곳에서 사냥을 시작한 지 얼마 안 되어 그는 15센티미터쯤 되는 커다란 발자국을 우연히 발견했다. 몸집이 거대한 늑대의 것이었다. 대충 계산해 발자국 길이 1센티미터당 발 하나의 무게가 5킬로그램에서 6킬로그램, 어깨까지의 높이는 6센티미터에 해당한다. 따라서 이 늑대는 어깨 높이가 85센티미터, 몸무게가 20킬로그램

정도 된다는 계산이 나온다. 지금까지 만난 늑대 가운데 가장 큰 놈이었다. 염소 목장에서 살았기 때문에 염소에 대해 잘 알고 있던 킹이 외쳤다. "정말 멋진 빌리 아니야?" 빌리는 숫염소를 부를 때 쓰는 말이었다. 거무스름한 늑대가 '배드랜즈의 빌리'로 불리게 된 것은 이런 사소한 이유 때문이었다.

킹은 늑대들의 소집 신호인 그 길고 매끄러운 울음소리에 정통해 있었다. 하지만 빌리의 울음소리는 음계가 다른 여러 음이 중단 없이 이어지는 다소 특이한 음조의 소리이기 때문에 항상 구별이 되었다. 킹은 전에 미루나무 협곡에서 그 소리를 들은 적이 있었다. 그리고 마침내 몸집이 크고 검은 갈기를 가진 그 늑대를 보았을 때 그는 녀석이 자신이 설치한 덫에 걸렸던 그 사나운 누런 어미 늑대의 새끼라는 것도 금방 알아차렸다.

이것들은 밤에 모닥불 가에 앉아 있을 때 그가 내게 들려준 이야기를 통해 안 것이다. 나는 예전에는 덫이나 독을 놓아 늑대를 잡는 것이 누구나 할 수 있는 일이었지만 시간이 지나면서 그런 순진한 늑대들도 함께 사라졌다는 것을 알고 있다. 지금은 목장주들이 사용하는 방법들에 당하지 않는 새로운 꾀를 익힌 늑대들의 수가 꾸준히 늘어 가고 있었다. 이제 그 늑대잡이는 펜루프 씨가 여러 종류의 사냥개들을 이끌고 다니며 경험했던 온갖 모험담을 내게 이야기해 주었다. 그가 데리고 다닌 사냥개들 중에는 싸움을 하기에는 가죽이 너무 얇은 폭스하운드, 사냥감이 시야에서 사라지면 아무 짝에도 쓸모없는 그레이하운드, 거친 지역을 다니기에는 너무 몸이 무거운 데인도 있었다. 그리고 이 온갖 종류의 사냥개 무리 중에는 최후의 결전으로 녀석들을 이끄는 불테리어가 끼어 있었다.

그는 코요테 사냥에 관해서도 들려주었다. 코요테 사냥은 대부분 성공적이었다. 왜냐하면 녀석들은 들판으로 도망치다가 그레이하운드들에게 쉽게 잡히기 때문이었다. 그는 바로 이 사냥개 무리들과 함께 작은 회색늑대 몇 마리를 죽인 일도 이야기해 주었는데 보통 그 경우에는 사냥개들을 이끄는 개가 목숨을 잃는다고 했다. 하지만 무엇보다 그가 장황하게 이야기한 것은 '센트널 산의 저주스러운 저 검은 늑대'의 놀라운 무용담과 놈을 추적하거나 궁지에 몰아넣으려고 온갖 노력을 했지만 줄줄이 실패했던 일이었다. 녀석은 낙인이 찍힌 값나가는 소만을 고집스레 잡아먹으면서 어떻게 하면 무사히 자기처럼 할 수 있는지를 다른 늑대들에게 가르쳐 주었다. 녀석에게 가르침을 받은 늑대는 해마다 늘어만 갔다.

금광을 찾으러 다니는 사람들이 보물 이야기에 솔깃하듯 나 역시 귀를 기울이고 들었다. 이런 이야기들은 내 세계에 속하는 일이기 때문이었다. 펜루프 씨가 기르는 사냥개 무리가 우리 모닥불 주위에 누워 있기 때문에, 이런 이야기들이 우리에게 더욱더 생생하게 다가왔다. 우리는 베드랜즈의 빌리를 잡으러 나섰다.

8

밤의 목소리와 커다란 발자국

마지막 빛줄기가 서쪽 하늘에서 사라지고 코요테들이 짖어대며 합창을 시작한 9월 하순 어느 날 밤, 굵고 낮은 소리가 울려 퍼졌다. 킹이 담뱃대를 꺼내며 고래를 돌려 말했다. "놈이오. 바로 저놈이 빌리요. 높은 곳에서 하루 종일 우리를 지켜보고 있다가 총이 소용 없어지는 밤이 되니까 우릴 놀려 주려고 이리 오고 있는 거요."

개 두세 마리가 벌떡 일어나서 목털을 곤두세웠다. 코요테 따위가 아닌 것을 확실히 알고 있었기 때문이다. 녀석들은 어둠 속으로 달려 나갔지만 멀리 가지는 않았다. 커다랗게 짖는 소리가 갑자기 비명 소리로 변하더니 녀석들이 모닥불 옆 안전한 곳으로 되돌아왔다. 그중 한 마리는 어깨를 크게 물려서 사냥에 참가할 수 없게 되었다. 다른 한 마리는 옆구리를 다쳤다.

"놈이오. 바로 저놈이 빌리요."

그다지 큰 상처를 입은 것 같지는 않았는데 이튿날에 보니 죽어 있어서 땅에 묻었다.

사냥꾼들은 무척 화가 났다. 그들은 빨리 복수를 해야겠다고 맹세하고 동이 트자마자 추적하러 나섰다. 코요테들이 새벽 노래를 부르다 사방이 환하게 밝아지자 모두 구릉 너머로 사라졌다. 사냥꾼들은 그 큰 늑대의 발자국을 추격했다. 그들은 개들이 놈의 발자국을 찾아내기를 기대했지만 개들은 찾아내지도 못했고 찾으려고 들지도 않았다.

대신 코요테 한 마리를 몇백 미터 쫓아가 죽였을 뿐이었다. 그것도 승리라면 승리였다. 코요테들도 송아지나 양을 죽이기는 매한가지니까 말이다. 하지만 우리들 모두 똑같은 생각을 하고 있었다. "작은 코요테 한 마리 앞에서는 힘세고 용맹한 녀석들이, 정작 어젯밤 그 큰 늑대하고는 왜 싸우지 못한 걸까? 겁쟁이들 같으니."

누가 묻지도 않았는데 펜루프 씨의 아들이 대답했다.

"이봐요들. 빌리 녀석이 간밤에 늑대들을 모두 데리고 왔나 본데요."

그 말을 듣고 킹이 퉁명스럽게 대답했다. "발자국은 하나뿐인 걸."

이런 식으로 10월 한 달도 다 지나갔다. 하루 종일 힘들게 말을 타고 그럴싸한 발자국을 쫓아다녔고 또 개들

의 뒤를 쫓아가 보기도 했다. 하지만 큰 늑대 발자국을 추격하려 하지는 못했다. 아니 어쩌면 무서워서 그렇게 하지 않은 것일 수도 있다. 늑대에게 당했다는 소식이 계속 들려왔다. 때로는 목동들한테 전해 듣기도 했고 때로는 우리들이 직접 시체를 발견하기도 했다. 개들과 함께 달리면서 하기에는 위험한 일이기는 하지만, 몇 마리의 시체에는 독을 놓기도 했다. 10월 말에, 우리는 지칠 대로 지쳐 있었다. 몸은 햇볕에 타고, 말은 지쳐 있었고 개들은 다리를 다쳤다. 게다가 개의 수도 열 마리에서 일곱 마리로 줄어 있었다. 그런데 우리가 잡은 것은 회색늑대 한 마리와 코요테 세 마리뿐이었다. 배드랜즈의 빌리는 한 마리에 50달러나 하는 송아지와 개를 최소한 열 마리 이상 죽였다. 몇몇 젊은 사냥꾼들은 포기하고 집으로 돌아갈 결심을 하기도 했다. 킹은 그 사람들 편에 목장에서 동원할 수 있는 개 전부와 사냥에 필요한 것들을 보내 달라고 요청하는 편지를 보냈다.

이틀을 기다리는 동안 우리는 말을 쉬게 하고 사냥도 즐기면서 더 힘든 사냥을 준비했다. 둘째 날 늦게 새로운 개들이 도착했다. 훌륭한 놈으로 여덟 마리였다. 이제 개의 수는 15마리로 늘었다.

날씨가 더 쌀쌀해지니 아침에는 눈이 내려 대지를 하얗게 덮었다. 늑대잡이들에겐 기분 좋은 일이었다. 성공을 보장해 주는 것이나 다름없었기 때문이다. 날씨가 쌀쌀해진 덕분에 개와 말도 달리기가 수월해졌다. 간밤에 울음소리를 들었으니까 빌리는 그리 멀리 있지 않았다. 눈 위에 난 발자국을 따라가면 되니까 일단 발견하기만 하면 녀석은 우리를 절대로 피해 갈 수 없을 것이기 때문이었다.

아침 일찍 막 출발하려고 하는데 남자 셋이 말을 타고 야영지로 왔다. 펜루프 씨의 한패들이 되돌아온 것이다. 날씨가 바뀌는 바람에 마음이 바뀐 것이었다. 눈이 내리면 행운이 찾아온다는 것을 알기 때문이었다.

모두가 말에 올라타고 있는데, 킹이 말했다. "기억들 해 둬요. 이번 사냥의 목적은 배드랜즈의 빌리요. 나머진 하나도 필요 없소. 그놈만 잡으면 다른 녀석들은 다 잡은 거나 마찬가지요. 15센티미터짜리 발자국만 잘 찾아요."

그래서 늑대의 발자국을 발견했을 때 재 보기 위해서 각자 채찍 손잡이나 장갑에 15센티미터를 정확하게 표시해 두었다.

한 시간쯤 지났을까, 서쪽으로 말을 타고 간 사냥꾼에게서 신호가 왔다. 한 방의 총소리였다. 그것은 '주목'의 뜻인데, 열도 세기 전에 다시 두 번째 총소리가 났다. 이번에는 '오라'는 뜻이었다.

킹은 개들을 모아 저 멀리 언덕 위에 서 있는 사람에게로 곧장 말을 달렸다. 모두들 기대에 차서 가슴이 뛰었다. 기대를 저버리지 않았다. 몇몇 작은 발자국 사이로 15센티미터가 넘는

커다란 발자국이 보였다. 펜루프 씨의 아들이 환호성을 지르며 전속력으로 말을 몰았다. 마치 사자 사냥이라도 나선 모습이었다. 오랫동안 연기된 행복이라도 찾아낸 것 같았다. 사냥꾼들에게 오랜 추적 끝에 멋진 동물이 남긴 뚜렷한 발자국을 발견하는 것만큼이나 기분 좋은 일은 없다. 그 발자국을 흡족해 하며 들여다보는 킹의 눈이 얼마나 빛나던지!

9

드디어 따라잡다

그렇게 힘들게 말을 타 보기는 처음이었다. 빌리를 잡는 일은 우리가 생각했던 것보다 훨씬 오래 걸렸다. 끝없이 이어지는 그 발자국은 간밤에 빌리가 무슨 일을 했는지를 자세히 보여 주고 있었다. 녀석은 교환소 주위를 돌아다니며 새로운 소식을 찾았다. 그곳에서 잠시 멈춘 후 오래된 두개골을 조사했다. 그리고 뒷걸음질치다가 조심스럽게 방향을 바꾸어 바람 냄새를 맡으며 뭔가를 조사했는데 그것은 낡은 양철 깡통이었다. 그리고 또 낮은 언덕에 올라앉아서 소집의 울음을 울었다. 두 마리 늑대가 각기 다른 방향에서 오자 그들과 함께 눈보라가 몰아

칠 때 소들이 피하는 강가 모래톱으로 갔다. 여기서 녀석들 세 마리는 아메리카들소의 두개골을 방문하기도 하고 줄지어 달리기도 했다. 그랬다가 헤어졌다가 다시 만났다. 그런데 그런데 말이다. 오! 이럴 수가. 훌륭한 암소 한 마리가 갈기갈기 찢긴 채 죽어 있었다. 먹지도 않은 채였다. 자기들 입맛에 맞지 않았던 것 같다. 그래도! 1.5킬로미터도 채 못 가서 녀석들이 죽인 다른 소 한 마리가 보였다. 먹이를 먹은 지 여섯 시간도 채 안 되었다. 여기서 녀석들의 발자국은 다시 흩어져 있었다. 그러나 눈 위에 남은 흔적으로 보아 아마도 잠을 잔 것이 확실했다. 이 장소의 냄새를 맡고 사냥개들이 목털을 곤두세웠다. 킹이 녀석들을 제지했지만 녀석들은 몹시 흥분해 있었다. 언덕에 올라 보니, 늑대들은 방향을 바꿔 우리 쪽으로 오다가 전속력으로 도망쳤다. 발자국이 그걸 알려 주었다. 녀석들이 언덕에서 우리를 지켜보았던 것이 분명했다. 녀석들은 그리 멀지 않은 곳에 있었다.

사냥개들은 한데 뭉쳐 잘 따라왔다. 아직 목표물이 보이지 않은 터라, 그레이하운드들은 다른 개들 사이에서 이리저리 뛰거나 말들을 뒤쫓아 달리거나 했다. 우리는 되도록 빨리 말을 몰았다. 늑대들이 속도를 내고 있었기 때문이다. 늑대들은 되도록 험한 지형을 골라서 도망쳤고, 우리는 개들의 뒤를 따라 고원과 작은 골짜기를 오르내렸다. 한 시간, 다시 한 시간 우리는 작은 계곡을 잇따라 지나쳤지만, 늑대 세 마리의 발자국은 여전히 원기왕성하게 이어지고 있었다. 또 한 시간이 아무런 변화도 없이 지나갔다. 하지만 우리는 멀리서 짖어 대는 사냥개들의 소리를 따라 쉴 새 없이 언덕을 오르내리며 힘겹게 덤불을 헤치고 징검다리를 건넜다.

이제 우리는 강의 낮은 골짜기로 내려갔다. 하지만 그곳에는 눈이 거의 쌓여 있지 않았다. 우리는 위험한 계곡과 언덕의 미끄러운 바위들을 넘으면서 오래 버티기 힘들다는 사실을 깨달았다. 가장 낮고 건조한 평지에 이르자 몇몇 사냥개들은 흩어졌다. 어떤 녀석은 위로 올라가고 어떤 녀석은 내려가고 또 어떤 녀석은 앞으로 계속 달려 나갔다. 오! 킹이 얼마나 악담을 퍼부었는지! 그는 이것이 뭘 뜻하는지 금방 알아차린 것이다. 늑대들이 흩어지자 사냥개들도 덩달아 무리에서 흩어진 것이다. 늑대 한 마리를 세 마리가 쫓아가는 것은 어림도 없는 짓이었다. 네 마리로도 상대할 수 없는데 두 마리라면 개들은 늑대에게 죽고 말 것이 뻔했다. 하지만 처음으로 나타난 희망의 조짐이기도 했다. 늑대들도 힘에 심한 압박을 받고 있다는 것을 뜻하기 때문이었다. 우리는 박차를 가해 앞으로 나가 개들을 멈춰 세우고 발자국 하나만 따라가기로 했다. 그러나 쉬운 일이 아니었다. 여기는 눈도 없고, 개 발자국들이 무수히 뒤섞여 있어서 그만 혼란에 빠지고 말았다. 할 수 있는 일이라고는 개들로 하여금 늑대 발자국 하나를 골라서 그 발자국을 쫓아가게 하는 일이었다. 전처럼 추격을 계속했다. 기대도 하긴 했지만, 잘못된 발자국이면 어쩌나 하는 두려움도 있었다. 개들은 잘 달렸다. 정말 빨랐다. 킹은 나쁜 징조라고 말했다. 그러나 우리가 도착하기 전에 개들이 발자국을 마구 밟아 버렸기 때문에 우리는 발자국을 살필 수 없었다.

3킬로미터를 달린 끝에 다시 눈이 쌓여 있는 곳으로 왔다. 늑대의 모습이 보였다. 하지만 기분 나쁘게도 가장 작은 늑대의 발자국을 쫓아온 것이다.

펜루프의 아들이 투덜댔다. "그럴 줄 알았다니까. 진짜를 쫓아가는 녀석들치곤 겁대가리 없이 달리더라구. 산토끼가 아니라는 게 놀랍군."

1킬로미터도 채 못 갔을 때였다. 버드나무 숲에 몰린 늑대가 역습을 했다. 늑대가 구원을 청하는 긴 울부짖음이 들렸다. 우리가 그곳에 도착하기 전에 킹은 개들이 주춤주춤 물러나 흩어지는 광경을 보았다. 1분 후, 덤불 저쪽에서 작은 회색늑대와 큰 검은 늑대가 빠르게 지나갔다.

"세상에! 놈이 도와 달라고 소리치지 않았더라도 빌리는 도와주러 왔을 거야! 대단한 녀석이야." 하고 늑대잡이가 외쳤다. 나는 동료를 버리고 도망치기를 거부한 저 용감한 늑대에게 반해 버렸다.

또 한 시간 동안 우리는 다시 힘들게 골짜기를 올라갔다. 다행히 그곳은 눈이 쌓인 고지대였다. 그때 개들이 다시 흩어졌고 우리는 전력을 다해 녀석들을 끌어모아 '15센티미터짜리 발자국'을 추적하게 했다. 그것은 내게 이미 로맨스와 같은 일종의 마력을 띠는 것으로 변해 있었다.

개들은 다른 늑대를 쫓는 걸 더 좋아하는 게 분명했지만 그래도 우리는 결국 녀석들을 그 길로 모았다. 그로부터 다시 30분 동안 고생고생 전진한 끝에, 넓고 평평한 곳으로 올라갈 수 있었다. 나는 센트널 산의 거대한 검은 늑대를 힐끗이나마 처음으로 볼 수 있었다.

"만세, 배드랜즈의 빌리! 만세!" 나는 경외감의 표시로 소리 높여 외쳤다. 그러자 다른 사람들도 소리쳤다.

우리는 빌리 그 자신 덕분에 마침내 그 발자국을 추적하게 되었다. 개들도 높은 소리로 짖어 대면서 합세했다. 그레이하운드들은 높게 짖어 대며 곧장 빌리를 쫓아갔고 말들도 흥분하여 코를 킁킁대며 더욱 힘차게 뛰어 나갔다. 혼자서 침묵을 지키고 있는 것은 검은 갈기의 늑대였다. 빌리의 체구와 힘, 그리고 무엇보다도 길고 억센 털을 보았을 때 나는 왜 개들이 빌리의 발자국을 피했는지 충분히 이해할 수 있었다.

머리와 꼬리를 내리고, 빌리는 눈 위를 껑충껑충 뛰어가고 있었다. 혀는 길게 축 늘어져 있었다. 분명 많이 지쳐 있었다.

빌리는 300미터나 떨어져 있었는데도, 늑대잡이들은 회전식 연발 권총을 꺼내 들었다. 그들은 피를 보러 나온 것이지 놀러 나온 게 아니었다. 그러나 빌리는 총으로부터 몸을 보호할 수 있는 가장 가까운 협곡으로 눈 깜짝할 사이에 모습을 감추어 버렸다.

녀석은 협곡을 올라간 것일까 아니면 내려간 것일까? 위쪽은 녀석의 산으로 가는 길이고, 아래쪽은 몸을 숨기기가 좀더 쉬웠다. 녀석이 '위쪽'으로 갔을 거라고 생각한 우리는 산등성이를 따라 서쪽으로 압박해 갔다. 그러나 다른 사람들은 총 쏠 기회를 기다리겠다며 동쪽으로 말을 몰고 갔다.

곧 아무런 소리도 들리지 않는 곳에 도착했다. 우리가 틀렸던 것이다. 녀석은 아래쪽으로 간 것이다. 하지만 총소리는 들리지 않았다. 여기서 우리는 협곡을 건너갔다. 건너편에 도착한 우리는 방향을 틀어 전속력으로 말을 몰며, 눈 위에 발자국이 있는지, 언덕에 뭔가 움직이는 것이 있는지 아니면 뭔가 살아 있는 짐승의 소리가 바람에 실려 오는지를 살펴보았다.

안장 가죽에서는 '삐걱삐걱, 삐걱삐걱' 소리가 났고, '헉 헉' 거리는 말들의 숨소리와 '따가닥 따가닥" 하는 말발굽 소리가 들렸다.

10

돌아온 빌리

우리는 늑대가 뛰어간 반대편으로 돌아가 보았지만, 아무런 흔적도 보이지 않았다. 우리는 동쪽으로 천천히 말을 몰았다. 1.5킬로미터쯤 갔을까. 킹이 헐떡거리며 말했다. "저기 좀 봐요." 눈 위로 거무스름한 점 하나가 앞으로 움직이고 있었다. 우리는 속력을 냈다. 거무스름한 점이 또 하나 나타났고 다른 점이 더 나타났지만 빠르지는 않았다. 5분 뒤 그 점들 가까이 가 보니 우리 그레이하운드 세 마리가 있었다. 사냥감을 놓쳐서 흥미를 잃은 모양이었다. 녀석들은 이제 우리를 찾고 있었다. 그곳에는 사냥감도 다른 사냥꾼들도 없었다. 하지만 서둘러 다음 산등성이로 가다가 우리는 그토록 열심히 찾던 발자국을 우연히 발견했다. 가는 길에 협곡 하나가 나타났다. 그래서 건널 수 있는 곳을 찾고 있는데 사냥개들이 맹렬하게 짖어 대는 소리가 협곡 깊이 있는 덤불 속에서 들려왔다. 그 요란한 소리는 점점 커지며 협곡 중간까지 올라갔다.

우리는 사냥감을 볼 수 있으리라는 기대를 갖고 협곡 가장자리를 따라 달려갔다. 협곡 맞은편으로 개들이 보였다. 하지만 한데 몰려 있는 것이 아니라 비뚤비뚤한 긴 줄을 이루고 있었다. 다시 5분 뒤, 더 많은 개들이 협곡 가장자리로 올라왔는데, 그 거대한 검은 늑대가 녀석들 앞에서 달리고 있었다. 지난번처럼 머리와 꼬리를 내린 채였다. 녀석의 다리에는 확실히 힘이 있었고 턱과 목은 훨씬 더 힘이 있어 보였다. 그러나 이젠 보폭은 짧아져 있고 도약에도 힘이 없어진 것 같았다. 천천히 높은 곳으로 올라간 개들은 녀석을 보고는 맥없이 짖어 댔다. 개들 역시 진이 거의 빠진 것이다. 그레이하운드들이 그 광경을 보고 나중에 지쳐 쓰러질 게 뻔한데도 맹렬하게 협곡 아래로 뛰어내려 가 맞은편으로 올라갔다. 우리도 말을 타고 돌아다녔지만 협곡을 건널 만한 곳을 찾지 못했다.

늑대잡이 킹은 추격이 최고조에 달했는데도 구경만 하게 되자, 화를 내며 미친 듯이 고함을 질러 댔다. 킹은 말을 몰아 골짜기의 폭이 좁아지는 곳까지 올라갔다. 험준한 곳이었지만 그는 아랑곳하지 않았다. 그 커다란 산마루에 가까워졌을 때 남쪽에서 사냥개들이 힘없이 짖어 대는 소리가 들려왔다. 높은 산비탈 쪽으로 가자, 좀더 크게 들렸다. 우리는 작은 언덕 위에 말을 멈추고 눈 위를 바라보았다. 움직이는 점 하나가 나타나고 또 그 점을 따라오는 다른 점들이 보였다. 점들은 한데 어울려 있지 않고 띄엄띄엄 떨어져 있었다. 그리고 가끔씩 울음소리가 멀리서 희미하게 들렸다. 점들은 우리 쪽을 향해 오고 있었다. 이리 와! 그래! 오고 있었다. 하지만 너무 느렸다. 뛰어오

는 것은 하나도 없었다. 무시무시한 암소 학살왕이 다리를 절룩거리며 나타났고 그 뒤 저 멀리 그레이하운드 한 마리가, 그 뒤로 또 한 마리가 나타났다. 나머지 개들이 자신들의 속도에 따라 느릿느릿 다리를 질질 끌며 쫓아왔다. 오랫동안 힘들게 추격한 결실이 보였다. 늑대는 사냥개들을 떼어 버리려고 했지만 소용이 없었다. 이제 파멸의 시간이 온 것이다. 늑대는 기운이 빠져 있었다. 하지만 개들은 아직 기운이 남아 있었다. 그들은 산모퉁이를 돌아 천천히 우리 쪽으로 곧바로 오고 있었다.

협곡을 건너 녀석들에게 합세할 수 없었던 우리는 숨을 죽이고 탐욕스런 시선으로 지켜보았다. 그들과 우리 사이의 거리는 더욱 좁아졌다. 사냥개들의 짖는 소리가 바람에 약하게 실려왔다. 빌리는 방향을 바꿔 가파른 비탈길을 올라갔다. 잘 알고 있는 길인 것 같았다. 한 번도 미끄러지는 일이 없었으니까 말이다. 내 마음은 빌리에게 쏠렸다. 녀석은 동료를 구하기 위해 되돌아왔다. 죽더라도 고향 산에서 죽겠다고 지친 몸으로 산기슭을 오르는 빌리를 보면서 킹과 나는 순간적으로 가슴이 뭉클했다. 개 15마리와 사냥꾼에게 둘러싸인 빌리에게 더 이상 도망칠 곳은 없었다. 빌리는 걷는 것이 아니었다. 비틀거리며 그저 위를 향하고 있을 뿐. 그 뒤를 일렬로 따라가던 개들이 점점 바짝 쫓아갔다. 우리는 그들이 헐떡이는 소리를 들을 수 있었다. 그러나 짖는 소리는 거의 들리지 않았다. 숨이 차서 짖을 힘이 없었던 것이다. 위를 향한 엄숙한 행렬은 계속해서 이어졌다. 그들은 산등성이를 돌아, 갈수록 좁아지는 벼랑길을 따라 올라갔다. 벼랑길은 몇 미터쯤 내려가 협곡 위로 솟아 있는 암붕으로 이어졌다. 앞장을 선 개들이 지칠 대로 지친 적에게는 공포를 느끼지 않는지 천천히 다가가고 있었다.

이곳은 폭이 좁아서 한 발짝만 잘못 디뎌도 죽고 만다. 거대한 늑대가 개들을 향해 돌아섰다. 앞발에 힘을 싣고, 머리는 수그리고 꼬리는 약간 쳐든 채 거무스름한 갈기를 곤두세우고는 번득이는 이빨을 드러내놓고 녀석은 사냥개 일당과 마주했다. 하지만 아무런 소리도 내지 않았다. 오랫동안 도망다니느라 다리가 약해지긴 했지만 목과 턱과 심장에는 여전히 힘이 있었다. 이제 개를 사랑하는 사람은 책을 덮는 게 나을 것이다. 15 대 1의 싸움이었다. 개들이 다가갔다. 가장 빠른 개가 먼저 달려들었다. 순식간에 벌어진 일이라, 자세히는 알 수가 없었다. 하지만 물줄기가 바위에 부딪혀 산산이 부서지는 것처럼 빌리를 향해 그 좁은 길로 나아간 개들은 쏟아지듯 차례로 떨어져 나갔다. 개 한 마리가 힘없이 달려들자 곧 늑대의 반격이 있었다. 큰 상처를 입은 핑고는 그렇게 낭떠러지로 떨어졌다. 댄더와 콜리가 가까이 다가가 덤벼들었다. 돌진, 던져 올리기. 녀석들도 좁은 길로 떨어지고 말았다. 다음은 블루 스팟, 힘센 오스카, 겁 없는

거대한 늑대가 개들을 향해 돌아섰다.

티지의 차례였다. 늑대는 바위 옆에 서 있었다. 싸움은 눈 깜짝 할 사이에 끝났고 남은 것은 늑대뿐이었다. 그 큰 개들이 사라졌다. 나머지 개들이 다가갔다. 물고 뜯고 던져 올려졌다. 가장 날쌘 개에서 가장 덩치 큰 개까지 모두 개들이 깊은 상처를 입은 채, 입을 쩍 벌리고 있는 협곡으로 던져졌다. 날카로운 바위와 나무 둥치들이 기다리고 있는 곳으로 말이다.

50초 만에 이 모든 것이 끝났다. 바위는 물줄기를 막아 냈고, 펜루프 씨의 사냥개들은 몰살당했다. 그리고 배드랜즈의 빌리는 다시 자신의 산 위에 홀로 서 있었다.

잠시 동안 빌리는 남은 개가 있는지 살피며 기다렸다. 더 이상은 없었다. 모두 죽은 것이다. 숨을 돌린 녀석은 그 처절한 현장에서 처음으로 승리의 울음을 길게 울었다. 그러고는 낮은 바위고개를 넘어 센트널 산의 협곡으로 사라졌다.

우리는 돌조각처럼 굳어 묵묵히 바라보고만 있었다. 손에 총이 있다는 것도 잊어버렸다. 모든 일이 너무나 순식간이었다. 그게 다였다. 우리는 빌리가 사라질 때까지 꼼짝 않고 있었다. 그 현장까지는 멀지 않았다. 우리는 살아남은 개가 있는지 알아보기 위해 가 보았다. 한 마리도 남김없이 모두 죽었다. 우리는 아무것도, 아무 말도 할 수 없었다.

11

해질녘의 울음소리

일주일 후 우리는 말을 타고 침니팟 뒤쪽의 높은 오솔길을 지나가고 있었다. 나와 킹이었다. 그가 말했다. "펜루프 영감은 그 일이라면 이제 아주 신물이 나는 모양이야. 할 수만 있다면 팔아 치우겠다나봐. 다음에 어떤 일이 일어날지 하나도 모르겠다는군."

센트널 산 너머로 해가 기울고 있었다. 더몬트 목장으로 이어지는 모퉁이에 도착하자 땅거미가 졌다. 아래쪽 강가 평지에서 굵은 울음소리가 울려 퍼지더니 그에 대한 대답으로 좀더 높은 울음소리들이 합창으로 들려왔다. 아무것도 보이지는 않았지만 그래도 열심히 귀를 기울여 보았다. 노래는 계속해서 이어졌다. 늑대들이 사냥할 때 내는 소리였다. 그 소리가 잦아들더니 또 다른 소리가 밤을 흔들어 댔다. 날카롭게 짖는 소리와 짧은 울음소리가 들렸다. '다가서'라는 신호였다. 소가 울부짖는 소리가 아주 짧게 들리더니 이내 잦아들었다.

킹이 자기 말을 쓰다듬으며 단호하게 말했다. "놈이야. 놈이 무리와 함께 나와 있어. 또 고기를 먹고 있나 보군."

소년과 스라소니

1

소년

이제 겨우 열다섯 살인 그는 사냥을 좋아했고 유달리 열심이었다. 뭔가를 처음 시작하는 사람은 다 그렇겠지만 말이다. 야생 비둘기 떼들이 하루 종일 푸른 케이지어널 호수를 가로질러 와 숲 속의 작은 빈터에서 있었던 산불을 기념하듯 서 있는 거대한 고목들의 가지 위에 앉아 그를 유혹했다. 하지만 몇 시간 동안이나 녀석들을 쫓아다녔지만 헛수고였다. 녀석들은 구식 산탄총의 사정거리를 정확히 알고 있는 것처럼 보였다. 총을 쏠 수 있을 만큼 가까이 가면, 녀석들은 요란하게 날개를 퍼덕이며 하늘로 솟아올랐다. 마침내 작은 비둘기 떼가 통나무 근처에 있는 샘 가 작은 녹색 나무로 흩어져 몸을 숨겼다. 토번은 살그머니 다가갔다. 자기 가까이에 비둘기 한 마리가 있는 것을 본 그는 천천히 녀석을 겨눈 후 총을 쏘았다. '탕' 소리가 울리더니, 그와 거의 동시에 비둘기가 떨어졌다. 토번이 자기가 사냥한 것을 주우러 달려가는데, 키가 큰 어떤 청년이 이 광경을 보고 성큼 걸어와 비둘기를 집어들었다.

"코니 형! 그건 내 새야."

"네 새라구? 네 새는 저쪽으로 날아갔어. 새들이 여기 있는 걸 확인하고 내가 이 엽총으로 맞혔는걸, 확실해."

자세히 살펴보니 비둘기 몸에는 산탄 총알뿐만 아니라 엽총알도 함께 박혀 있었다. 사냥꾼 둘이 같은 새를 동시에 겨냥하고 쏜 것이다. 심각할 수도 있는 상황이었다. 이곳 오지에서는 식량뿐만 아니라 탄약도 부족했기 때문이다. 그래도 둘은 즐겁게 농담을 나누었다.

코니는 키가 180센티미터나 되는 멋진 청년으로, 아일랜드계 캐나다인이었다. 그는 통나무 오두막으로 돌아갔다. 별달리 내세울 만한 가구 하나 없는 집이었지만, 고단한 삶에 그나마 기쁨을 안겨 주는 그런 집이었다. 그는 캐나다 오지의 삼림

지대에서 나고 자라기는 했지만, 따뜻하고 재치 있기로 유명한 아일랜드인의 피를 하나도 잃지 않고 있었다.

코니는 대가족의 장남이었다. 나이 드신 부모님들은 이곳에서 남쪽으로 40킬로미터 떨어진 피터세이란 곳에서 살고 있었다. 코니는 땅을 '불하' 받아 직접 나무를 베어 페네봉크에 오두막을 지었다. 그곳에서 코니의 차분하고 믿음직스러운 여동생 마가트와 밝고 재치 있는 여동생 루가 그를 위해 살림을 맡고 있었다. 토번 앨더는 이 집에 잠시 와 있는 것이었다. 그는 심한 병에서 이제 막 회복한 상태였다. 그래서 이곳 집주인들처럼 건강해지기를 바라며 이 불편한 숲 속으로 보낸 것이었다. 그들의 집은 다듬지 않은 통나무로 지은 집이었는데, 마루도 깔려 있지 않고 지붕도 잔디와 잡초로 이어져 있었다. 집 주변은 울창한 원시림이었다. 원시림의 한 끝에는 남쪽에 있는 피터세이로 가는 험한 길이 나 있었고 다른 쪽 끝에는 아름다운 호수가 펼쳐져 있었다. 그리고 조약돌이 깔려 있는 그 호숫가 맞은편으로 코니네 집에서 가장 가까운 집이 어렴풋이 보였다. 호수 건너 6킬로미터나 되는 곳이었다.

매일매일의 일상에는 거의 변화가 없었다. 코니는 동이 틀 때에 일어나 불을 피운 후 여동생들을 깨웠다. 그리고 여동생들이 아침을 준비하는 동안 말에게 먹이를 주었다. 6시에 아침 식사가 끝나면, 코니는 일하러 갔다. 마가트는 점심 때가 되었다는 것을 고목의 그림자가 샘 위로 드리우는 것을 보고 알았다. 그러면 마가트는 샘에 가서 점심 식사 때 마실 시원한 물을 길어 왔고, 루는 장대 위에 하얀 헝겊을 매달았다. 헝겊이 보이면, 코니는 여름 휴경지나 목초밭에서 집으로 돌아왔다. 열심히 정직하게 일하는 사람들이 그렇듯이 지저분하고 가무잡잡하고 건강한 모습으로 말이다. 토번은 하루 종일 멀리 나가 있었다. 하지만 저녁은 늘 함께 모여서 먹기 때문에, 식사시간에 맞춰 호수나 집에서 먼 산등성이에서 돌아왔다. 아침이나 점심처럼 저녁 식단도 늘 똑같았다. 식탁에는 언제나 돼지고기, 빵, 감자, 차가 올라왔다. 가끔은 달걀이 올라오기도 했는데, 작은 통나무 마구간 근처에서 기르는 암탉 12마리가 낳은 것이었다. 야생 동물의 고기가 올라오는 일은 아주 드문 일이었다. 왜냐하면 토번은 사냥을 잘 못했고, 코니는 밭에서 일을 하느라 사냥할 시간이 거의 없었기 때문이다.

2

스라소니

지름이 1, 2미터나 되는 참피나무도 수명을 다했다. 모든 나무들이 그러하듯 말이다. 죽음은 세 번이나 경고를 보낼 정도로 너그러웠다, 이 나무는 참피나무 중에서도 가장 크게 자란 데다. 자손들도 이미 다 자라 있었고 속도 비어 있었던 것이다. 어느 해 겨울에 돌풍이 불어 쓰러지자 나무 속의 커다란 구멍이 드러났다. 햇볕이 잘 드는 공터 한가운데로 쓰러져 있는 이 나무의 속은 마치 길다란 굴 같았다. 이 나무는 새끼를 낳아 기를 준비를 하던 스라소니에게는 더할 나위 없이 좋은 보금자리가 되어 주었다.

이 스라소니는 늙고 쇠약해 있었다. 스라소니에게는 힘든 해였기 때문이다. 주로 먹이가 되었던 토끼들이 작년 가을에 번진 전염병 때문에 사라진 것이다. 그리고 겨울에는 눈이 많이 내린 데다 갑자기 온도가 내려가 쌓여 있던 눈이 얼어붙는 바람에 자고새들마저 거의 다 죽어 버렸다. 게다가 올 봄에는 비가 많이 와서 얼마 남지 않은 새들마저 죽었고, 연못과 강물이 많이 불어나는 바람에 물고기나 개구리를 잡기도 힘들었다. 이 어미 스라소니의 처지 역시 다른 스라소니들보다 조금도 나을 바가 없었다.

새끼들은 태어나기 전부터 굶주린 상태였다. 어미 스라소니는 새끼들 때문에 두 배로 힘들었다. 사냥할 시간을 새끼들에게 빼앗겼기 때문이었다.

북방멧토끼는 스라소니가 좋아하는 먹이이다. 어떤 해에는 하루에 50마리까지 잡기도 했지만, 이번 사냥철에는 단 한 마리도 볼 수 없었다. 전염병 때문이었다.

어미 스라소니는 속이 텅 빈 통나무에 제 발로 뛰어든 청설모 한 마리밖에는 잡지 못한 날도 있었고, 냄새가 고약한 검은 뱀 한 마리로 하루를 지낸 날도 있었다. 먹잇감을 하나도 구하지 못한 날도 있었는데, 그런 날이면 새끼들은 잘 나오지 않는 젖을 물고 애처롭게 울어 댔다. 어느 날 크고 검은 짐승 하나가 눈에 띄었다. 불쾌하긴 하지만 냄새는 익숙한 짐승이었다. 어미 스라소니는 조용히 그리고 민첩하게 뛰어올라 공격했다. 가시도치의 코에 일격을 가하긴 했지만, 녀석이 고개를 숙이고 꼬리를 휘두르는 바람에 작고 날카로운 가시에 10여 군데나 찔렸다. 스라소니는 이빨로 가시를 모두 뽑아냈다. 몇 년 전에 이미 '가시도치에 대해 배웠기' 때문이다. 지금처럼 힘들지만 않았다면 굳이 공격할 필요는 없었을 것이다.

그날 잡은 것은 개구리 한 마리가 전부였다. 다음 날, 어미 스라소니는 아주 먼 숲까지 가서 힘겹게 사냥을 하고 있었다. 그때 아주 이상한 소리가 들렸다. 처음 듣는 소리였다. 바람을 안고 조심스럽게 가까이 다가가자, 새로운 냄새들과 함께 낯선 소리들이 더 많이 들려왔다. 숲 속 빈터로 들어설 때까지도 그 크고 분명하고 이상한 소리는 계속해서 들렸다. 공터 한복판에는 사향뒤쥐나 비버의 집과 비슷한 집과 비슷한 커다란 집이

어느 날 어미 스라소니는 가시도치를 발견했다.

두 채 있었다. 여지껏 한 번도 본 적이 없는 큰 집이었다. 그 집은 연못이 아니라 물이라고는 없는 작은 언덕 위에 있었고, 일부분이 통나무로 만들어진 집이었다. 그 주위에는 자고새, 더 정확하게는 자고새와 비슷하지만 좀 더 크고 색깔이 붉은색, 누런색, 흰색 등으로 다양한 새들이 걸어 다니고 있었다.

어미 스라소니는 사람들이 수사슴 열병이라고 부르는 것과 비슷한 흥분에 몸을 떨었다. 먹이, 먹이, 또 먹이, 먹이가 이렇게 풍부하다니. 어미 사냥꾼은 바닥에 엎드렸다. 가슴을 바닥에 딱 붙여 팔꿈치가 등보다 높이 올라온 자세로 빈틈없고 조심스럽게 다가갔다. 어떤 대가를 치르더라도 저 자고새들 중 한 마리만큼은 꼭 잡아야 했다. 속임수일까 하여 망설여서도 안 되고 조금의 실수도 해서는 안 된다. 시간이 조금, 아니 하루 종일이 걸린다 해도, 목표물이 날아가지 않도록 확실하게 접근해야 한다.

사향뒤쥐의 거대한 통나무집은 여기서 몇 발자국만 뛰면 닿을 만한 곳에 있었다. 하지만 그 짧은 거리를 어미 스라소니는 지금 한 시간째 기어가고 있다. 그루터기에서 덤불로, 통나무에서 풀밭으로 바닥에 납작 엎드린 채 살금살금 기어간 덕분에 자고새들은 스라소니를 보지 못했다. 스라소니가 처음에 들었던 그 커다란 울음소리를 아직도 내며 녀

석들은 먹이를 먹고 있었다. 녀석들도 한 번은 위험을 느낀 듯 했지만, 오랫동안 기다려 보아도 별다른 일이 없자 더 이상 두려워하지 않았다. 이제 녀석들의 코앞까지 왔다. 사냥의 본능과 허기를 채우고 싶다는 갈망으로 몸이 떨려 왔다. 스라소니의 눈길이 하얀 녀석에게 모아졌다. 녀석이 제일 가까웠기 때문이 아니라 색이 눈에 잘 띄어서 그런 것 같았다.

사향뒤쥐의 집 주위는 확 트여 있었다. 그 바깥쪽에는 키가 큰 잡초들이 있었고, 그루터기가 여기저기 흩어져 있었다. 하얀 새는 이 잡초들 뒤에서 어슬렁거리고 있었고, 붉은 새는 집쥐 둔덕 꼭대기로 날아가 아까처럼 노래하고 있었다. 어미 스라소니는 몸을 더 바짝 낮추었다. 노랫소리가 경고 신호처럼 여겨졌기 때문이었다. 하지만 아니었다. 하얀 새는 여전히 그대로 있었다. 잡초 사이로 깃털이 언뜻 보였다. 널따란 공터가 보였다. 사냥꾼은 빈 자루처럼 납작 엎드린 채 자기 목 정도 되는 두께의 통나무 뒤로 천천히 그리고 소리 없이 다가갔다. 덤불까지만 가면, 한 번에 덮칠 수 있을 정도로 가까이 있는 잡초 사이에 숨을 수 있을 것이다. 스라소니는 이제 녀석들의 냄새를 맡을 수 있었다. 진하고 강렬한 생명의 냄새였다. 피와 살의 냄새였다. 온몸이 근질근질해지고, 눈에서는 빛이 났다.

자고새들은 아직도 땅바닥을 긁으며, 먹이를 먹고 있었다. 한 마리가 높이 날아올랐지만, 하얀 새는 그대로 있었다. 미끄러

지듯 조용히 다섯 걸음을 더 간 후 어미 스라소니는 잡초 뒤에 숨었다. 잡초 사이로 보이는 하얀 새의 모습에 눈이 부셨다. 스라소니는 거리를 잰 후, 발 디딜 곳을 살피며 쓰러진 덤불들을 뒷다리로 흔들어 치웠다. 그러고 나서 자고새를 향해 똑바로 있는 힘껏 뛰어올랐다. 하얀 자고새는 자신이 죽는 줄도 몰랐다. 그 운명의 회색 그림자가 너무도 빠르고 정확하게 자신의 임무를 수행했기 때문이다. 다른 새들은 적이 왔었다는 사실조차 알지 못했다. 스라소니는 꿈틀거리는 하얀 새를 입에 물고 사라졌다.

어미 스라소니는 타고난 사나움과 사냥의 기쁨 때문에 쓸데없이 으르렁거리며 숲 속으로 뛰어들어가 집을 향해 벌처럼 빠른 속도로 달려갔다. 희생자의 따뜻한 몸이 마지막 경련을 일으켰을 때, 앞쪽에서 발소리가 났다. 스라소니는 통나무 위로 뛰어올랐다. 새의 날개 때문에 앞이 잘 보이지 않자, 스라소니는 새를 내려놓고 한쪽 발로 단단히 눌렀다. 소리가 점점 가까워지면서 덤불이 흔들리더니 한 소년이 나타났다. 스라소니는 그 종족을 알고 미워했다. 밤에 그들을 보고 따라갔다가 쫓겨 상처를 입은 적이 있었기 때문이다. 한동안 그들은 정면으로 마주보고 서 있었다. 스라소니는 경고와 도전의 의미로 한 번 으르렁거린 후, 새를 집어물고 통나무에서 뛰어내려 몸을 숨길 수 있는 덤불로 들어갔다. 그곳에서 굴까지의 거리는 3, 4킬로미터 정도 되었지만, 스라소니는 볕이 잘 드는 빈터와 커다란 참피나무가 보일 때까지는 먹이를 먹기 위해 걸음을 멈추지 않았다. 스라소니는 "프르르 프르르" 나지막한 소리를 내 새끼들을 불러 함께 이 훌륭한 식사를 맛있게 즐겼다.

3

스라소니의 집

읍내에서 자라 소심한 토번은 코니의 도끼질 소리가 들리지 않는 곳까지는 감히 갈 생각을 못했다. 그러나 시간이 지나자 처음과는 달리 숲 속으로 더 깊숙이 들어갈 수 있게 되었다. 숲에서 길을 찾을 때, 나무에 낀 이끼처럼 믿을 수 없는 것들이 아니라 해와 나침반과 풍경의 특징을 길잡이로 삼을 수 있게 되었기 때문이다. 그가 숲에 나가는 이유는 야생 동물을 죽이는 것이 아니라 배우기 위해서였다. 하지만 원래 자연학자들은 사냥을 좋아하고, 그래서 총은 늘 그들의 동반자인 법이다. 오두막 주위에서 덩치가 좀 있는 동물이라고는 살진 우드척다람쥐뿐이었다. 녀석의 굴은 오두막에서 몇백 미터 떨어진 그루터기 밑에 있었다. 해가 잘 드는 아침이면 녀석은 그루터기 위에 누워 일광욕을 즐겼다. 하지만 숲에서는 늘 경계를 게을리 하지 않는 것이 좋다. 녀석이 늘 경계 상태를 유지하고 있어서, 토번은 총을 쏘아 보기도 했고 덫을 놓아 보기도 했지만 언제나 실패로 돌아갔다.

어느 날 아침에 코니가 말했다. "신선한 고기를 좀 먹어 볼 때가 됐지?" 그러더니 구경이 작고 놋쇠를 덧댄 구식 소총을 꺼낸 후, 조심스럽게 총알을 장전했다. 그러고는 총이 흔들리지 않도록 문설주에 기대고 문 밖을 향해 쏘았다. 명사수다운 모습이었다. 우드척다람쥐는 뒤로 넘어지더니 움직이지 않았다. 토번이 신이 나서 소리치며 뛰어가 녀석을 들고 돌아왔다. "머리를 정통으로 맞추었는걸. 100미터나 떨어진 데서."

코니는 삐져나오는 회심의 미소까지는 어떻게 막아 보았지만, 순간적으로 눈이 빛나는 것까지는 어쩌질 못했다.

우드척다람쥐를 죽인 데에는 그만한 이유가 있었다. 놈이 굴 주위의 작물을 점점 더 많이 망쳐 놓았기 때문이다. 덕분에 식구들은 녀석의 고기를 포식할 수 있었다. 코니는 토번에게 가죽을 다루는 법을 보여 주었다. 우선 활엽수를 태운 재로 가죽을 24시간 동안 감싸 두면 털이 빠진다. 다시 묽은 비눗물에 사흘 동안 담가 두었다가, 손으로 비벼 말리면 하얗고 질긴 가죽이 나온다.

토번은 점점 더 먼 곳까지 갔다. 숲에 가면 언제나 놀랍고 신비한 것들이 많이 있었다. 아무 소득도 없

는 날도 많이 있었지만, 이런저런 일들이 아주 많이 생기는 날도 있었다. 예상치 못한 일이야말로 사냥만이 가져다 줄 수 있는 영원한 매력이다. 어느 날 그는 한 번도 가 보지 않은 쪽에 있는 산등성이를 넘어 커다란 참피나무가 쓰러져 있는 빈터를 지나갔다. 그 나무는 한번 보면 도저히 잊을 수 없을 정도로 컸다. 그는 빈터를 지나 서쪽으로 1.5킬로미터쯤 떨어진 호수에 갔다가 20분 후에 다시 돌아왔다. 그때 높이가 10미터쯤 되는 솔송나무 위에 몸집이 거대하고 까만 짐승이 앉아 있는 것이 눈에 들어왔다. 곰이었다! 담력을 시험해 보기 위해 여름 내내 기다려 온 기회였다. 만약 이런 상황에 처하게 되면 '자기'가 어떻게 행동할지 궁금해 하고 있던 참이었다. 그는 움직이지 않고 가만히 서 있었다. 주머니에 오른손을 넣어, 납산탄 서너 발을 꺼냈다. 비상용으로 가지고 다니던 것이었다. 그는 총에 장전되어 있던 새 사냥용 산탄을 떨군 후, 납산탄을 장전했다.

곰은 움직이지 않았다. 하지만 머리가 보이지 않았다. 그래도 토번은 놈을 주의 깊게 살펴보았다. 그리 큰 놈은 아니었다. 아니, 작은 놈이었다. 그렇다. 아주 작은 놈이었다. 새끼 곰. 그렇다. 새끼 곰이었다! 어미 곰이 근처에 있다는 뜻이었다. 그는 약간 겁을 먹고 주위를 살펴보았지만 새끼 곰 말고 다른 뭔가가 있어 보이지 않았다. 그는 총을 겨누고 쏘았다.

놀랍게도 그 동물이 총에 맞아 떨어져 죽었다. 그런데 그것은 곰이 아니라 커다란 가시도치였다. 신기해 하며 가시도치를 살펴보던 그는 후회했다. 해롭지 않은 이런 동물을 죽일 생각은 전혀 없었기 때문이다. 녀석의 기괴한 얼굴에 할퀸 자국 두세 개가 길게 나 있었다. 녀석의 적은 그뿐만이 아니었던 것이다. 녀석에게서 얼굴을 돌리자 바지에 피가 묻은 것이 보였다. 왼손에서 피가 나는 것도 보였다. 얼떨결에 녀석의 가시에 심하게 찔린 것이다. 아쉽지만, 그 가시도치는 그냥 두고 와야 했다. 이 사실을 안 루는 "가죽을 덧댄 겨울용 망토가 필요했다." 며 안타까워했다.

하루는 전에 보았던 진기한 식물을 채집할 생각으로 총을 두고 숲으로 간 적이 있었다. 그 식물은 빈터 근처에 있었다. 장소는 쓰러진 참피나무를 보면 찾을 수 있었다. 그곳에 도착했을 때 이상한 소리가 들렸다. 그러더니 통나무 위에서 뭔가 움직이는 것이 눈에 들어왔다. 나뭇가지를 들어올리자 확실하게 보였다. 엄청나게 큰 스라소니의 머리와 꼬리였다. 놈도 그를 보았다. 놈이 그를 보면서 으르렁거렸다. 놈의 발밑에는 하얀 새가 있었는데 다시 보니 집에서 기르는 귀한 암탉이었다. 어찌나 사납고 잔인해 보이던지! 진저리가 나서 이가 갈릴 정도였다. 하지만 이런 좋은 기회가 하필이면 총이 없는 날 찾아오다니. 그는 조금도 겁을 먹지 않고, 그 자리에 그대로 서서 어떻게 해야 할지를 생각했다. 놈이 큰 소리로 으르렁거렸다. 그러고는 뭉뚝한 꼬리를 잠깐 동안 고약하게 씰룩거리더니, 닭을 주워 물고 통나무에서 뛰어내린 후 사라졌다.

그 해 여름은 비가 무척 많이 와서, 어디나 땅이 물렀다. 그래서 이 어린 사냥꾼은 건조할 때라면 전문가도 쫓지 못할 발자국을 쫓아갈 수 있었다. 어느 날 숲 속에서 돼지 발자국 비슷한 것을 보았다. 그는 어렵지 않게 발자국을 따라갔다. 금방 생긴 발자국인 데다 두 시간 전에 폭우가 내려 다른 발자국이 모두 씻겨 나갔기 때문이다. 발자국을 따라 500미터쯤 가자 탁 트인 협곡이 나왔다. 벼랑 가에서 어떤 하얀 것이 쏜살같이 협곡을 건너가는 것이 보였다. 그러고 나서 호기심에 가득 차서 자기를 바라보는 어미 사슴과 점박이 새끼 사슴이 그의 예리한 눈에 들어왔다. 비록 녀석들의 발자국을 쫓고 있긴 했지만, 그는 전혀 움찔하지 않았다. 입을 딱 벌린 채 뚫어지게 바라보자, 어미 사슴은 몸을 돌려서 위험을 알리는 깃발인 하얀 꼬리를 들어올리고는 가볍게 훌쩍 뛰어넘어 도망쳤다. 그러자 새끼도 뒤따라갔다. 녀석들은 낮은 나뭇가지를 힘 하나 안 들이고 훌쩍 뛰어넘었다. 그러고는 비스듬하게 넘어져 있는 통나무가 보이자 그 아래쪽 틈으로 고양이처럼 유연하게 몸을 구부리고 지나갔다.

비록 다시는 녀석들을 쏠 기회를 잡지는 못했지만, 그래도

토번은 똑같은 발자국 한 쌍을 본 적이 있었다. 아니 분명히 똑같은 발자국이라고 믿었다. 다른 이유로는 설명이 안 되었기 때문이다. 당시는 숲이 많이 개간된 상태가 아니어서 사슴을 볼 기회가 많지 않았던 것이다.

토번은 그들이 함께 있는 모습을 다시는 보지 못했다. 하지만 어미 사슴은 한 번 본 적이 있었는데, 그때도 그는 그 사슴이 전에 본 어미 사슴이라고 생각했다. 어미 사슴은 코로 냄새를 맡으며 발자국을 찾아 숲 속을 돌아다니고 있었다. 어미 사슴은 초조하고 걱정스러워 보였다. 뭔가를 찾고 있는 것이 분명했다. 토번은 전에 코니에게 배웠던 속임수를 하나 생각해 냈다. 그는 조용히 멈춰 서서 넓적한 풀잎 하나를 땄다. 그러고는 풀잎을 불었다. 짧고 날카로운 소리가 났다. 어미를 찾는 새끼 사슴의 울음소리와 아주 비슷한 소리였다. 그러자 멀리 떨어져 있던 사슴이 토번 쪽으로 뛰어왔다. 토번은 사슴을 죽일 생각으로 재빨리 총을 들었지만 들키고 말았다. 어미 사슴은 멈춰 서서 털을 약간 곤두세웠다. 사슴은 코를 킁킁거리며 의아스럽다는 듯이 그를 바라보았다. 토번은 사슴의 커다랗고 온화한 눈에 마음이 아파지는 바람에 총을 거두었다. 사슴은 조심스럽게 한 걸음 더 가까이 왔다가 무시무시한 적의 냄새가 확 풍기자 토번의 동정심이 사라지기 전에 커다란 나무 뒤로 뛰어 달아났다. "불쌍한 것. 새끼를 잃어버렸나봐." 토번이 중얼거렸다.

소년은 숲에서 그 스라소니와 또다시 만났다. 외로운 어미 사슴을 본 지 30분 후, 오두막에서 북쪽으로 몇 킬로미터 떨어진 긴 산등성이를 가로질러 가고 있을 때였다. 커다란 참피나무가 넘어져 있는 빈터를 지나는데, 꼬리가 뭉툭하고 몸집이 큰 새끼 고양이 같은 것이 나타나더니 천진난만하게 그를 바라보는 것이었다. 보통 때처럼 총을 들었지만, 그 녀석은 머리를 한쪽으로 치켜올리고 겁 없이 그를 찬찬히 바라보았다. 그때 그가 미처 보지 못했던 또 다른 녀석이 첫 번째 녀석의 꼬리를 발로 차며 싸움을 걸고 장난을 치기 시작했다.

토번은 총을 쏘려던 생각을 잊고, 녀석들이 장난치는 모습을 구경했다. 하지만 녀석들 종족에 대한 미움이 다시 차올랐다. 다시 총을 거의 들어올렸을 때 가까운 곳에서 사납게 으르렁거리는 소리가 들렸다. 그는 깜짝 놀랐다. 3미터도 안 되는 곳에 암호랑이처럼 크고 사나운 어미 스라소니가 서 있었던 것이다. 지금 새끼를 쏘는 것은 어리석은 짓이 분명했다. 어미 스라소니가 사납게 으르렁대는 동안, 그는 납산탄 총알을 초조하게 장전했다. 하지만 총을 쏠 준비를 채 끝내기도 전에, 녀석은 발치에 있던 뭔가를 물어 올렸다. 짙은 갈색 바탕에 하얀 점들이 있는 뭔가가 그의 눈에 얼핏 들어왔다. 죽은 지 얼마 안 된 새끼 사슴이 축 늘어져 있는 모습이 보이는가 싶더니 녀석은 금세

그곳에는 암호랑이처럼 크고 사나운 어미 스라소니가 서 있었다.

사라져 버렸다. 새끼들은 어미 뒤를 쫓아갔다. 그는 다시는 그 스라소니를 보지 못했다. 훗날 서로의 목숨을 걸고 힘겨운 싸움을 벌이게 될 때까지는 말이다.

4

숲의 공포

여섯 주가 별 특별한 일 없이 흘러갔다. 그날 일을 시작할 때 코니는 평소와 달리 조용했다. 잘생긴 그 청년은 그날따라 유달리 차분해 보였고, 아침이면 흥얼거리던 노래도 전혀 부르지 않았다.

그와 토번은 안방 한쪽에 있는 건초 침대에서 잠을 잤는데, 그날 밤 토번이 신음 소리를 내며 뒤척이는 바람에 몇 차례 잠을 깼다.

코니는 여느 때처럼 아침에 일어나 말에게 먹이를 주었지만, 여동생들이 아침을 하는 동안 다시 누웠다. 그는 힘겹게 일어나 일하러 나갔지만, 일찍 집에 돌아왔다. 그는 머리에서 발끝까지 온몸을 떨었다. 찌는 듯한 여름 날씨였는데도, 체온은 낮았다. 몇 시간 후에는 반작용이 시작되었는지 고열이 났다. 식구들은 그가 끔찍한 오한과 고열이 반복되는 병에 걸린 것을

알게 되었다. 오지의 삼림 지대에서 흔히 볼 수 있는 병이었다. 마가트는 밖으로 나가 매화노루발을 앞치마 하나 가득 뜯어 와 차를 끓여 코니에게 마시게 했다.

그러나 온갖 약초와 간호에도 불구하고 상태는 더 나빠졌다. 열흘이 지나자 그는 살이 심하게 빠지고 일도 전혀 할 수 없을 정도가 되었다. 증상이 좀 호전된 어느 날 그가 말했다. "애들아, 더는 버틸 수 없겠어. 집에 가는 게 좋을 것 같아. 오늘은 그래도 마차를 몰 수 있을 것 같아. 몸 상태가 안 좋아지면, 마차에 누우면 돼. 그러면 말이 날 집에 데려다 주겠지 뭐. 어머니가 한두 주 정도 돌봐 주시면 괜찮아질 거야. 만약 내가 돌아오기 전에 먹을 것이 떨어지면, 카누를 타고 엘러턴 씨네 집으로 가 봐."

여동생들이 말을 마차에 매고 건초를 실었다. 쇠약해져 얼굴도 창백해진 코니는 마차를 몰고 길고 험한 길을 떠났다. 남은 사람들은 하나뿐인 배를 잃어버린 채 무인도에 남겨진 심정이었다.

일주일의 반이 가까스로 지나갔다. 그리고 마가트와 루와 토번 이렇게 세 사람 모두에게 코니보다 훨씬 더 지독한 오한과 고열이 찾아왔다.

코니에게는 하루 걸러 한 번씩 '호전되는 날'이 찾아왔지만, 이 세 사람에게는 '호전되는 날'이 단 하루도 없었고, 집은 엉망

진창이 되어 갔다.

일주일이 흘렀다. 이제 마가트는 침대에서 일어날 수도 없었고, 루도 집 주위를 겨우 걸어 다닐 수 있을 정도였다. 루는 씩씩한 소녀인지라, 사람들이 기운을 잃지 않도록 애써 농담을 하곤 했다. 하지만 즐거운 농담을 할 때조차도 얼굴에 핏기라고는 하나도 없이 창백했고, 고통의 기색도 역력해 보였다. 토번도 기운이 없고 아프긴 마찬가지였지만 셋 중에서는 그래도 가장 나았기 때문에, 매일 간단한 요깃거리를 만들어 챙겨 주었다. 그들은 아주 조금밖에는 먹을 수 없었다. 먹을 것이 거의 남지 않은 데다 코니가 다음 주에 돌아온다는 보장도 없는 상황에서는 그것도 그나마 다행스러운 일이었다.

얼마 되지 않아, 자리에서 일어날 수 있는 사람은 토번밖에는 남지 않았다. 어느 날 아침, 소중하게 간직해 두었던 베이컨을 조금 자르러 몸을 질질 끌다시피 해서 간 토번은 소스라치게 놀랐다. 베이컨이 통째로 사라진 것이었다. 야생 동물이 도둑질해 간 것이 분명했다. 파리가 꾀지 말라고, 작은 상자에 넣어서 그늘진 곳에 두었던 것인데 말이다. 이제는 밀가루와 차밖에는 남은 것이 없었다. 절망감에 젖어 있을 때, 마구간 주위에 있는 닭들이 눈에 들어왔다. 하지만 닭이 있으면 뭐하겠는가? 이렇게 몸도 잘 가누지 못하는 상태에서는 닭을 잡는 것은 사슴이나 매를 잡는 것만큼이나 힘들 것 같았다. 갑자기 총이

생각났다. 그는 살진 암탉을 총으로 잡아 냄비에 넣을 준비를 했다. 그는 닭을 통째로 삶았다. 그것이 가장 요리하기 쉬운 방법이기 때문이다. 닭고기 국은 오랜만에 먹어 보는 정말로 맛있는 음식이었다.

비참한 사흘을 그 닭고기 국 덕분에 죽지 않고 견딜 수 있었다. 닭고기 국이 다 떨어지자 그는 다시 총을 들었다. 총이 전보다 훨씬 무겁게 느껴졌다. 기다시피 해서 헛간까지 가기는 했지만, 너무 약해진 몸이 덜덜 떨리는 바람에 몇 차례 빗맞히고 나서야 겨우 한 마리를 잡을 수 있었다. 토니가 엽총을 가지고 갔기 때문에, 이제 총알도 세 개밖에 남지 않았다.

토번은 보통 때는 열 마리도 넘게 있던 암탉이 고작 서너 마리밖에는 없다는 것을 알고 깜짝 놀랐다. 사흘 후, 그는 또다시 닭을 잡으러 갔다. 하지만 암탉은 한 마리밖에 보이지 않았다. 어쨌든 마지막 총알을 써서 암탉을 잡았다.

토번의 하루 일과는 끔찍할 정도로 변화가 없었다. 아침이 되어 '호전되는 시간'이 찾아오면, 식구들을 위해 약간의 먹을 것을 준비하고, 밤에 열이 심하게 날 때를 대비해 각자의 침대 머리맡에 물 한 양동이씩을 가져다 두었다. 오후 1시쯤 되면, 머리에서 발끝까지 온몸이 떨리고 이가 딱딱 부딪힐 정도로 지독한 오한이 규칙적으로 찾아왔다. 추웠다. 정말 추웠다. 몸도 그리고 몸 바깥도. 그 어느 것도 몸을 따뜻하게 해 주지 못했다.

불조차도 도움이 되지 않는 듯했다. 자리에 그대로 누운 채 덜덜 떨면서 죽을 것처럼 온몸이 얼어붙어 가는 고통을 무작정 참는 것 말고는 아무런 방법이 없었다. 이렇게 고통스러운 상태는 여섯 시간이나 계속되었고, 토할 것 같은 느낌까지 그를 괴롭혔다. 저녁 일고여덟 시가 되면 변화가 생겼다. 몸이 펄펄 끓는 것이었다. 얼음으로도 식힐 수 없을 정도였다. 물, 물, 물! 그가 간절히 원하는 것은 물밖에 없었다. 그는 물을 마시고 또 마셔댔다. 그러다 새벽 서너 시쯤 되면 열도 좀 가라앉았고 그러면 완전히 녹초가 되어 잠이 들었다.

"먹을 것이 떨어지면, 카누를 타고 엘러턴 씨네 집으로 가 봐."가 코니의 마지막 말이었다. 하지만 도대체 누가 카누를 탄단 말인가?

이제 그 닭 반 마리마저 없어지면 굶어 죽을 수밖에 없었다. 그러나 코니가 돌아올 기색은 전혀 보이지 않았다. 3주 동안 죽음과도 같은 날들이 길게 이어졌다. 증상은 여전했지만 고통은 더 심했다. 그들은 점점 더 쇠약해졌다. 며칠만 더 이렇게 지내다가는 토번도 침대에서 일어나지 못할 것이다. 그러면 어떻게 해야 할까?

집안은 절망에 빠졌고, 모두들 "오, 하느님! 코니는 정말로 돌아오지 않나요?"라고 기도하며 소리 죽여 울었다.

5

싸움

마지막 닭마저 떨어진 날, 아침 내내 토번은 세 사람에게 열이 찾아올 때를 위해 물을 준비했다. 오한은 생각보다 일찍 찾아왔고, 열도 전보다 훨씬 심했다.

토번은 머리맡에 놓인 양동이의 물을 많이 그리고 자주 마셨다. 물을 가득 채워 두었던 양동이도 2시쯤 열이 사라지고 잠들 때쯤이면 거의 비었다.

아직 어둑어둑한 새벽에, 토번은 그리 멀지 않은 곳에서 이상한 소리가 들리는 바람에 잠에서 깼다. 물이 튀기는 소리였다. 머리를 돌리자, 얼굴에서 채 30센티미터도 떨어지지 않은 곳에서 눈 두 개가 번쩍번쩍 빛나고 있는 것이 보였다. 거대한 짐승 한 마리가 침대 옆에 놓아 둔 양동이의 물을 핥아먹고 있었다.

토번은 한순간 간담이 서늘해져 물끄러미 바라보다가, 눈을 감았다. 그는 분명 꿈이라고 생각했다. 소파 옆에 호랑이가 있는 인도의 악몽 말이다. 하지만 할짝거리는 소리는 멈추지 않았다. 그는 눈을 떴다. 그랬다. 놈은 아직도 그것에 있었다. 소리를 내 보려고 했지만, 끄윽 소리밖에는 나오지 않았다. 놈의

거대하고 무시무시한 머리가 흔들리며 킁킁거리는 소리가 났다. 눈은 번쩍번쩍 빛을 내고 있었다. 놈이 무엇인지는 알 수 없었다. 놈은 앞발을 내린 후, 오두막을 가로질러 탁자 밑으로 갔다. 토번은 이제 완전히 잠에서 깼다. 그는 팔꿈치를 딛고 천천히 일어나 힘없이 소리쳤다. "쉬익 쉭." 번쩍번쩍 빛을 내는 눈이 탁자 아래로 다시 나타나는가 싶더니 회색빛 형체가 앞으로 나왔던 것이다. 놈은 조용히 바닥을 가로질러, 빈 감자 땅굴이 있는 가장 낮은 통나무 아래로 미끄러지듯 빠져나간 후 사라졌다.

무엇이었을까? 아픈 소년은 도저히 알 수 없었다. 먹이를 찾는 맹수인 것 같기는 했다. 그는 완전히 기진맥진했다. 공포와 무력감에 빠져 아무것도 할 수 없었다. 제대로 잠을 잘 수도 없었다. 그는 아무 때고 잠에서 깨어나 그 무시무시한 눈과 거대한 잿빛 형체가 다시 나타나지 않았나 하고 어둠 속을 살펴보았다. 아침이 되어서도, 그는 간밤의 일이 헛것을 본 것인지 아닌지 도저히 알 수 없었다. 그래도 그는 잘 가누지도 못하는 몸을 이끌고 나가 텅 빈 감자 땅굴을 장작으로 막았다.

세 사람은 식욕이 거의 없었다. 사실 닭고기 남은 것 말고는 이제 먹을 것도 없었다. 코니는 남은 사람들이 엘러턴 씨네 집에 가서 필요한 식량을 구했을 거라고 믿고 있는 것이 분명했다.

다시 밤이 되었다. 토번은 열 때문에 몸이 약해져 잠조차 깊게 잘 수 없었다. 그는 방안에서 나는 소리 때문에 잠을 깼다. 오도독오도독 뼈를 씹는 소리였다. 주위를 둘러보자, 작은 창 쪽으로 흐릿한 형체가 보였다. 탁자 위에 웬 커다란 짐승의 형체가 보였다. 그는 소리를 질렀다. 그는 침입자에게 장화를 던지려고 했다. 놈은 바닥으로 가볍게 뛰어내려 감자 땅굴 구멍으로 빠져나갔다. 구멍이 다시 활짝 열려 있었던 것이다.

이번에는 결코 꿈이 아니었다. 그도 그리고 코니의 여동생도 그것을 알았다. 그 짐승의 소리를 들었기 때문만은 아니었다. 최후의 식량인 닭고기가 완전히 사라졌기 때문이었다.

가엾은 토번은 그 날도 침대에서 일어나야만 했다. 마가트와 루가 투정을 부리는 바람에 달리 도리가 없었기 때문이다. 샘가로 내려가자 양딸기 열매 몇 개가 보여서, 그것을 다른 사람들과 나누어 먹었다. 그는 평소처럼 오한과 갈증에 대비한 준비를 했다. 하지만 이번에는 다른 일도 했다. 그는 물고기를 잡는 데 쓰는 낡은 작살 하나를 침대 옆에 놓아 두었다. 집에서 찾을 수 있는 유일한 무기였다. 이제 총은 쓸모가 없었던 것이다. 불을 밝히는 데 쓰는 소나무 뿌리와 성냥도 준비했다. 그는 놈이 다시 올 거라는 걸 알고 있었다. 배가 고파지면 말이다. 하지만 먹을 것은 아무것도 찾지 못할 것이다. 그는 생각했다. 그렇다면 무기력하게 누워 있는 먹이를 잡는 것보다 더 자연스러운 일이 어디 있겠는가? 그러자 이 잔인한 짐승의 턱에 물려 흐느

적거리던 작은 갈색 새끼 사슴의 환영이 나타났다.

토번은 장작으로 다시 구멍을 막았다. 여느 때처럼 밤이 지나갔다. 하지만 사나운 방문자는 없었다. 이튿날은 먹을 것이라고는 밀가루와 물밖에 없었다. 그걸로 음식을 하려면 땅굴을 막는 데 쓴 장작 몇 개를 쓸 수밖에 없었다. 루는 몸이 날아갈 것처럼 가볍다는 실없는 농담을 하며 일어나 보려고 했지만, 침대 가장자리까지밖에 가지 못했다. 그는 여느 때와 똑같은 준비를 했다. 밤이 서서히 지나갔다. 하지만 이른 새벽에 토번은 침대 옆에 물을 핥아먹고 있는 소리가 들리는 바람에 갑작스럽게 깨어났다. 그리고 지난번처럼, 창문을 통해 들어오는 흐릿한 새벽 빛 속에서 번쩍이는 눈동자와 거대한 머리와 회색빛 형체가 또렷하게 보였다.

토번은 온 힘을 다해 소리쳤지만 나오는 소리라고는 힘없는 외마디 비명뿐이었다. 그는 천천히 일어나 외쳤다. "루, 마가트! 스라소니야. 놈이 다시 왔어!"

"하나님이 널 도와주실 거야. 우리는 아무것도 못하겠어." 돌아온 답은 이것뿐이었다.

"쉬이 쉭!" 토번은 다시 그 짐승을 쫓아내려고 했다. 놈은 창가에 있는 탁 위로 뛰어올라 가 쓸모 없는 총 아래 서서 으르렁거렸다. 놈은 잠시 창 쪽으로 몸을 돌렸다. 토번은 놈이 창을 뛰어넘어 도망가려는 것이라고 생각했다. 하지만 놈은 몸을 돌려 토번을 노려보았다. 놈의 두 눈이 이글거리고 있었다. 어둠 속에서 눈이 번쩍번쩍 빛났다. 그는 천천히 일어나 침대가로 가서 도와달라고 기도했다. 놈을 죽이지 못하면 자기가 죽을 거라는 느낌이 들었기 때문이다. 그는 성냥을 그어서 소나무 뿌리에 불을 붙여 왼손에 들고 오른손으로는 낡은 작살을 잡았다. 싸우겠다는 의지의 표현이었다. 하지만 몸이 너무나 약해져 있어서 작살을 목발 대용으로 사용할 수밖에 없었다. 그 거대한 야수는 여전히 탁자 위에 있었지만, 당장이라도 덤벼들 듯 몸을 약간 웅크리고 있었다. 놈의 눈이 횃불에 반사되어 빨갛게 빛을 냈다. 놈의 짧은 꼬리가 좌우로 흔들렸고, 으르렁거리는 소리는 더 높아졌다. 무릎이 후들후들 떨려 왔지만, 그래도 토번은 창을 겨누고 없는 힘으로나마 놈을 향해 찔렀다. 그 순간 놈도 뛰어올랐다. 하지만 토번에게 덤벼든 것이 아니었다. 물론 놈은 처음에는 그렇게 하려고 했었다. 하지만 횃불과 토번의 대담한 행동이 효과를 본 것이다. 놈은 토번의 머리 위를 넘어 바닥으로 내려온 후 침대 밑으로 슬그머니 도망쳤다.

그러나 싸움이 다 끝난 것은 아니었다. 토번은 횃불을 통나무 선반 위에 올려놓고, 두 손으로 작살을 잡았다. 그는 목숨을 걸고 싸우는 중이었다. 그 역시 그것을 잘 알고 있었다. 마가트와 루가 가냘프게 기도하는 소리가 들려왔다. 침대 밑으로는 번뜩거리는 놈의 눈밖에는 보이지 않았다. 놈의 으르렁거리는 소리가 높아졌다. 공격하려는 모양이었다. 토번은 침착함을 잃지 않으려고 애쓰면서 있는 힘껏 작살을 찔렀다.

작살이 통나무보다 부드러운 무엇인가에 부딪혔다. 그 순간 소름끼치는 비명 소리가 터져 나왔다. 토번은 온몸의 힘을 실어 작살을 꽂아 눌렀다. 놈은 토번을 공격하려고 발버둥쳤다. 토번은 놈이 작살 손잡이를 이빨과 발톱으로 갉는 것을 느꼈다. 놈이 다가오고 있었다. 놈의 힘센 다리와 발톱이 토번에게 점점 더 가까워지고 있었다. 그는 오래 버틸 수가 없었다. 그는 아까보다 힘을 더 주었다. 놈의 몸이 비틀렸다. 으르렁거리는 소리와 날카로운 비명 소리가 들리더니 놈이 갑작스럽게 항복했다. 낡아서 썩은 작살의 앞부분이 부러졌다. 그 순간 녀석이 토번에게 뛰어올랐다. 하지만 놈은 토번을 그냥 지나갔다. 토번의 털끝 하나 건드리지 않고 말이다. 놈은 구멍을 통해 사라졌고 다시는 나타나지 않았다.

토번은 침대 위로 쓰러져 의식을 완전히 잃었다.

토번은 자기가 얼마나 누워 있었는지 생각이 나지 않았다. 하지만 크고 명랑한 목소리에 깨어 보니 이미 대낮이었다. "얘들아! 얘들아! 어, 다들 죽은 거니? 루! 토번! 마가트!"

토번은 대답할 힘조차 없었다. 하지만 밖에서 말발굽 소리가

스라소니는 당장이라도 덤벼들듯 몸을 웅크리고 있었다.

크게 울리고, 묵직한 발소리가 들리더니 문이 확 열렸다. 코니가 성큼성큼 걸어 들어왔다. 예전처럼 잘생기고 인정 많은 코니가 말이다.

코니가 숨을 헐떡이며 말했다. "죽은 거야? 어디 있는 거야? 토번."

"형, 형." 침대에서 희미한 소리가 들렸다. "다들 저기 있어. 다들 너무 아파, 먹을 것도 없어."

"아, 내가 바보였어. 너희들이 엘러턴 씨네 집에서 식량을 얻어다 먹을 줄 알았지."

"기회가 없었어. 형이 떠나자마자 셋이 한꺼번에 아팠거든. 게다가 스라소니가 암탉하고 집 안에 있는 걸 전부 싹쓸이해 가 버렸어."

"그래도 복수는 했나 보구나." 코니가 흙바닥을 거쳐 통나무들 아래로 이어진 핏자국을 가리키며 말했다.

좋은 음식과 간호와 약 덕분에 세 사람은 모두 건강을 되찾았다.

한두 달쯤 지나자 여동생들이 잿물 통이 필요하다고 하자 토번이 말했다. "큰 통으로 쓸 만한 참피나무가 있는 데를 알고 있어."

토번과 코니는 함께 그 빈터로 갔다. 필요한 것을 잘라 내자,

그 끝 쪽에서 어미 스라소니와 새끼 두 마리가 말라비틀어진 채 죽어 있는 것이 보였다. 어미 스라소니의 옆구리에는 손잡이가 부러진 작살이 있었다.

멧토끼의 영웅 꼬마 워호스

1

읍내에 사는 개 중에 꼬마 워호스(warhorse)를 모르는 개는 없었다. 커다란 갈색 개 한 마리가 녀석을 늘상 쫓아다녔지만, 그때마다 녀석은 판자 울타리에 난 구멍으로 도망쳐 나갔다. 구멍을 통과할 수 있을 정도로 작고 민첩한 개도 있었다. 그 개가 구멍을 통과해 계속 쫓아오면, 녀석은 양쪽이 가파르고 물살도 빠른데다 폭도 6미터나 되는 관개용 수로를 훌쩍 뛰어넘어 달아났다. 그 개는 이 수로를 뛰어넘을 수 없었다. 이 수로는 녀석이 적을 물리치는 '확실한 약'이었다. 그래서 읍내의 소년들은 지금도 이 수로를 '멧토끼가 뛰어넘은 곳'이라고 부르고 있다. 그런데 이 멧토끼보다 잘 뛰어넘는 개가 한 마리 있었다. 바로 그레이하운드였는데, 그 개는 울타리 구멍을 통해 쫓아가기가 힘들다고 생각되면 아예 울타리를 뛰어넘어 버렸다. 꼬마 워호스의 근성을 시험한 적도 몇 번 있었다. 하지만 이 멧토끼는 오세이지오렌지 생울타리까지 빠르게 도망쳐 그레이하운드를 포기시켰다. 이런 개들 말고도 골치 아프게 구는 크고 작은 개들이 읍내에는 많이 있었지만, 확 트인 곳까지만 나가면 쉽게 따돌릴 수 있었다.

시골에서는 농가마다 개를 한 마리씩 기르기 마련이지만 꼬마 워호스가 정말 무서워하는 개는 딱 한 마리뿐이었다. 다리가 길고 사나운 검정 개였다. 어찌나 빠르고 집요한지, 꼬마 워호스를 몇 차례 죽음 직전까지 몰고 갔을 정도였다.

읍내에 사는 고양이들은 별로 걱정할 것이 없었다. 녀석들에게 위협받은 것은 겨우 한두 번이었다. 여러 차례의 승리로 우쭐해진 커다란 수고양이 한 마리가 달빛 아래서 먹이를 먹고 있는 꼬마 워호스 쪽으로 살금살금 다가왔다. 꼬마 워호스는 시커먼 짐승 하나가 눈을 번뜩이고 있는 것을 보았다. 수고양이가 덮치기 바로 직전에 꼬마 워호스는 뒷발로 일어서서 엉덩이를 들어올렸다. 녀석은 15센티미터가 넘는 길고 넓적한 귀를 쫑긋 세운 채 고양이를 마주보았다. 그러고는 화가 났다는 듯이 크르르 크르르하고 있는 힘껏 크게 소리를

내며, 1.5미터를 뛰어 고양이의 머리를 덮치고는 날카로운 뒷발톱으로 찔렀다. 그러자 수고양이는 겁에 질려 이 괴상한 두 발 거인을 피해 달아났다. 전에도 몇 번이나 성공한 수법이었다. 하지만 어이없게 실패한 적도 두어 번 있었다. 한 번은 고양이를 만난 적이 있었는데, 나중에 알고 보니 근처에 새끼 고양이들이 있어서 목숨을 걸고 줄행랑을 칠 수밖에 없었다. 그리고 또 한 번은 멍청하게 스컹크 위로 뛰어든 적도 있었다.

하지만 그레이하운드는 위험한 적이었다. 녀석에게 목숨을 잃을 뻔한 적도 있었다. 다행히 그 별난 모험은 해피엔드로 막을 내렸다.

꼬마 워호스는 밤에 먹이를 먹었다. 밤에는 적도 거의 없고 숨기도 쉽기 때문이다. 어느 겨울 새벽에 녀석은 자주개자리 더미에서 시간을 때우다 자기가 가장 좋아하는 장소로 가려고 탁 트인 눈밭을 지나가고 있었다. 그때 불행이 찾아왔다. 읍내 밖을 어슬렁거리던 그레이하운드를 만난 것이다. 탁 트인 눈밭인데다 날이 밝아 오고 있었기 때문에 숨을 곳도 없었다. 습기를 머금은 눈밭을 달리는 것은 개보다는 꼬마 워호스에게 더 불리한 일이었다.

훌륭한 달리기 선수인 그 둘은 힘차게 달려 나갔다. 녀석들은 눈 위를 미끄러지듯이 가로질러 갔다. 풀, 풀, 녀석들의 재빠른 발이 눈 위에 닿을 때마다 눈가루가 날렸다. 꼬마 워호스

는 이리저리 방향을 바꾸어 가며 개를 피해 달아났다. 모든 것이 개에게 유리했다. 개는 배도 텅 비어 있었고, 날씨는 추운데다 눈은 부드러웠다. 반면에 꼬마 워호스는 자주개자리를 과식한 탓에 몸이 무거웠다. 풀, 풀, 하지만 눈가루를 휘날리며 달리는 녀석의 발이 얼마나 빠른지 마치 눈 분사기 열댓 개가 한꺼번에 작동하는 것처럼 보였다. 탁 트인 눈밭의 추격전이 계속되었다. 근처에는 친구가 되어 주는 생울타리도 없었고, 울타리 쪽으로 가려고 할 때마다 개가 교묘하게 가로막았다. 곧게 서 있던 녀석의 귀가 힘을 잃어 가고 있었다. 심장, 즉 지구력에 뭔가 문제가 생겼다는 신호였다. 갑자기 녀석의 귀가 곧게 일어섰다. 갑자기 힘을 되찾은 것이다. 꼬마 워호스는 온 힘을 다해 앞으로 달려 나갔다. 하지만 녀석이 달려가는 방향은 생울타리가 있는 북쪽이 아니라 동쪽의 탁 트인 초원 쪽이었다. 개는 계속 쫓아왔다. 꼬마 워호스는 50미터도 못 가 그 사나운 추격자를 따돌리기 위해 방향을 바꿨다. 이번 방향은 다시 동쪽이었다. 방향을 바꾸어 가며 적을 피하던 꼬마 워호스는 이번에는 농장 쪽으로 곧장 달려 나갔다. 그곳에는 암탉 구멍이 뚫려 있는 높은 판자울타리가 있었지만, 안에는 꼬마 워호스가 싫어하는 커다란 검둥개도 한 마리 있었다. 그레이하운드가 울타리 밖에서 잠시 머뭇거리는 동안 꼬마 워호스는 암탉 구멍을 통해 마당으로 들어가 한쪽 구석으로 숨었다. 그레이하운드는 낮은 대문 앞으로 달려가 대문을 훌쩍 뛰어넘어 암탉들 사이로 내려섰다. 암탉들은 꼬꼬댁거리며 푸드득 날았고, 새끼 양들은 큰 소리로 울어 댔다. 그러자 그들의 수호자인 큰 검둥개가 녀석들을 구하러 달려왔다. 꼬마 워호스는 조금 전에 들어왔던 그 구멍으로 다시 빠져나갔다. 마당에서 개들이 증오와 분노에 차서 짖어 대는 소리가 등 뒤로 들려왔다. 그러고 나서 곧 어떤 남자가 고함치는 소리도 들려왔다. 사태가 어떻게 끝났는지는 알 수도 없었고 알 필요도 없었다. 하지만 중요한 것은 그 후로는 뉴처슨에 살던 그 날쌘 그레이하운드 때문에 고생하는 일이 다시는 없었다는 것이다.

2

삶이 늘 그렇듯 힘든 시절과 좋은 시절도 번갈아 가며 찾아왔다. 하지만 카스카도 주의 멧토끼들이 지난 몇 년 동안 겪은 힘든 일과 좋은 일은 너무 진폭이 컸다. 옛날의 멧토끼들은 사나운 새나 짐승, 추위나 더위, 그리고 지긋지긋한 전염병을 옮기는 벌레들과 끊임없이 싸우며 버텨 왔다. 그런데 농민들이 이곳에 정착하면서 많은 변화가 생겼다.

개와 총이 이 지역에 많아지면서 멧토끼를 잡아먹는 코요테, 여우, 늑대, 오소리의 수가 줄어들었다. 그래서 최근 몇 년 동안

토끼의 수는 급격하게 늘었지만 전염병이 돌자 거의 몰살되다시피 했다. 가장 강인하고 가장 경험이 많은 토끼들만이 살아남았다. 한동안 멧토끼를 보기 힘들 정도였다. 그러나 이 기간 동안 또 다른 변화가 찾아왔다. 곳곳에 오세이지오렌지 생울타리가 쳐진 덕분에 새로운 피난처가 생긴 것이다. 이제 멧토끼를 지켜 주는 것은 빠른 속도라기보다는 꾀였다. 개나 코요테에게 쫓기게 되면, 현명한 멧토끼들은 가장 가까운 생울타리로 뛰어가 작은 구멍으로 들어간다. 그리고 적이 큰 구멍을 찾는 동안 달아난다. 여기에 대응해 코요테들은 교대로 추격하기라는 수법을 개발했다. 들판을 하나씩 맡고 있다가 토끼가 '생울타리 책략'을 쓰면 양쪽에서 모는 수법인데, 이 수법을 쓰면 대개는 사냥에 성공했다. 코요테가 쓰는 수법에 대해 토끼가 내린 처방은 좋은 눈으로 두 번째 코요테가 있는 곳을 찾아서 그 들판을 피해 도망치는 것이다. 그렇게만 하면 빠른 발로 첫 번째 적과 거리를 얼마든지 벌릴 수 있기 때문이다.

이런 이유로 멧토끼의 수가 엄청나게 늘었다가 줄었다가 다시 늘었다가 줄어들기를 반복했다. 지금은 수백 번의 어려운 시험을 통과하고 살아남은 멧토끼들이 조상들이 한 철도 못 되어 죽곤 하던 이곳에서 번성하고 있다.

멧토끼들이 좋아하는 곳은 탁 트인 드넓은 목장이 아니라 복잡하고 울타리도 많은 농장 들판이었다. 그런 곳은 집들이 여기저기 흩어져 있는 큰 마을처럼 작은 농장들이 가깝게 붙어 있었다.

농사를 짓는 이런 마을이 뉴처슨 철도역 주변에도 생겨났다. 그곳에서 1.5킬로미터 떨어진 시골에는 다른 곳에서 오거나 아니면 그곳에서 살아남은 멧토끼들로 북적였다. 그들 중에 '초롱눈'이라고 불리는 작은 암토끼 한 마리가 있었다. 몸이 잿빛이어서 잿빛 덤불에 앉아 있으면 눈만 눈에 띈다고 해서 붙은 이름이었다. 초롱눈은 달리기도 잘했지만, 특히 코요테를 따돌리는 울타리 수법에 능했다. 초롱눈은 오래전에 사람의 발길이 끊긴 목초지에 보금자리를 마련했다. 바로 이곳이 초롱눈의 새끼들이 태어나고 자란 곳이었다. 새끼들 가운데 한 마리는 어미를 닮아서 눈이 초롱초롱 빛났고 털빛이 은회색인 데다 어미의 영리함도 닮았다. 녀석은 어미의 재능에다가 들판의 새로운 멧토끼들이 지닌 최고의 장점들을 함께 물려받은 아주 특별한 멧토끼이기도 했다.

이 멧토끼가 바로 우리가 앞으로 만날 모험의 주인공이다. 녀석은 훗날 멧토끼 경주에 나가 꼬마 워호스라는 이름을 얻고 세계적으로 유명해졌다.

꼬마 워호스는 옛날의 수법들을 되살리고 거기에 새로운 것들을 덧붙였다. 그리고 그 새로운 수법들로 여전히 예전과 똑같은 적들과 맞섰다.

아직 어렸을 때, 이미 꼬마 워호스는 카스카도 주에서 가장 현명한 토끼나 생각해 낼 만한 수법을 발견했다. 꼬마 워호스가 작고 무시무시한 누런 개에게 쫓길 때였다. 꼬마 워호스는 들판과 농장들 사이를 요리조리 피해 다니며 따돌리려 했지만 헛수고였다. 이것은 코요테에게 잘 먹히는 방법이었다. 종종 농부나 개들이 코요테를 공격해 주었기 때문이다. 자신들의 의도와 상관없이 꼬마 워호스를 도와주는 셈이었다. 하지만 이 작은 개에게는 전혀 먹히지 않았다. 이 개는 울타리에 난 구멍들을 잘도 빠져나와 꼬마 워호스를 쫓아왔다. 꼬마 워호스는 아직 다 자란 것도 아닌데다 경험도 많지 않아서 힘이 부치기 시작했다. 꼬마 워호스의 귀는 뒤로 처졌고 가끔은 수평이 되기도 했다. 꼬마 워호스는 오세이지 생울타리에 난 아주 작은 구멍으로 들어가 빠져나왔지만 민첩한 그 개도 머뭇거리지 않고 곧바로 똑같이 구멍을 통과했다. 들판 한가운데 송아지 몇 마리와 암소 한 마리가 있었다.

야생 동물들에게는 궁지에 몰리면 아무리 낯선 자라도 믿게 되는 이상한 버릇이 있다. 적에게 잡힌다는 것은 죽음을 뜻한다는 것을 야생 동물들은 잘 알고 있는 것이다. 살 수 있는 기회라고는 단 하나뿐이었다. 그것은 그 낯선 자가 자기 편이어야 한다는 것이다. 꼬마 워호스가 소들에게로 간 것 역시 같은 이유였다.

꼬마 워호스가 어찌 되건 그것은 소들의 관심사가 아닌 것이 분명했다. 하지만 소들은 개에 대해서는 뿌리 깊은 미움을 가지고 있다. 누런 개가 자기들 쪽으로 달려오는 모습을 본 소들은 꼬리와 코를 치켜들었다. 소들은 화가 난 듯이 코를 킁킁거리고 나서, 서로 몸을 바짝 붙인 후 어미 소를 앞세우고 개를 향해 돌격했다. 그 사이에 꼬마 워호스는 나지막한 가시덤불 속으로 몸을 피했다. 누런 개가 옆으로 비켜섰다. 그런데 그 모습이 어미 소의 눈에는 개가 송아지를 공격하려 하는 것처럼 보였다. 그래서 어미 소는 개를 쫓아왔고, 어찌나 맹렬하게 돌진했던지 누런 개는 목숨을 걸고 들판에서 줄행랑을 칠 수밖에 없었다.

이것은 아주 오래된 계책이었다. 아메리카들소와 코요테가 살던 시절부터 내려온 계책이 틀림없을 것이다. 암소와 개로 바뀐 것 빼고는 말이다. 꼬마 워호스는 이 계책을 결코 잊지 않았고 덕분에 나중에도 몇 차례 목숨을 구하게 된다.

꼬마 워호스는 능력뿐 아니라 털 색깔도 매우 특별했다.

동물들은 일반적으로 두 종류의 색 중 한 가지 색을 띤다. 하나는 주위 환경과 비슷해 몸을 숨기는 데 유리한 색인데 이것을 '보호색'이라고 한다. 다른 하나는 몇 가지 목적을 위해 매우 눈에 잘 띄는 색인데, 이것을 '경계색'이라고 한다. 그런데 멧토끼들은 특이하게도 두 색을 모두 가지고 있다. 잿빛 덤불이나 흙덩이에 쪼그리고 있으면 멧토끼들은 귀와 머리, 그리고 등과 옆구리의 연한 잿빛만 보인다. 그래서 아주 가까이 다가가지 않은 한 눈에 띄지 않는다. 하지만 멧토끼들은 적이 너무 가까이 와서 들킬 것 같은 경우에는 뛰어올라 빠르게 도망친다. 이때 멧토끼들은 변장한 것들을 확 벗어던지는데, 그러면 잿빛은 온데간데없이 사라진다. 번개처럼 빨리 변하는 것이다. 그러면 눈처럼 흰 바탕에 끝부분만 까만 귀와 하얀 다리가 보이고, 꼬리는 하얀 바탕에 콕 찍힌 검은 점처럼 된다. 이제 멧토끼들은 흰 바탕에 검은 점이 찍힌 토끼로 변하는 것이다. 이것이 바로 경계색이다. 어떻게 이런 일이 생긴 것일까? 간단하다. 귀 앞쪽은 잿빛이지만, 뒤쪽은 흰 바탕에 검은 색이다. 그리고 엉덩이와 다리가 모두 하얗기 때문에 꼬리 끝의 검은 색이 유달리 눈에 띄는 것이다. 멧토끼는 이 까만 부분을 바닥에 대고 앉아 있는 것이다. 그리고 앉을 때 잿빛 외투는 아래로 당겨져 넓게 펴지지만, 위로 뛰어오를 때는 어느 정도 수축되면서 하얀 바탕에 까만 점이 보인다. 방금까지만 해도 "난 흙덩이야."라고 말하던 색깔이 이제는 큰 소리로 이렇게 외치는 것이다.

"난 멧토끼야."

왜 그런 것일까? 목숨을 걸고 달리는 이 겁 많은 동물이 왜 숨으려 하지 않고 오히려 온 세상에다 대고 자기 이름을 외치는 것일까? 타당한 무슨 이유가 분명히 있을 것이다. 뭔가 대가가 있지 않다면 멧토끼는 절대로 그렇게 하지 않을 것이다. 답은 이렇다. 자신을 놀라게 한 짐승이 자기와 같은 종류라면, 즉 자기가 잘못 놀란 것이라면, 자기의 자연스러운 털 색깔을 알려 주어 실수를 즉시 바로잡는 것이다. 반대로 코요테나 여우나 개라면, 녀석들에게 자기가 멧토끼라는 것을 즉시 알려 줄 필요가 있는 것이다. 왜냐하면 멧토끼를 쫓아가 봐야 시간만 낭비할 뿐이라는 것을 녀석들이 알고 있기 때문이다. 실제로 녀석들은 이렇게 말한다. "멧토끼로군. 이렇게 탁 트인 들판에서는 놈을 따라잡을 수 없어." 물론 이렇게 해서 녀석들이 포기한다면, 도망가거나 걱정하느라 수고를 할 필요가 없어지는 것이다. 흰 바탕에 검은 점은 멧토끼들의 제복이자 국기이다. 열등한 토끼는 색이 흐릿하지만, 훌륭한 토끼는 보통 토끼보다 몸집도 클 뿐 아니라 색도 더 선명하다. 꼬마 워호스 역시 앉아 있을 때는 잿빛이지만, 여우나 황갈색 코요테를 만나 힘 하나 안 들이고 춤추듯이 도망칠 때는 마치 눈 위에 있는 숯처럼 멧토끼 특유의 하얀 바탕에 검은 점이 빛을 발한다. 그러면 하얀 바탕에 검은 점들이 점점 하얀 점으로 변하다가 결국에는 엉겅퀴 깃털 크기로 줄어들어 사라진다.

농가의 개들 대부분은 이런 교훈을 알고 있다. "잿빛 토끼는 잡을 수 있을지 모르지만 흰 바탕에 검은 점이 있는 토끼라면

절대 가망이 없다." 한참을 쫓는 일도 있기는 하지만 재미 삼아 괜히 한 번 시비를 거는 것일 뿐이다. 점점 힘이 세진 꼬마 워호스는 그저 색다른 흥분감을 얻기 위해 개들에게 쫓기기도 하고 능력 없는 다른 토끼라면 조심할 만한 위험한 짓도 마다하지 않았다.

다른 야생 동물들과 마찬가지로 꼬마 워호스도 자기 집이 있는 곳 주변을 영토로 삼고 그 바깥으로는 거의 나가지 않았다. 녀석의 영토는 폭이 약 3킬로미터 정도로 마을 중앙에서 동쪽으로 뻗어 있었다. 녀석은 이 지방 사람들이 '멧토끼 집' 혹은 '잠자리'라고 부르는 곳을 여기저기 많이 만들어 두었다. 그것들은 후미진 덤불이나 풀 더미 아래에 있는 굴이다. 굴 바닥에는 우연히 자라는 풀이나 바람에 날려온 풀잎만이 깔려 있다. 그래도 편안함까지는 포기한 것이 아니다. 어떤 잠자리들은 더운 날을 위한 곳인데, 북향이고 바닥이 거의 꺼져 있지 않아서 그저 그늘진 곳에 불과했다. 어떤 잠자리들은 겨울용인데, 그것들은 북쪽으로 난 깊은 굴이다. 또 비 오는 날을 위한 잠자리들도 있는데, 그것들은 지붕이 풀로 잘 덮여 있는 서향 굴이다. 녀석은 낮에는 이 굴들 가운데 한두 곳에서 지내다 밤이 되면 나와서 다른 토끼들과 함께 먹이를 먹고, 달빛을 받으며 뛰놀았다. 마치 강아지들처럼 말이다. 그러나 해가 뜨기 전에는 반드시 잠자리로 돌아갔다. 날씨에 맞는 잠자리에서 안전하고 편히 쉬는 것이다.

멧토끼들에게 가장 안전한 곳은 농가들 사이에 있었다. 그곳에는 오세이지오렌지 생울타리뿐만 아니라 새로 생긴 철조망이 있어 적들이 오는 것을 막아 주었다. 하지만 가장 좋은 먹이가 있는 곳은 시장용 야채를 재배하는 농장들 사이에 있는 마을 가까이였다. 하지만 가장 좋은 먹이가 있는 곳은 가장 위험한 곳이기도 한 법이다. 들판에 있는 위험은 없었지만, 대신 사람과 총과 개들이라는 위험한 것들이 엄청나게 많았다. 게다가 구멍이 없어 지나다닐 수 없는 울타리들도 훨씬 더 많았다. 그러나 꼬마 워호스를 잘 아는 사람들에게는 시장용 야채 농장 주인의 멜론밭 한복판에 녀석의 집이 있다는 것이 전혀 놀라운 일이 아니었다. 이곳은 온갖 위험으로 둘러싸인 곳이지만, 색다른 즐거움도 많이 있었고, 도망쳐야 할 필요가 있을 때 이용할 수 있는 구멍난 울타리도 많이 있었으며, 훗날 녀석을 도와줄 방책도 여럿 있었다.

3

뉴처슨은 서부에 있는 흔해빠진 읍내였다. 그런데 읍내 전체가 어떻게 하면 이렇게 꼴사나울 수 있을까 싶을 정도로 형편없었다. 평평한 길은 그저 밋밋하게 똑바로 뻗어 있었다. 중간에 경치 좋은 곳도 없었다. 건물들은 얇은 판자와 타르 종이로 만든 싸구려 구조물이었다. 게다가 꼴사나운 모습을 솔직하게 인정하기 싫어서인지, 원래보다 좋은 척들을 했다. 2층으로 보이게 하려고 가짜 현관을 만들어 놓은 집도 있었고, 벽돌로 지은 것처럼 보이게 만든 집도 있고, 대리석 신전을 흉내 낸 집도 있었다.

사람이 사는 집들치고 이렇게 꼴사나운 집들은 없었다. 이런 집들을 보고 있노라면 집주인들의 비밀스러운 생각을 읽어 낼 수 있다. 한 1년쯤 버티다 다른 곳으로 이사를 가면 되지 않겠나 하는 생각 말이다. 이곳에서 유일하게 아름답고 자연스러운 것은 사람들이 심어 놓은 가로수뿐이었다. 나무 몸통에는 흉한 곳을 가리기 위해 색을 칠해 놓았고, 꽃도 형편없었지만 그래도 살아서 자라는 것들인지라 그런대로 사랑스러워 보였다.

읍내에서 그나마 눈길을 잡아끌 만한 건물은 곡물 창고였다. 이 창고는 그리스 신전이나 스위스풍 별장인 척하지는 않았지만, 튼튼하고 투박하고 소박한 건물이었다. 거리의 양 끝에 서면 농가와 풍차 펌프 그리고 오세이지오렌지 생울타리가 길게 뻗어 있는 풍경이 눈에 들어왔다. 여기서 그나마 흥미로운 것은 녹회색 생울타리였는데, 두텁고 튼튼하고 높은 그 울타리에는 고광나무 열매가 점점이 열려 있었다. 고광나무 열매는 쓸모 있는 과일은 아니었지만 그래도 사막에 내리는 비보다도 더

환영받았다. 긴 가지에 매달린 예쁜 열매들이 연녹색 잎들과 어우러져 우리 눈을 기쁘게 해 주었기 때문이다.

이런 읍내는 되도록 빨리 떠나고 싶은 곳이다. 그리고 늦겨울에 이틀 동안 이곳에 머문 한 나그네도 그렇게 생각했다. 그는 사람들에게 가 볼 만한 곳이 어디냐고 물었다. '저 아래 술집'에 박제로 만들어져 있는 하얀 사향뒤쥐와 40년 전 인디언들에게 머리껍질이 벗겨졌던 박시 불린 영감, 킷 카슨이 예전에 피웠다는 담뱃대 등을 구경했지만 그리 매력적이지는 않았다. 그래서 그는 초원 쪽으로 향했다. 그곳은 여전히 하얀 눈으로 덮여 있었다.

수많은 개 발자국 사이에 어떤 발자국 하나가 나그네의 눈길을 끌었다. 커다란 멧토끼의 발자국이었다. 그는 지나가던 사람에게 읍내에 멧토끼가 있는지 물어보았다.

그 사람은 "아니오. 아마 없을 겁니다. 한 번도 본 적이 없으니까요."라고 대답했다. 방앗간에서 일하는 사람도 똑같이 말했다. 하지만 신문꾸러미를 들고 있는 한 사내아이는 "있어요. 저기 저 초원에 멧토끼들이 아주 많아요. 읍내에도 많이 오고요. 무지 커다란 토끼가 사는걸요. 시 캘브 씨네 멜론밭 바로 근처에도 말이에요. 아, 정말 끔찍할 정도로 큰 녀석이에요. 체크무늬처럼 하얀 바탕에 까만 점들이 있어요!"라고 말했다. 이 말을 듣고 그 나그네는 발길을 동쪽으로 돌렸다.

그 '끔찍할 정도로 큰 녀석'이 바로 꼬마 워호스였다. 녀석은 캘브 씨네 멜론밭에 살지는 않았다. 녀석은 그곳에 이따금씩 올 뿐이었다. 녀석은 지금 그곳에 없었다. 녀석은 지금은 서향으로 난 보금자리에 있었다. 습하고 으스스한 동풍이 불고 있었기 때문이다. 그 보금자리는 매디슨 가의 동쪽에 있었기 때문에, 나그네가 터벅터벅 걸어가는 모습이 녀석의 눈에 들어왔다. 나그네가 길을 걷는 동안에도 녀석은 꼼짝 않고 지켜보았다. 하지만 길이 북쪽으로 구부러지는데도 그 나그네는 어쩌다가 그냥 직진을 하게 되었다. 그러자 녀석은 뭔가 골칫거리가 생길 거라는 걸 알게 되었다. 사람들이 밟고 다녀 다져진 길에서 나그네가 벗어나는 순간, 녀석은 보금자리에서 뛰어나와 한 바퀴 빙글 돈 후 동쪽으로 똑바로 달려 나갔다.

멧토끼는 적을 피해 달아날 때 한번에 보통 2.5미터 정도씩 뛴다. 그리고 대여섯 발짝에 한 번씩 망보기 뜀을 한다. 이때는 멀리 뛰는 것이 아니라 공중으로 높이 뛰어오른다. 풀섶이나 덤불보다 더 높이 뛰어올라 상황을 살피는 것이다. 멍청하고 어린 멧토끼는 네 번에 한 번씩 망보기 뜀을 해서 시간을 낭비한다. 하지만 똑똑한 멧토끼는 여덟아홉 번에 한 번씩 뜀뛰기를 해도 충분히 주위를 살필 수 있다. 하지만 꼬마 워호스는 빨리 달릴 때면 열두 번에 한 번씩 뛰어오르는 것만으로도 필요한 모든 정보를 다 얻었다. 이때 녀석이 뛰어오르는 높이는

꼬마 워호스는 열두 번 뛸 때마다 한 번씩 망보기 뜀을 했다.

3, 4미터나 된다. 그런데 녀석이 남긴 발자국에는 녀석만의 고유한 특징이 또 하나 있었다. 솜꼬리토끼나 숲멧토끼는 뛸 때 꼬리가 뒤쪽으로 단단하게 말아 올려지기 때문에 눈에 닿지 않는다. 하지만 멧토끼들은 꼬리를 아래쪽이나 뒤쪽으로 늘어뜨린 채 달리는데, 꼬리 끝은 구부리는 녀석도 있고 곧게 뻗는 녀석도 있다. 어떤 멧토끼는 꼬리 끝을 아래로 곧게 뻗고 뛰기 때문에 발자국 뒤쪽으로 작은 흔적을 남기곤 하는 것이다. 까맣게 빛을 내는 꼬마 워호스의 꼬리는 유별나게 길어서 뛸 때마다 눈 위에 길다란 흔적을 남겼다. 그래서 그 흔적만 보고도 어떤 토끼가 남긴 흔적인지를 제대로 맞출 수가 있었다.

개 없이 다니는 사람만 본 토끼라면 조금도 겁먹지 않았겠지만, 멀리서도 자기를 죽일 수 있는 사람을 만나 호되게 당한 기억이 있는 꼬마 워호스는 나그네가 80미터쯤 되는 곳까지 다가오자 도망을 쳤다. 그리고 몸을 낮추고 남동쪽으로 달려 동쪽으로 뻗은 울타리까지 갔다. 울타리를 뒤로 하고 녀석은 다시 땅을 스치듯이 나는 매처럼 1.5킬로미터를 더 가서 또 다른 보금자리에 도착했다. 여기서 녀석은 발꿈치로 서서 주위를 살핀 후 느긋하게 쉬었다.

하지만 오래가지는 않았다. 20분 후, 커다란 확성기 같은 귀를 바닥에 가까이 대고 있던 꼬마 워호스에게 규칙적인 소리가 들려온 것이다. 바삭, 바삭, 바삭. 사람이 걸을 때 나는 소리였

다. 녀석은 즉시 일어나서 손에 반짝이는 막대를 들고 점점 가까이 오고 있는 남자를 보았다.

꼬마 워호스는 뛰어나와 울타리 쪽으로 도망갔다. 녀석은 철조망 울타리 너머에 도착하고 나서야 처음으로 '망보기 뜀'을 했다. 하지만 불필요한 일이었다. 그 사람은 발자국을 관찰하느라 토끼 같은 것은 전혀 보지 못했기 때문이다.

꼬마 워호스는 다른 적들이 있는지 살피며 몸을 낮춘 채 달려갔다. 녀석은 이제 나그네가 자기 발자국을 쫓고 있다는 것을 알게 되었다. 녀석은 옛날 족제비에게 괴롭힘을 당하던 때 생긴 오래된 본능이 작동해, 자기가 왔던 길을 되밟아 갔다. 녀석은 멀리 떨어져 있는 울타리로 똑바로 간 다음에 울타리 반대편을 따라 50미터쯤 갔다가 다시 왔던 길을 되밟아 간 다음 다시 방향을 바꿔 또 다른 보금자리로 달려간 것이다. 녀석은 밤새 바깥에 있었기 때문에 무척이나 쉬고 싶었다. 햇빛이 눈에 반사되어 빛나고 있었다. 하지만 잠시 쉬는 것도 쉽지 않았다. "쿵, 쿵, 쿵" 하고 적을 알리는 소리가 들리는 바람에 녀석은 급히 또 도망쳐야 했다.

1킬로미터쯤 달아난 후에 꼬마 워호스는 약간 오르막진 곳에 멈춰 서서 여전히 뒤쫓아오는 그 남자의 모습을 지켜보았다. 그래서 녀석은 이제 되는대로 아무렇게나 지그재그로 달리다 급히 방향을 바꾸는 일을 되풀이했다. 대부분의 추적자들은 그렇게 하면 혼란에 빠지기 때문이었다. 꼬마 워호스는 자기가 가장 좋아하는 보금자리를 그대로 지나쳐 100미터쯤 달려갔다가 다른 쪽으로 해서 다시 보금자리로 돌아왔다. 그러고는 적이 더 이상은 발자국을 쫓아오지 못할 것이라 확신하고 휴식을 취했다.

아까보다 느리긴 했지만 여전히 발소리가 가까워지고 있었다. "쿵, 쿵, 쿵."

꼬마 워호스는 깨어났지만 가만히 앉아 있었다. 그 남자는 발자국을 따라 녀석을 지나쳐 100미터쯤 앞으로 걸어갔다. 그가 계속 가자 녀석은 이런 유별난 경우에는 뭔가 특별한 방법을 써야만 한다는 사실을 깨닫고는 들키지 않게 살며시 보금자리 밖으로 나왔다. 그들은 커다란 원을 그리며 꼬마 워호스의 영토를 돌아다녔다. 이제 채 1.5킬로미터도 떨어지지 않은 곳에 검둥개가 사는 농가가 있었다. 다행히도 그곳에는 암탉용으로 뚫어 놓은 구멍이 있는 멋진 판자 울타리가 있었다. 그곳은 좋은 추억이 서린 장소였다. 여기서 녀석은 적을 따돌린 적이 여러 번 있었다. 그레이하운드를 당혹스럽게 만든 것이 특히 기억나는 일이었다.

꼬마 워호스는 적끼리 싸우게 만든다는 최상의 묘책을 생각해 냈다. 생각은 없었다. 녀석은 자기 모습을 다 드러낸 채 눈밭을 가로질러 커다란 검둥개가 있는 울타리까지 뛰어갔다.

암탉 구멍이 막혀 있었지만 꼬마 워호스는 조금도 당황하지 않고 다른 구멍을 찾아 살금살금 돌아다녔다. 구멍을 찾는 데 성공하지는 못했지만, 앞쪽 문이 활짝 열려 있었고 판자 위에서 커다란 검둥개가 깊이 잠들어 있었다. 암탉들은 마당에서 가장 따듯한 구석에서 몸을 웅크리고 앉아 있었다. 꼬마 워호스가 문에서 멈추었을 때, 고양이가 헛간에서 부엌으로 매우 조심스럽게 가고 있었다.

꼬마 워호스를 좇는 검은 형체가 비탈진 하얀 초원을 천천히 내려오고 있었다. 꼬마 워호스는 마당 안으로 조용히 뛰어들어갔다. 다리가 긴 수탉 한 마리가 멧토끼가 깡충깡충 다가오는 모습을 보고는 커다란 소리로 꼬꼬댁거렸다. 자기 일이나 할 것이지 말이다. 햇볕을 쬐며 누워 있던 개가 머리를 들고 일어났다. 몹시 위태로운 상황이었다. 꼬마 워호스는 쪼그리고 앉아 잿빛 흙덩이인 척했다. 교묘하긴 했지만, 고양이만 아니었다면 실패했을지도 모른다. 고양이가 자기도 알지 못한 채 꼬마 워호스를 구해 준 셈이었다. 검둥개가 멧토끼가 있는 줄도 모르고 꼬마 워호스 쪽으로 세 발짝을 옮겼다. 마당에서 도망칠 수 있는 유일한 길이 이제 막혀 버린 것이다. 그런데 집 모퉁이를 돌아 창턱으로 뛰어오르던 고양이가 화분 하나를 떨어뜨렸다. 이 어처구니없는 실수 덕분에 고양이와 개 사이의 무장 중립이 깨졌다. 고양이는 헛간으로 도망을 쳤다. 도망가는 적을 보면 개는 언제나 전투에 나서는 법이다. 고양이와 개는 꼬마 워호스가 웅크리고 있는 곳에서 10미터도 채 떨어지지 않은 곳을 지나쳐 갔다. 그들이 멀리 사라지자마자, 꼬마 워호스는 돌아서서 "야옹아, 고마워!"란 말 한마디 없이 공터로 나와, 사람들이 밟고 다녀서 단단히 다져진 길로 도망을 쳤다.

고양이는 안주인이 구해 주었다. 개가 다시 판자 위에서 몸을 쭉 뻗고 있을 때 꼬마 워호스를 좇던 남자가 도착했다. 그는 총이 아니라 굵은 지팡이를 들고 있었다. 그가 때때로 '개의 약' 이라고 부르는 지팡이였다. 개가 자기의 사냥감을 공격하지 못한 것도 바로 이 지팡이 때문이다.

발자국이 끊긴 것 같아 보였다. 계획적이었든 아니든 간에 계책은 성공했고 덕분에 꼬마 워호스는 귀찮은 추적자를 따돌렸다.

이튿날 그 이방인은 다시 꼬마 워호스를 찾아 나섰다가 다시 멧토끼의 흔적을 발견했다. 그는 꼬리 자국, 한 번에 멀리 뛰어간 발자국, 그리고 망보기 뜀을 한 흔적을 보고 그것이 꼬마 워호스의 것임을 알았다. 하지만 그 옆에 좀더 작은 토끼의 흔적이 있었다. 그 두 마리 토끼는 여기서 만났고 장난삼아 서로를 쫓아다녔다. 둘이 싸운 흔적은 보이지 않았다. 여기서 햇볕을 받으며 함께 먹이를 먹거나 그냥 앉아 있다가, 나란히 서서 저만치 걸어갔다가 다시 눈 위에서 장난을 쳤다. 둘은 항상 함께 있었다. 결론은 하나뿐이었다. 지금은 짝짓기 철이었다. 이 발자국들은 멧토끼 부부의 것이었다. 꼬마 워호스와 그의 짝 말이다.

4

멧토끼들에게 다음 해 여름은 정말 멋졌다. 매와 올빼미를 사냥한 사람들에게 보상금을 주는 멍청한 법이 만들어지는 바람에 날개 달린 경찰들이 대량 학살 당한 것이다. 그 결과 이제는 온 지역이 황폐해질 정도로 토끼들의 수가 기하급수적으로 늘어났다.

보상금 법을 만든 사람들뿐만 아니라 그 법 때문에 피해를 본 농부들이 함께 모여 대대적인 토끼몰이를 하기로 결정했다. 약속한 날 아침이 되자 읍의 모든 사람들이 읍 북쪽에 있는 중심 도로에 모였다. 그들은 바람을 안고 온 지역을 휩쓸고 지나가 토끼들을 촘촘한 철망이 쳐진 거대한 덫울타리 안으로 몰아넣을 생각이었다. 개들은 데려오면 애를 먹는다는 이유로, 그리고 총은 사람이 많이 모인 장소에서는 위험하다는 이유로 각각 금지되었다. 하지만 남자와 사내아이들은 기다란 막대기 두 개와 돌이 가득 든 자루를 들고 왔다. 그리고 여자들은 말이나 사륜마차를 타고 왔다. 시끄러운 소

리를 내기 위해 나팔이나 깡통을 가지고 온 사람들도 많았다. 그리고 낡은 깡통이나 나뭇가지들을 한 줄로 매달아 그것들이 바큇살에 부딪힐 때마다 덜그럭거리는 소리가 귀청이 터질 만큼 크게 나도록 한 사륜마차들도 많았다. 토끼들의 청각은 놀라울 정도로 예민해서 인간에게는 그저 기분전환용 소리 정도인 소음에도 안절부절못한다.

토끼몰이를 하기에 아주 좋은 날씨였다. 아침 8시가 되자 출발 명령이 떨어졌다. 처음 토끼몰이 대열은 5킬로미터쯤 되었는데, 30, 40미터마다 남자 어른이나 소년이 한 명씩 끼어 있었다. 마차나 말을 탄 사람들은 부득이 길 쪽으로 갔다. 몰이꾼들에게는 선두 대열이 끊어지지 않도록 하는 중요한 역할이 맡겨졌다. 몰이 대열은 'ㄷ'자 모양을 이루며 전진했다. 사람들은 각각 되도록 시끄러운 소리를 크게 내면서 전진하며 모든 덤불을 쑤셨다. 수많은 토끼들이 뛰어나왔다. 대열 쪽으로 간 토끼들은 대부분 소나기처럼 퍼붓는 돌에 맞아 죽었다. 한두 마리는 도망에 성공하기도 했지만 대부분은 몰이대 앞에서 몰살당했다. 처음에는 토끼 숫자가 그리 많아 보이지 않았는데, 4, 5킬로미터쯤 가자 앞쪽에서 토끼들이 이리저리 뛰고 있었다. 세 시간 동안 8킬로미터를 전진한 후 양쪽 대열에 포위 명령이 떨어졌다. 남자들 사이의 간격이 3미터 이하로 줄어들었고, 몰이대의 길다란 양 날개가 좁아지면서 전체 몰이대가 토끼 덫울타리로 집중되었다. 대열의 끝인 양 날개가 합쳐지자 주변이 완전히 포위되었다. 몰이꾼들의 진군 속도가 빨라졌다. 수많은 토끼들이 몰이꾼들에게 너무 가까이 뛰어갔다가 죽었다. 토끼 시체들이 여기저기 널려 있었지만 그래도 토끼 떼의 수는 계속 늘어나는 것처럼 보였다. 마지막 진군이 끝나자, 토끼들이 아직 우리에 갇히기 전인데도 몰이꾼들로 둘러싸인 8천 평방미터의 공간은 이리저리 뛰어다니는 토끼들로 가득 찼다. 도망갈 기회를 찾기 위해 녀석들은 계속해서 원을 그리며 맴돌았다. 그러나 무정한 군중들이 포위망을 점점 좁히면서 더욱 두터워지자, 토끼들은 가파른 언덕을 따라 빽빽한 덫울타리 쪽으로 뛰어들어 갈 수밖에 없었다. 어떤 토끼들은 얼이 빠져 한복판에 웅크리고 앉았고, 어떤 토끼들은 바깥 벽을 따라 계속 달렸고, 또 어떤 토끼들은 구석이나 서로의 몸 밑에 숨었다.

그러면 꼬마 워호스는? 녀석은 도대체 어디에 있었을까? 녀석도 몰이꾼에게 쫓겼다. 녀석은 가장 먼저 덫울타리 안으로 뛰어든 토끼들 가운데 하나였다. 그러나 토끼들을 골라 내는 흥미로운 계획이 이미 세워져 있었다. 덫울타리는 토끼들에게는 죽음의 덫이었지만, 가장 건강한 토끼들만은 예외였다. 건강하지 않은 토끼들도 많았다. 야생 동물들은 모두 순수하고 완벽할 것이라고 생각하는 사람들은 덫울타리 안에 있는 4천, 5천 마리의 토끼들 중 절름발이나 불구 혹은 병든 토끼가 얼마

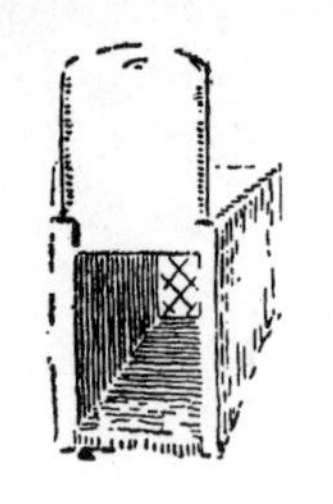

나 많은지를 알면 충격을 받을 것이다.

그것은 로마식 승리였다. 죄수들 중에 어중이떠중이들은 죽음을 면치 못한다. 선택된 자들만이 원형경기장에 보내지는 것이다. 원형경기장? 그렇다. 토끼사냥 경기장이었다.

덫울타리 안에는 멧토끼 한 마리가 들어갈 수 있을 정도 크기의 작은 상자들이 벽 전체를 따라 최소한 500개 정도가 미리 준비되어 있었다.

토끼몰이의 막바지 돌진이 시작되자 재빠른 멧토끼들이 먼저 덫울타리 안으로 들어갔다. 빠르기는 하지만 아둔한 녀석들도 있었는데, 그런 녀석들은 일단 안으로 들어와서는 미친 듯이 이리저리 맴돌았다. 빠른 데다 현명한 녀석들도 있었는데, 그런 녀석들은 작은 상자 안으로 재빨리 몸을 숨겼다. 이제 상자가 모두 찼다. 이렇게 해서 가장 빠르고 현명한 토끼 500마리가 선택되었다. 오류가 전혀 없는 방법은 아니겠지만 그래도 가장 간단하고 편리한 방법이긴 했다. 이 토끼 500마리는 이제 그레이하운드에게 쫓길 운명에 처했다. 물밀 듯이 몰려들었던 4천 마리가 넘는 토끼들이 무정하게 살육당했다.

초롱초롱한 눈을 가진 멧토끼 500마리가 든 상자 500개가 그날 바로 기차에 실렸다. 그중에는 멧토끼 꼬마 워호스도 끼어 있었다.

5

토끼들은 자신들의 고난을 가볍게 받아들였다. 게다가 대학살이 일단 끝났기 때문에 상자 속의 멧토끼들에게는 어떤 공포도 더 이상 생기지 않을 것이다. 대도시 인근에 있는 토끼사냥 경기장에 토끼들이 도착하자, 사람들은 녀석들을 하나하나 조심스럽게 상자에서 꺼냈다. 그렇다. 조심스럽게. 로마의 간수들은 죄수들을 신경 써서 다루었다. 그들의 책임이기 때문이었다. 멧토끼들은 불만이 거의 없었다. 넓은 울타리 안에는 좋은 먹이가 가득했고 자신들을 성가시게 하는 적들도 없었기 때문이다.

바로 그다음 날 아침부터 훈련이 시작되었다. 출입구 20개가 더 큰 들판을 향해 열렸다. 경기장이었다. 이 출입구들을 통해 수많은 토끼들이 나오자, 소년들이 나와서 커다란 소리를 내며 녀석들을 '피난처'라고 불리는 좀더 작은 들판으로 몰아넣었다. 이렇게 며칠이 지나자, 멧토끼들은 안전해지려면 이 출입구들 중 하나를 지나 피난처로 가면 된다는 것을 배웠다.

이제 두 번째 수업이 시작되었다. 멧토끼 무리 전체가 옆문으로 쫓겨 나와 긴 경주로로 들여보내졌다. 그 경주로는 경기장의 세 면을 따라 이어졌다가 다른 쪽 끝에 있는 또 다른 울타리로 연결되었다. 그곳이 출발점이었다. 그곳의 문은 원형 경

기장 즉 토끼사냥 경기장을 향해 열려 있었다. 토끼들이 앞으로 쫓겨 나오면 한 무리의 소년들과 개들이 숨어 있다가 뛰쳐나와 탁 트인 곳을 가로질러 가며 녀석들을 뒤쫓았다. 모든 토끼들이 이리저리 뛰며 달아났다. 몇몇 어린 토끼들은 습관처럼 망보기 뜀을 하며 높이 뛰어올랐다. 그런데 하얀 바탕에 검은 점들이 있는 화려한 토끼 한 마리가 선두에 서서 몸을 낮추고 미끄러지듯 달려 나갔다. 다리가 날씬하고 눈은 초롱초롱한 이 토끼는 울타리에서도 눈길을 잡아끌던 녀석이었다. 하지만 들판으로 나서자 다른 토끼들이 개들을 앞서 나가는 거리만큼이나 토끼들을 멀찌감치 앞서 성큼성큼 달려 나갔다.

"저것 좀 봐, 음, 꼭 작은 전투마 같지 않아?" 볼품없는 아일랜드 계 마구간지기가 소리쳤다. 이렇게 해서 녀석은 꼬마 워호스라는 이름을 가지게 되었다. 경기장을 반쯤 가로질러 갔을 때 멧토끼들은 피난처를 기억해 냈다. 그리고 마치 눈구름이 피어오르듯 한꺼번에 피난처로 몰려들어 갔다.

그것이 바로 두 번째 수업이었다. 우리에서 내몰리면 곧장 피난처로 가는 것 말이다. 일주일 만에 모든 토끼들이 그것을 다 배웠고, 이제 경기에 참가할 일만 남았다.

꼬마 워호스는 사육사들과 구경꾼들 사이에서 매우 유명해졌다. 녀석의 털빛은 쉽게 눈에 띄었고, 녀석과 함께 도망가는 귀가 긴 동료들 사이에서도 지도자로 인정받았다. 사람들이 이야기를 하거나 내기를 걸 때면 언제나 개들과 함께 녀석이 등장했다.

"디그넘 영감이 올해 경기에 밍키를 내보내려고 할까?"

"흠, 만약 그러면 꼬마 워호스가 밍키와 그 짝을 확실하게 꺾는다는 데 걸겠어."

개 사육사가 투덜댔다. "난 녀석이 특별 관람석을 지나기도 전에 우리 젠이 녀석을 잡는 데 세 배로 걸 거야."

그러자 미키가 말했다. "음, 나도 몇 달러 걸죠. 흐음, 하지만 그보다는 경주 내내 어떤 개도 녀석을 잡지 못한다에 내 한 달치 월급을 전부 걸지요."

그래서 그들은 계속 언쟁을 벌였다. 하지만 멧토끼들을 풀어놓을 때마다 꼬마 워호스 속에 들어 있는 놀라운 달리기 재능을 알게 되었으며, 최고의 그레이하운드가 출발점에서 관람석을 지나 피난처까지 가차없이 똑바로 추격하는 보기 힘든 장면을 보게 될 것이라고 믿는 사람의 수가 늘어났다.

6

대회 첫날 아침은 뭔가 좋은 일이 생길 것처럼 화창했다. 특별 관람석은 도시 사람들로 만원이었다. 보통 때와 같은 종류의 경주로가 보였다. 여기저기서 그레이하운드 한두 마리씩을 끌고 나오는 개 사육사들이 보였다. 개들의 몸통은 모포로 덮여 있었지만, 건장한 다리와 뱀 같은 목, 파충류처럼 긴 주둥이가 있는 균형 잡힌 머리 그리고 날카롭고 신경질적인 누런 눈이 보였다. 그레이하운드는 자연의 힘과 인간의 솜씨가 만들어낸 잡종견이자 살과 피로 만들어진 것들 가운데 최고의 달리기 기계였다. 주인들은 마치 보석을 지키듯 개를 지켰고, 아기를 돌보듯 보살폈다. 그리고 개들이 이상한 것들의 냄새를 맡거나 낯선 사람에게 접근하지 못하도록 했고 이상한 음식을 주워 먹는 것도 막았다. 개들에게 큰돈이 걸려 있었기 때문이었다. 교묘하게 놓인 납작못, 이물질을 섞은 고기, 그리고 인공적으로 합성된 냄새는 최고의 개들을 무기력한 느림보로 만든다고 한다. 그렇게 되면 개 주인은 파산하고 만다. 한 경기에 개 두 마리씩 짝을 이뤄 참가하기 때문에 이 경기는 일대일 결투라고도 할 수 있다. 아무튼 첫 경기의 승자들은 다시 짝을 이뤄 다음 경기에 참가한다. 각 경기 때마다 멧토끼 한 마리를 출발점에 있는 우리에서 내보낸다. 경쟁자인 개 두 마리의 줄은 출발요원이 붙잡고 있다. 그러다 토끼가 어느 정도 도망치면, 출발요원이 동시에 줄을 놓아서 출발시킨다. 들판에는 진홍색 코트를 입은 심판이 말을 타고 있다. 그는 추격을 뒤따라간다. 자기가 받은 훈련을 기억하고 있는 멧토끼는 탁 트인 벌판을 지나 피난처를 향해 빠르게 달려 나간다. 특별 관람석에서는 이 모

든 광경이 한눈에 들어온다. 개들은 멧토끼를 쫓아간다. 위험할 정도로 개가 바싹 다가오면 멧토끼는 요리조리 피하며 달린다. 멧토끼가 방향을 바꿀 때마다, 그렇게 만든 개에게 점수가 주어지는데, 멧토끼를 죽이면 무조건 이긴다.

출발점에서 100미터도 못 가서 잡혀 죽는 멧토끼들도 가끔 있는데, 형편없는 토끼들이 그렇다. 대부분은 특별 관람석 앞에서 잡혀 죽는다. 하지만 아주 드문 경우이긴 하지만, 요리조리 피해 시간을 벌면서 탁 트인 경기장을 800미터 이상 달려 피난처까지 안전하게 도망가는 멧토끼들도 있다. 경기는 다음과 같은 네 가지 경우 가운데 하나로 끝난다. 첫째, 토끼가 금방 죽는 경우, 둘째, 토끼가 빠르게 피난처까지 도망치는 경우, 셋째, 더운 날씨 속에서 너무 오래 달려 속도에 결정적인 무리가 생겨 다른 개들이 투입되는 경우, 마지막으로 토끼가 개들을 피해 계속해서 이리저리 다니지만 결국 피난처까지는 가지 못하는 경우인데, 이 경우에는 장전하여 준비된 총이 있었다.

카스카도 토끼사냥 대회도 경마만큼이나 속임수가 많고 사기를 치려는 시도도 많다. 따라서 누구에게도 의심을 받지 않을 심판과 출발요원이 필요하다.

다음 대회 전날, 돈 많은 남자 하나가 아일랜드 소년 미키를 만났다. 우연히 말이다. 얼핏 보기에는 그 남자가 미키에게 엽궐련 한 대를 건네준 것이 전부였다. 하지만 미키는 담배에 불

을 붙이기 전에 엽궐련 겉에 말려 있던 녹색 종이 한 장을 벗겨냈다. 그리고 이런 말이 오갔다.

"당신이 내일 개를 풀어 줄 때, 디그넘의 밍키에게 제대로 해 준다면, 그러면 말이요. 엽궐련 한 대를 더 주겠소."

"흠, 내게 맡기신다면, 거야 뭐 쉬운 일이겠죠. 그렇게만 되면 밍키는 단 1점도 못 얻게 될 겁니다. 밍키와 함께 달리는 놈도 마찬가지로 재수없는 거구요."

돈 많은 남자는 꽤 흥미가 있는 듯했다. "그렇소? 알겠소. 그렇게 합시다. 그러면 내 엽궐련 두 대를 주겠소."

출발요원 슬라이먼은 언제나 공정했고 자기에게 접근하는 사람들을 경멸했다. 그것은 잘 알려진 사실이었다. 대부분의 사람들이 그를 신뢰했다. 하지만 불만을 가진 사람들도 있었다. 삐까번쩍하게 차려입은 한 남자가 슬라이먼에게 접근했다가 실패하자 고발을 했고 조사를 받는 동안은 부득이하게 출발요원 자격이 정지되었다. 그래서 미키가 대신 그 일을 맡았다.

미키는 가난했고 특별히 양심적인 사람도 아니었다. 그런데 1년 동안 벌 돈을 단 1분 만에 벌 수 있는 기회가 찾아온 것이다. 그렇게 나쁜 일도 아니었다. 개에게도 토끼에게도 아무런 해를 입히지 않는 일이니 말이다.

멧토끼는 거의 다 엇비슷하다. 누구나 다 알고 있다. 단지 어떤 멧토끼를 고르느냐의 문제일 뿐이었다. 예선전이 모두 끝났다. 멧토끼 50마리가 도망가다 죽었다.

미키는 자신의 일을 만족스럽게 해냈다. 매번 개를 공정하게 동시에 풀어 주었다. 그는 여전히 그 일을 맡고 있었다. 이제 결승전이 남았다. 우승컵과 엄청난 판돈이 걸린 결승전 말이다.

7

날씬하고 우아한 개들이 자기들의 차례를 기다리고 있었다. 밍키와 녀석의 경쟁자가 가장 먼저 경기를 했다. 지금까지는 모든 것이 공정했다. 그러니 누가 앞으로 불공정할 것이라고 말하겠는가? 미키는 자기 마음에 드는 멧토끼를 내보낼 수 있었다.

미키가 자기 동료에게 소리쳤다. "3번!" 꼬마 워호스가 뛰어나왔다. 흰 바탕에 검은 점이 있는 녀석의 귀. 녀석은 서두르지 않고 낮게 웅크렸다가 한 번에 1.5미터씩 뛰어나갔다. 녀석은 평소와 달리 경기장을 가득 메운 관중들을 쭉 한 번 살펴보고서는 놀라울 정도로 높이 망보기 뜀을 뛰었다.

출발요원이 소리쳤다. "흐르르르르!" 그의 파트너가 막대기로 울타리를 두들겨 소리를 냈다. 그러자 꼬마 워호스는 한 번

에 2.5미터 정도씩 뛰었다.

"흐르르르르!" 이번에는 3미터씩 뛰었다.

녀석이 30미터쯤 앞서 나가자 사냥개들이 풀려났다. 공정했다. 하지만 어떤 사람들은 20미터쯤 갔을 때 풀어 주었어야 한다고 생각하기도 했다.

"흐르르르르! 흐르르르르!" 그러자 꼬마 워호스는 4미터씩 뛰어갔다. 하지만 그 사이에 망보기 뜀은 하지 않았다.

"흐르르르르!" 멋진 개들이었다! 개들이 얼마나 잘 달리던지! 하지만 녀석들 앞으로 마치 하얀 바닷새, 아니 날아가는 구름 같은 것이 있었으니, 그것이 바로 꼬마 워호스였다. 특별 관람석을 지나갔다. 개들은 출발할 때보다 거리 차이를 줄였을까? 가까워진다고? 점점 멀어지고 있는걸! 그것에 대해 미처 말할 새도 없이, 흰 바탕에 검은 색 점이 있는 엉겅퀴 깃털이 피난처 문을 통해 사라졌다. 예전의 암탉 구멍과 꼭 닮은 문으로 말이다. 그레이하운드들은 관중들의 심한 야유를 받고 멈추어 섰다. 관중들은 꼬마 워호스에게는 환호를 보냈다. 미키가 얼마나 웃었던지! 디그넘은 또 얼마나 저주를 퍼부었던지! 신문 기자들은 또 얼마나 급하게 휘갈겨 써 댔는지!

이튿날 모든 신문에 이런 기사가 났다. "멧토끼의 놀라운 활약! 꼬마 워호스가 이름 그대로 이번 대회에 가장 유명한 개 두 마리를 무너뜨렸다."

개 주인들 사이에 격렬한 언쟁이 벌어졌다. 밍키와 그의 경쟁자 모두 득점을 올리지 못했으니 무승부였다. 그러자 다시 뛰는 것이 허락되었다. 800미터를 뛰는 것만으로도 녀석들은 너무 힘들었다. 당연히 우승컵과는 거리가 멀어졌다.

이튿날 미키는 우연히 그 '돈 많은'남자를 만났다.

"엽궐련일세, 미키."

"흠. 정말 좋군요. 그런데 두 대가 아니었나요. 감사합니다. 선생님."

8

그때부터 꼬마 워호스는 이 아일랜드 청년의 자랑거리가 되었다. 슬라이먼은 명예롭게 복귀했고 미키는 토끼 출발요원으로 다시 돌아왔다. 하지만 그 일을 계기로, 개들을 동정하던 마음이 토끼들 아니 꼬마 워호스에게 향했다. 토끼몰이 때 잡혀 이곳에 온 토끼 500마리 중에 녀석만이 유일하게 명성을 얻었다. 경기장을 가로질러 도망쳐 다른 날 다시 뛰게 된 토끼들도 몇 마리 있었지만, 단 한 번도 방향을 바꾸지 않고 경기장을 가로질러 간 토끼는 녀석이 유일했다. 대회는 일주일에 두 번씩 열렸다. 매번 40, 50마리의 멧토끼가 죽었다. 그리고 우리에 있던 500마리 거의 대부분이 원형 경기장에서 잡아먹힌 것이다.

꼬마 워호스는 대회 때마다 뛰었고 그때마다 피난처로 가는 데 성공했다. 미키는 자기가 좋아하는 토끼의 능력에 완전히 반해 버렸다. 미키는 다리가 늘씬한 이 달리기 선수에게 절대적인 애정을 갖게 되었다. 개가 이런 멧토끼에게 모욕을 당하는 것도 영광이라고 그는 단호하게 말했다.

멧토끼가 경기장을 완전히 가로지르는 것은 아주 드문 일이다. 그런데 꼬마 워호스가 적을 요리조리 피하지도 않고 여섯 번이나 그 일을 해내자 신문들은 그 일에 주목했다. 그리고 경기가 끝나면 매번 이런 기사가 나갔다. "오늘 다시 한 번 꼬마 워호스가 경기장을 가로지르는 데 성공했다. 오랜 팬들은 이 일이 우리 개들의 실력이 얼마나 떨어지는지를 보여 주는 것이라고 말한다."

여섯 번째 성공을 거두자 멧토끼 담당자들이 더욱 열광했다. 그들의 최고 사령관 격인 미키는 꼬마 워호스가 예뻐서 어쩔 줄 몰랐다. "녀석은 풀려날 권리가 있어요. 미국인들이 그랬던 것처럼 자유를 얻었다고요." 그는 대회 책임자의 애국심에 호소하기 위해 그렇게 말했다. 물론 그가 바로 멧토끼들의 진짜 주인이었다.

대회 책임자가 대답했다. "알겠네, 미키. 열세 번째에도 성공하면, 고향으로 녀석을 돌아갈 수 있게 해 주겠네."

"지금 당장이요. 지금 당장 보내 줄 수도 있지 않

나요?"

"안 돼. 안 돼. 난 녀석이 새로 참가하는 개들을 이기는 걸 보고 싶다네."

"열세 번이면 녀석을 자유롭게 해 주는 겁니다."

이 무렵 새로운 토끼들이 많이 왔는데, 그중 꼬마 워호스와 색이 아주 비슷한 녀석이 하나 있었다. 녀석은 빠른 편은 아니었지만 그래도 혼돈을 막기 위해 미키는 꼬마 워호스를 쿠션을 덧댄 선박용 상자에 몰아넣고 검표원이 사용하는 펀치로 녀석의 귀에 표시를 해 주었다. 그 펀치는 날카로웠다. 그래서 녀석의 얇은 귀에 별 모양이 또렷하게 새겨졌다. 미키가 감탄의 소리를 질렀다. "흠, 경기에서 이길 때마다 표시를 해 줄게." 그러고 나서 그는 별 여섯 개를 한 줄로 뚫었다. "그래. 꼬마 워호스야. 별이 열세 개 생기면 넌 자유로운 토끼가 될 거야. 우리가 자유를 얻었을 때 그 자유의 깃발처럼 말이야."

꼬마 워호스는 일주일도 못 되어 신참 그레이하운드들을 무찔렀다. 그 덕분에 녀석의 오른쪽 귀에는 더 이상 별을 뚫어 넣을 수가 없게 되었고 그래서 이제는 왼쪽 귀를 뚫기 시작했다. 일주일 후에 녀석은 열세 번의 경주를 모두 완수해서, 왼쪽 귀에 여섯 개 오른쪽 귀에 일곱 개의 별을 가지게 되었다. 신문들은 새로운 기사를 썼다,

"와아!" 미키는 만세를 불렀다. "자유야. 꼬마 워호스, 넌 자

유라구! 13은 늘 행운의 숫자였어. 난 그게 잘못되는 걸 보지 못했다고."

9

대회 책임자가 말했다. "그랬지. 안다고 알아. 하지만 난 녀석이 한 번 더 뛰기를 원한다네. 내가 새로 온 개 말고 녀석에게 걸었다네. 다치진 않을 걸세. 녀석은 할 수 있을 거니까. 아 그래. 이보게 미키. 나서지 말게나. 오늘 오후에 딱 한 번만 더 뛰면 되니까. 개들은 하루에 두세 번도 뛴다네. 녀석이라고 그러지 못할 게 뭐 있나?"

"개들은 목숨을 거는 게 아닌걸요."

"이런. 당장 여기서 나가."

새로운 토끼들이 우리에 많이 보충되었다. 큰 놈도 있고, 작은 놈도 있고, 순한 놈도 있고, 싸움쟁이도 있었다. 그런데 덩치 크고 성질이 사나운 수토끼 하나가 그날 아침에 피난처로 급하게 돌진해 오는 꼬마 워호스를 보고 공격할 기회를 잡았다.

다른 때라면, 꼬마 워호스는 전에 고양이에게 해 주었던 것처럼 녀석의 머리통을 차서 단번에 상황을 끝냈을 것이다. 하지만 이번 싸움은 몇 분 동안이나 계속되었고 그 와중에 꼬마 워호스도 거칠게 공격받았다. 그래서 오후가 되자

한두 군데 멍이 생겼고 다친 곳이 쑤셔 오기 시작했다. 사실 심각한 상처는 아니었지만 그래도 그 때문에 속도는 느려질 수밖에 없었다.

출발은 예전과 똑같았다. 꼬마 워호스는 몸을 낮추고 가볍게 뛰어나갔다. 귀를 위로 세우자 별 열세 개 사이로 지나가는 바람 소리가 느껴졌다.

밍키는 새로운 개 팽고와 함께 열심히 뛰어다니며 토끼를 뒤쫓았다. 그런데 간격이 점점 좁아져 출발 요원들을 깜짝 놀라게 만들었다. 꼬마 워호스는 우위를 잃어 가고 있었다. 그러더니 특별 관람석 바로 앞에서 밍키가 꼬마 워호스의 방향을 틀게 만들었다. 개들 주인에게서 환호성이 터져나왔다. 왜냐하면 모두가 그들을 잘 알고 있었기 때문이었다. 50미터도 채 못 가서 팽고가 꼬마 워호스의 방향을 틀어 점수를 땄다. 추격전은 출발점으로 곧장 돌아오는 방향으로 전개되었다. 그곳에는 슬라이먼과 미키가 서 있었다. 꼬마 워호스는 도망칠 수가 없었다. 최후의 일격이 가까워지고 있는 것처럼 보였다. 그러자 꼬마 워호스가 미키 쪽으로 곧장 달려와 그의 팔에 안겨 몸을 숨겼다. 미키는 사나운 개들을 쫓아내려고 맹렬하게 발길질을 했다. 그가 친구라는 것을 꼬마 워호스가 알고 있는 것 같지는 않았다. 꼬마 워호스는 중립이거나 우호적일 가능성이 있는 쪽으로 도망가서 적을 피해야 한다는 본능을 따랐을 뿐이었고, 운이

긴 했지만 녀석은 현명하게 제대로 뛰어오른 것이다. 미키가 꼬마 워호스를 안고 급히 되돌아오자 좌석에서 환호성이 터져 나왔다. 하지만 개 주인들은 항의를 했다. "이건 공평한 경주가 아니요. 녀석들은 끝을 보고 싶어했다고요." 그들은 대회 책임자에게도 항의했다. 대회 책임자는 팽고가 아니라 꼬마 워호스를 두둔해 주었다. 그는 가슴이 아팠지만 재경기 지시를 내렸다.

한 시간의 휴식이 미키가 꼬마 워호스를 위해 얻어 낼 수 있는 최선이었다. 그러고 나서 꼬마 워호스가 전처럼 뛰어나갔고, 밍키와 팽고가 그 뒤를 추격했다. 꼬마 워호스는 아까보다 몸이 덜 뻣뻣해 보였다. 달리는 모습도 좀더 녀석다웠다. 하지만 관람석을 조금 지났을 때 꼬마 워호스는 팽고에게 그리고 다시 밍키에게 쫓겨 방향을 틀었다. 그리고 뒤로 밀렸다가 다시 경기장을 가로질러 가기 시작했고 그러다 이리저리 방향을 바꾸면서 미친 듯이 뛰어다니며 간신히 적을 피했다. 그런 상황이 몇 분 동안 지속되었다. 미키는 꼬마 워호스의 귀가 젖혀지는 것을 볼 수 있었다. 팽고가 뛰어올랐다. 꼬마 워호스는 팽고의 아래쪽으로 간신히 몸을 피했지만 이번에는 밍키와 마주쳤다. 꼬마 워호스의 양쪽 귀가 모두 완전히 뒤로 젖혀졌다. 하지만 사냥개들 역시 고생하기는 마찬가지였다. 개들의 혀가 축 늘어졌다. 턱과 배는 거품으로 얼룩졌다. 꼬마 워호스의 귀가 다시 곧추섰다. 개들이 지친 것을 알고는 용기가 되살아난 듯했다. 꼬마 워호스는 피난처를 향해 곧바로 달려갔다. 하지만 곧바로 돌진하는 것은 사냥개들의 특기였다. 그래서 100미터도 채 못 가서 꼬마 워호스는 다시 방향을 틀어야 했다. 이제 필사적인 지그재그 경기가 또다시 시작된 것이다. 개 주인들은 자기들의 개가 위험에 처한 것을 보고, 다른 개 두 마리를 잽싸게 내보냈다. 기운이 펄펄 넘치는 사냥개 두 마리였다. 녀석들이 경기를 확실히 끝마칠 수 있을 것 같았다. 하지만 녀석들은 그렇게 하지 못했다. 첫 번째 개 두 마리는 패배했다. 녀석들은 숨을 헐떡거리고 있었다. 완전히 따돌린 거나 마찬가지였다. 하지만 두 번째 개 두 마리가 점점 더 가까이 오고 있었다. 꼬마 워호스는 온 힘을 다해 앞으로 내달렸다. 꼬마 워호스는 첫 번째 두 마리 개를 멀찌감치 따돌렸다. 피난처에 거의 다 왔을 때쯤 두 번째 개 두 마리가 다가왔다.

이제 살 방법은 요리조리 피하는 것 말고는 없었다. 꼬마 워호스의 귀는 완전히 젖혀져 있었고 가슴은 갈비뼈 위로 투둑투둑 소리를 내고 있었지만 정신력만큼은 여전히 강했다. 꼬마 워호스는 미친 듯이 지그재그로 달렸다. 사냥개들이 서로 부딪혀 넘어졌다. 또다시 녀석들은 꼬마 워호스를 다 잡았다고 생각했다. 녀석들 중 한 마리가 꼬마 워호스의 긴 꼬리 끝을 덥석 물었다. 하지만 꼬마 워호스는 잡히지 않았다. 하지만 피난처까지는 가지 못했다. 운은 꼬마 워호스를 배신하고 있었다. 꼬마 워호스는 특별 관람석 근처까지 몰렸다. 수천 명의 여성들이 지켜보고 있었다. 제한 시간이 다 되어 가고 있었다. 두 번째 개들도 지쳐 있었다. 그 순간 미키가 마치 미치광이처럼 소리를 지르며 뛰어나왔다. 그는 저주를 퍼부었다. 미친 사람이 떠드는 소리 같았다.

"이 깡패 자식, 사기꾼 같은 녀석! 이 더러운 겁쟁이 같은 녀석아!" 미키는 개들을 패 주려고 맹렬히 달려들었다.

관리원들이 뛰어오면서 고함을 쳤다. 증오심과 반항심에 가득 차 새된 소리를 지르며 미키는 들판에서 질질 끌려 나왔다. 그러면서도 그는 개고 사람이고 가리지 않고 자신이 생각해 낼 수 있는 온갖 소름 끼치고 모욕적인 욕설들을 퍼부어 댔다.

"페어플레이라고! 이런 게 너희들이 말하는 페어플레이야. 이 더러운 거짓말쟁이들, 이 치사한 겁쟁이들 같으니라고!" 그러자 사람들이 미키를 원형경기장에서 쫓아냈다. 그가 마지막으로 본 것은 약하고 거의 탈진한 꼬마 워호스를 개 네 마리가 힘없이 쫓아가는 모습과 말을 탄 심판이 총을 든 사람에게 신호를 보내는 모습이었다.

미키의 등 뒤에서 문이 닫혔다. 그리고 "탕 탕" 하는 소리가 들렸다. 보통 때와는 달리 개들의 비명이 섞여 있는 소리가 들려왔다. 그리고 그는 멧토끼 꼬마 워호스가 네 번째 방법으로 최후를 맞았다는 것을 알게 되었다.

두 번째 개들도 지쳐 가고 있었다.

미키는 평생 개들을 사랑해 왔지만, 페어플레이에 대한 그의 믿음은 이제 완전히 짓밟혔다. 그는 안으로 들어갈 수도 없었고 지금 있는 곳에서는 안이 보이지도 않았다. 그는 주로를 따라 피난처로 갔다. 그곳이라면 제대로 볼 수 있을지도 몰랐다. 때맞춰 도착해 보니 귀가 절반쯤 내려앉은 멧토끼 꼬마 워호스가 다리를 절룩거리며 피난처로 오고 있었다. 그는 총이 빗나가 엉뚱한 녀석을 맞추었다는 것을 금방 알아차렸다. 수의사가 바닥에 누워 숨을 헐떡거리는 그레이하운드를 돌보는 동안, 다른 개 한 마리를 두 남자가 싣고 가는 모습을 관람석의 관중들이 지켜보고 있었던 것이다.

미키는 주위를 둘러보다가 작은 선박용 상자 하나를 집어든 후, 그것을 구석에 놓고 지친 꼬마 워호스를 조심스럽게 몰아넣었다. 그러고 나서 상자를 겨드랑이에 끼고 혼란을 틈타 몰래 울타리 너머로 사라졌다.

"이런 건 중요한 게 아니야. 어쨌거나 녀석은 할 만큼 다 한 거니까." 미키는 터벅터벅 걸어 도시를 떠났다. 가장 가까운 역에서 기차를 타고 몇 시간을 가자 토끼의 고장이 다시 나왔다. 해는 이미 오래전에 졌고 들판 위로 별이 빛나는 밤이 찾아왔다. 그는 농가와 오세이지오렌지 생울타리와 자주개자리 사이에서 상자를 열고 꼬마 워호스를 조심스럽게 꺼내 주었다.

미키가 싱긋 웃으면서 말했다. "이제 다시 한 번 별 열세 개의

자유를 만끽할 수 있겠구나."

의심이 생긴 꼬마 워호스는 한동안 주위를 바라보았다. 그러더니 서너 발짝 뛰어간 후 '망보기 뜀'을 뛰어서 자기 위치를 확인했다. 녀석은 자신의 털빛과 영광의 흔적이 남은 귀를 드러낸 채, 힘들게 얻은 자유의 품 속으로 그 어느 때보다도 힘차게 뛰어서 고향 들판의 밤 속으로 서서히 사라져 갔다.

그 뒤로는 카스카도에서 녀석의 모습을 본 사람은 많이 있었고, 토끼몰이도 여러 차례 계속되었다. 하지만 이제는 토끼몰이를 당해도 잡히지 않는 방법을 알게 되었는지, 토끼몰이로 잡힌 수천 마리 중에 녀석의 모습은 보이지 않았다. 별이 반짝이는 귀를 가진 멧토끼의 모습은.

불테리어 이야기

1

내가 녀석을 처음 본 것은 핼러윈 데이가 저물 무렵이었다. 그날 아침 일찍 나는 대학 때 한패였던 잭에게서 전보 한 통을 받았다. "서로 잊게 되지나 않을까 하여, 범상치 않은 강아지 한 마리를 보내네. 예의를 갖추어 점잖게 대해 주게나. 그래야 별 일이 없을 걸세." 잭은 폭파 장치나 사나운 스컹크를 보내 놓고도 강아지를 보낸다고 말하고도 남을 녀석이었기 때문에 나는 호기심을 가지고 바구니를 기다렸다. 도착한 선물에는 '위험'이라는 표시가 되어 있었는데, 약간만 건드려도 안에서 격렬하게 으르렁거리는 소리가 들려왔다. 철망을 통해 들여다보니 안

에는 새끼 호랑이가 아니라 조그마하고 하얀 불테리어가 있었다. 녀석은 나를 물려고 했다. 녀석은 친절하지 않게 대하거나 적당한 호감을 표시하기 위해 너무 가까이 가거나 하면 상대를 가리지 않고 불쾌해질 정도로 으르렁거리며 짖어 댔다. 개가 으르렁거리는 소리에는 두 가지 종류가 있다. 하나는 가슴속에서 울려 나오는 듯한 굵직한 소리로 으르렁거리는 것이다. 이것은 예의를 갖춘 점잖은 경고이다. 정중한 응수라고나 할까. 다른 하나는 입에서 나오는 훨씬 높은 소리이다. 이것은 실제로 공격을 하기 전에 하는 마지막 경고이다. 이 불테리어의 으르렁거림은 후자의 것이 틀림없었다. 나는 개를 많이 길러 봐서 개에 관해서는 모르는 것이 없었다. 그래서 짐꾼을 물리치고 이쑤시개, 망치, 손도끼, 도구상자, 삽 등 안 되는 것이 없는 우리 회사의 신제품인 만능 잭나이프를 꺼내 철망을 들어올렸다. 아! 물론이다. 나는 개에 관해서는 모르는 것이 없었다. 이 작고 사나운 개는 잭나이프가 닿을 때마다 정말로 사납게 으르렁거렸다. 내가 상자를 옆으로 돌리자 녀석은 내 발을 향해 달려들었다. 녀석의 발이 철망에 끼이지만 않았더라면 나는 어쩌면 다쳤을지도 모른다. 녀석은 날 정말로 물 생각이었던 것이다. 하지만 나는 녀석을 피해 탁자 위로 올라가 녀석을 타이르기 시작했다. 나는 동물들과 이야기할 수 있다고 늘 믿어 왔다. 설사 우리가 하는 말을 이해하지는 못하더라도 적어도 그 의도 정도는 알 수 있다고 여겼다. 그러나 이 개는 나를 위선자로 여긴 게 확실하다. 녀석은 접근하려는 나를 거부했다. 녀석은 처음에는 탁자 밑에 자리를 잡고 빙빙 돌면서 내가 다리를 내려놓는지를 감시했다. 나는 눈빛만으로도 녀석을 제압할 자신이 있었지만, 그렇게 할 수 없었다. 내가 도대체 어디에 있는지 심지어는 녀석이 어디에 있는지조차 알 수 없었기 때문이다. 덕분에 나는 감옥에 갇힌 죄수 꼴이 되고 말았다. 나는 내가 아주 침착한 사람이라고 자부하고 있다. 사실 나는 철물 회사 사장이다. 침착하기로 따지면, 쓸데없이 참견하기 좋아하는 의류 판매상들 말고는 우리 같은 사람들을 당할 사람이 없다. 나는 탁자 위에서 엽궐련 한 대를 꺼내 피워 물었다. 그동안 내 작은 폭군은 탁자 밑에서 내 다리를 감시하고 있었다. 나는 전보를 꺼내 읽었다. "범상치 않은 강아지 한 마리를 보내네. 예의를 갖추어 점잖게 대해 주게나. 그래야 별일이 없을 걸세." 하지만 나는 예의를 갖추어 점잖게 대하는 것보다는 오히려 침착하게 대한 것이 효과가 더 있었다고 생각한다. 30분쯤 지나자 으르렁거리는 소리가 멈춘 것이다. 한 시간이 지난 후, 나는 녀석의 기분을 시험해 보기 위해 탁자 밖으로 조심스럽게 신문을 내밀어 보았다. 녀석은 더 이상 덤벼들지 않았다. 우리에 갇혀 있을 때 쌓인 화가 풀리는 모양이었다. 세 번째 엽궐련에 불을 붙일 때쯤 녀석이 어기적어기적 불가로 가서 누웠다. 그러나 날 무시한 것은 아니었기 때문에 나로서는 불평할 이유가 없었다. 녀석의 한쪽 눈은 여전히 날 감시하고 있었고 나는 두 눈으로 녀석을 보았다. 하지만 내가 바라본 것은 녀석의 몸이 아니라 녀석의 짧고 굵은 꼬리였다. 녀석이 꼬리를 옆으로 흔든다면, 내가 이긴 셈이 된다. 하지만 녀석의 꼬리는 흔들리지 않았다. 나는 책을 집어 들고 탁자 위에서 시간을 보냈다. 그러는 사이, 다리도 저려 오고 불도 거의 꺼져 갔다. 밤 10시쯤, 쌀쌀한 기운이 느껴 왔다. 10시 30분에는 불도 꺼졌다. 내 핼러윈 선물은 일어나서 하품을 하고 온몸을 쭉 펴더니 모피 깔개가 있는 침대 밑으로 걸어갔다. 나는 탁자 위에서 내려와 화장대로 살금살금 걸어갔다. 벽난로 선반을 지나 침대로 가 아주 조용히 옷을 벗은 후 침대로 들어갔다. 내 주인님을 화나게 할 짓은 하지 않았다. 잠시 후 침대 위로 뭔가가 올라오는 소리가 들리더니 내 발과 다리를 꾹꾹 밟고 다니는 느낌이 들었다. 나는 아직 잠들기 전이었다. 침대 밑이 너무 추워서 우리 집에서 가장 따뜻한 곳을 찾아 나섰던 게 분명했다.

녀석은 내 발 위에 웅크리고 앉았는데, 나는 너무 불편했다. 나는 어떻게든 자세를 바꿔 보려고 했지만 발가락만 조금 움직여도 녀석은 사납게 물려고 들었다. 두꺼운 모직 침구만 아니었다면 평생 불편하게 살았을지도 모른다.

한 번에 머리털 한 오라기만큼씩 발을 움직인 덕분에 한 시간 만에 겨우 편안하게 잠들 수 있었다. 녀석이 으르렁거리는 바람에 밤새 몇 차례 잠이 깨기도 했지만 말이다. 녀석의 허락 없이 발을 움직였기 때문일 것이다. 어쩌면 한 번 정도는 내 코 고는 소리 때문일 수도 있다.

아침에 나는 녀석보다 일찍 깨었다. 알다시피, 나는 녀석을 진저 스냅, 그냥 줄여서 스냅이라고 부른다. 어떤 개들은 이름을 지어 주기가 힘들다. 하지만 이름을 붙여 줄 필요가 있을까 싶을 정도의 개들도 있다. 그런 개들은 자기 스스로 이름을 짓는다.

나는 7시에 깨었다. 하지만 스냅은 8시가 되어서야 깨었다. 그래서 할 수 없이 우리는 둘 다 8시에 일어났다. 녀석은 불을 피우는 나에게 거의 아무런 말도 걸지 않았다. 녀석은 탁자 위가 아니라 다른 곳에서 옷을 갈아입는 것을 허락해 주었다. 나는 아침을 먹기 위해 방을 나서며 말했다.

"스냅, 이 친구야. 채찍질을 해서 널 길들일 사람도 있겠지만, 난 더 좋은 수가 있다구. 요즘 의사들은 '아침 안 주기 처방'이란 걸 선호하지. 그걸 한 번 해 볼 참이야."

잔인한 방법처럼 보일 수도 있지만 아무튼 나는 녀석에게 하루 종일 먹이를 주지 않았다. 문을 긁어 대는 통에 문을 다시 칠해야 하는 대가를 치르기야 했지만, 밤이 되자 녀석은 내가 손

To Doctor
G. Richquick's
SANCTARIUM

녀석에게는 겁이란 것이 없는 것처럼 보였다.

으로 주는 약간의 먹이를 조용히 받아먹었다.

일주일 만에 우리는 매우 좋은 친구가 되었다. 스냅은 내 침대 위에서 자곤 했는데, 이제는 내가 발을 움직여도 심한 상처를 입힐 생각으로 사납게 물지는 않는다. '아침 안 주기 처방'이 놀라운 효과를 보인 것이다. 석 달이 되자 우리는 글쎄, 그냥 단순한 사람과 개 사이가 되었다. 녀석과 함께 온 전보 내용이 충분히 증명된 것이다.

녀석에게는 겁이란 것이 없는 것처럼 보였다. 작은 개가 가까이 오면 녀석은 아무런 신경도 쓰지 않는다. 몸집이 중간 정도 되는 개라면, 꼬리를 공중에 빳빳이 쳐들고 놈 옆으로 걸어가 뒷발을 긁어 댔다. 놈을 보지 않고 하늘이나 먼 곳 아니면 다른 것을 보면서 말이다. 이따금씩 높고 날카롭게 으르렁거려 자신의 존재를 알릴 뿐이었다. 하지만 그 낯선 개가 다른 곳으로 즉시 가지 않으면, 싸움이 시작되었다. 그러면 그 낯선 개가 꽁무니를 빼고 달아나는 것이 보통이었다. 스냅이 지는 경우도 가끔은 있었지만, 아무리 쓰라린 경험을 해도 조금도 기가 죽지 않았다. 한 번은 개 전시회 기간에 역마차를 타고 가는데, 몸집이 코끼리만 한 세인트버나드 종의 개가 산책을 나왔다 스냅의 눈에 띈 적이 있었다. 그 개의 큰 몸집이 이 작은 강아지의 가슴에 불을 질렀다. 그러자 녀석은 역마차 창문으로 뛰어내려 그 개와 싸움을 벌였고 결국

은 다리가 부러졌다.

녀석은 겁하고는 거리가 먼 체질임이 분명했다. 겁이 있어야 할 자리에 남들보다 많은 활기가 들어차 있는 듯했다. 녀석은 내가 이제까지 알던 어떤 개들과도 달랐다. 예를 들면, 사내아이가 녀석에게 돌을 던지기라도 하면, 녀석은 도망을 치는 것이 아니라 그 아이에게로 달려갔다. 그리고 만약 같은 일이 반복되면 녀석은 자기 식으로 법을 집행했다. 그래서 모든 사람들이 녀석에게 최소한의 예우는 해 주었다. 사무실에서 나와 청소부만이 녀석의 장점을 제대로 아는 것처럼 보였다. 우리 두 사람만이 녀석으로부터 최고의 명예와 우정을 받았다. 한 달 또 한 달이 지나면서 나는 그 명예에 더욱더 감사하게 되었다. 한여름이 되었을 때는 거부인 카네기, 밴더빌트, 애스터의 전재산을 다 준다면 혹시 내 작은 개 스냅에 대한 지분을 4분의 1쯤 넘겨줄 수 있을까 하는 생각이 들 정도였다.

2

나는 정기적으로 여행을 하는 사람은 아니지만, 가을에 출장을 떠나게 되었다. 그래서 스냅과 주인집 여자 둘이 남게 되었다. 물론 그것은 불행한 일이었다. 스냅은 주인집 여자를 경멸했고, 여자는 녀석을 무서워했기 때문이다. 게다가 둘 모두 서로를 미워했다.

나는 북쪽의 인접 주들을 돌아다니며 가시 철망을 설치하고 있었다. 나는 일주일에 한 번씩 편지를 써서 보냈다. 스냅에 대한 불만이 담긴 주인집 여자의 편지도 몇 차례 받았다.

노스다코타 주 멘도저에 도착했을 때 나는 그곳이 철망을 많이 팔 수 있는 곳이란 사실을 알게 되었다. 물론 나는 큰 가게의 주인들과 거래했지만, 목장주들에게 가서 우리 회사 물건이 어떻게 다른지를 직접 보여 주기도 했다. 그러다가 펜루프 형제의 소 떼를 만났다.

요즘은 목장 지대에 얼마 머물지 않아도 교활하고 잔인한 회색늑대의 약탈 소식을 매우 자주 듣게 된다. 독을 놓아 늑대들을 떼죽음시키던 시절은 지나갔다. 목장주들은 늑대 때문에 심각한 손해를 보고 있었다. 대부분의 요즘 목동들처럼 펜루프 형제들도 독이나 덫을 놓는 일을 포기하고 다양한 개들을 교배시켜 늑대 사냥에 동원하고 있었다. 골칫거리를 없애는 꼭 필요한 일을 하면서 동시에 사냥도 즐길 수 있다는 기대를 품고서 말이다.

폭스하운드로는 늑대를 잡을 수 없었다. 녀석들은 싸움을 하기에는 너무 약했다. 그레이트데인은 너무 서툴렀고, 그레이하운드는 눈에 보이지 않는 사냥감은 쫓아가지 못했다. 모든 품종이 결정적인 결함을 조금씩 가지고 있었지만 목동들은 교배를 하면 늑대를 잘 잡을 수 있는 개가 나오리라는 기대를 하고 있었다. 멘도저의 늑대 사냥에 초대받은 나는 사냥대를 뒤따르는 다양한 개들의 품종에 매료되었다. 잡종견들이 있기는 했지만 아주 혈통이 좋은 개도 몇 마리 있었다. 값이 비싸 보이는 러시아 개 보르조이들이 특히 눈에 띄었다.

'사냥개들의 주인'인 만형 힐튼 펜루프는 자신의 개들에 항상 자부심을 느끼고 있었고 녀석들이 언젠가는 큰일을 해내리라고 기대하고 있었다.

"그레이하운드는 늑대와 싸우기에는 가죽이 너무 얇고, 데인은 너무 느려요. 하지만 보르조이들이 싸움에 나서면 늑대 털이 날리는 것을 볼 수 있을 겁니다."

그렇게 해서 그레이하운드들에게는 늑대를 추격하는 일을, 데인들에게는 그 뒤를 강하게 받쳐 주는 일을, 그리고 보르조이들에게는 가장 중요한 임무인 싸우는 일을 맡겼다. 폭스하운드도 두세 마리 있었는데, 냄새를 잘 맡는 이 녀석들은 늑대가 시야에서 사라졌을 때 흔적을 따라가는 임무를 맡았다.

10월 어느 날, 우리는 말을 타고 경치 좋은 배드랜즈 산으로 갔다. 날씨는 맑고 상쾌했다. 늦기는 했지만 눈이나 서리는 없었다. 말들이 어찌나 힘이 넘치던지 한두 차례 말에서 떨어지기도 했다.

개들은 사냥에 열중했고, 들판에서 잿빛 점 한두 개가 보이기 시작했다. 힐튼은 그것이 늑대가 아니면 코요테의 것이라고 말했다. 개들은 맹렬하게 짖으며 추격을 했다. 그러나 밤이 되자 그레이하운드 한 마리가 어깨에 상처를 입은 것 말고는 아무 일도 없었다. 실제로 늑대 사냥에 나선 개는 한 마리도 없었던 것이다.

힐튼의 동생 가빈이 말했다. "내 생각에는 저 비싼 러시아 개도 그다지 별 볼 일 없는 것 같아. 저 잡종 개들보다는 차라리 작고 까만 데인이 더 낫겠어."

"아니, 난 인정할 수 없어." 힐튼이 투덜대며 말했다. "회색늑대는 말할 것도 없고 코요테도 저 그레이하운드들을 피해 달아날 수는 없다구. 폭스하운드는 사흘이 지난 발자국도 따라갈 수 있어. 데인은 회색곰도 해치울 수 있다구."

펜루프 영감이 말했다. "음, 내 생각에는 녀석들이 빨리 달리고 추적도 잘 하는데. 음, 녀석들은 회색곰한테도 이길 거야. 하지만 말이다. 아마 회색늑대하고는 싸우고 싶지 않은 모양이구나. 빌어먹을, 놈들이 벌써 겁을 먹었나 보군. 돈값도 제대로 못할 것 같으니 이를 어쩐담."

그들이 투덜거리고 토론하는 사이에 나는 말을 타고 자리를 떴다.

실패에 대한 해결책은 단 하나뿐인 것 같았다. 사냥개들은 빠르고 강했지만, 녀석들은 모두 회색

늑대만 보면 공포에 떠는 것처럼 보였다. 녀석들에게는 회색늑대와 마주할 용기가 없는 것이다. 그래서 늑대가 달아날 때마다 겁이라고는 없는 작은 개가 떠올랐다. 작년부터 나와 함께 침대를 썼던 그 작은 개가, 녀석이 여기 있었다면, 그렇다면 덩치만 큰 이 얼간이 사냥개들의 대장이 될 텐데. 녀석이라면 아무리 힘든 순간이라도 결코 용기를 잃지 않을 것이다.

다음 기착지인 배로커에서 나는 편지 다발을 받았는데 그중에는 주인 여자에게서 온 편지도 두 통 들어 있었다. 첫 번째 편지에는 "이 야수 같은 개가 내 방에서 망측한 짓을 하고 있어요."라고 쓰여 있었다. 다른 편지는 녀석을 당장 없애 달라는 훨씬 더 강경한 내용이었다.

나는 생각했다. "녀석을 급행 열차로 멘도저에 데려와도 안 될 건 없잖아? 20시간이면 되는걸. 그 사람들도 좋아할 텐데 뭐. 일을 다 마치면 내가 다시 집으로 데려갈 수 있을 테고."

3

스냅을 다시 만난 일은 예상했던 대로 첫 번째 만났을 때와 다르지 않았다. 녀석은 내게 뛰어올라 아주 사납게 무는 시늉을 하여, 으르렁거렸지만, 가슴속 깊은 곳에 울려 나오는 으르렁거림인 데다 꼬리까지 심하게 흔들고 있었다.

내가 있는 동안 펜루프 씨 가족은 여러 차례 늑대 사냥에 나섰지만, 전보다 나은 결과는 얻지 못하는 바람에 진저리를 치고 있었다. 사냥에 나설 때마다 개들은 거의 매번 늑대를 찾아내긴 했지만 놈을 죽이지는 못했다. 그들은 마지막 결전의 장소까지 가까이 가지 못했고 왜 끝장을 내지 않는지 알 수 없었다.

펜루프 영감은 "그래도 새가슴을 가진 형편없는 녀석들은 아니지."라며 만족해 했다.

우리는 다음 날 새벽에 길을 떠났다. 전처럼 좋은 말과 일급 기수들이 함께했다. 그리고 전처럼 커다란 푸른 개, 누런 개, 점박이 개들도 함께 갔다. 하지만 이번에는 신참이 있었으니 바로 내 옆에 바싹 붙어 다니는 작고 하얀 개였다. 녀석에게 가까이 갔다가는 개들뿐만 아니라 말들도 녀석의 이빨에 공격을 당하기 일쑤였다. 녀석은 이 지역에 사는 모든 사람과 말과 개들과 티격태격했지만 멘도저 호텔 주인의 암컷 불테리어만은 예외였다. 그 암컷은 녀석보다 작은 유일한 개였다. 녀석들은 매우 친한 친구처럼 보였다.

나는 그날 있었던 사냥 광경을 결코 잊지 못할 것이다. 우리는 넓고 꼭대기가 평평한 산 위에 있었다. 전망이 탁 트인 곳이었다. 주위를 꼼꼼히 살펴보던 힐튼이 소리쳤다. "놈이 보여요. 저기 가고 있어요. 해골 개울 쪽으로 가고 있어요. 코요테 같은 걸요."

가장 먼저 해야 할 일은 그레이하운드들에게 사냥감을 보여 주는 것이었다. 쉬운 일은 아니었다. 녀석들은 망원경을 사용할 수 없고 게다가 땅은 개들의 머리보다 더 높은 쑥 덤불로 뒤덮여 있으니까.

하지만 댄더의 주인은 "어이 댄더." 하고 부르며 안장에서 약간 물러나면서 다리를 쭉 뻗었다. 댄더가 단 한 번 만에 재빠르게 안장에 뛰어올라 균형을 잡으며 말 위에 섰다. 힐튼은 계속해서 코요테를 가리켰다. "저기 보이지. 댄더. 봐 저기. 저 아래쪽에 놈이 보이지?" 그 개는 주인이 가리키는 것을 진지하게 바라보더니 알았다는 듯이 작은 소리로 짖으며 바닥으로 내려와 빠르게 달려 나갔다. 다른 개들도 긴 줄을 이루며 그 뒤를 쫓았다. 우리도 있는 힘껏 말을 몰고 그 뒤를 따라갔지만 협곡들이 가로막고 있는 데다 군데군데 오소리 굴이 있었고 바위와 세이지 덤불로 뒤덮여 있어 전속력으로 달리는 것이 너무 위험했기 때문에 자꾸 뒤처졌다.

우리는 모두 뒤처졌다. 물론 내가 제일 뒤처졌다. 말안장에 가장 서툴렀기 때문이다. 개들이 평평한 지역 위로 날아갈 듯이 달리거나 작은 협곡 아래로 사라졌다가 그 건너편으로 다시 나타나는 개들의 모습이 몇 차례 눈에 들어오기는 했다. 그레이하운드 종인 댄더는 늘 앞에 선두에서 달리고 있었다. 또 다른 산등성이로 올라가자 추격하는 모습이 한눈에 들어왔다. 코요테 한 마리가 전속력으로 달리고 있었고 500미터쯤 뒤에서 추격하고 있었다. 간격은 점점 줄어들었다. 녀석들을 다시 보았을 때는 코요테는 이미 죽어 있었고, 개들은 그 주위에 앉아 숨을 헐떡이고 있었다. 하지만 폭스하운드 두 마리와 진저 스냅은 보이지 않았다.

뒤늦게 나타난 폭스하운드들을 힐끗 쳐다보며 힐튼이 말했다. "항상 뒷북이나 치는군." 그러고 나서는 자랑스럽게 댄더를 토닥여 주었다. "이것 보라구요. 당신 개는 있으나 마나 아니었소."

"고작 작은 코요테 한 마리와 싸우는데 커다란 개 열 마리의 담력이 필요하다니. 회색늑대를 만날 때까지 기다려 봐야지." 펜루프 영감이 혀를 끌끌 찼다.

다음 날에도 우리는 사냥을 나섰다. 끝장을 보기로 마음먹었기 때문이었다.

높은 곳에 올라가서 보니 회색 점이 하나 움직이는 것이 보였다. 하얀 점이 움직인다면 그것은 영양이고, 붉은 점은 여우이다. 그리고 회색 점은 회색늑대 아니면 코요테인데 이건 꼬리를 보고 결정한다. 망원경으로 봐서 꼬리가 아래로 쳐져 있으면 코요테이고, 위로 올라가 있으면 그 밉살스러운 회색늑대인 것이다.

댄더의 주인은 전처럼 댄더에게 사냥감을 보여 주었다. 그러

자 이번에도 녀석은 전처럼 그레이하운드, 울프하운드, 폭스하운드, 데인, 불테리어, 말 탄 사람들이 뒤섞인 행렬의 선두에 섰다. 추격하는 모습이 잠깐 보였다. 회색늑대가 확실했다. 녀석은 개들을 가볍게 앞서 달리고 있었다. 웬일인지 선두에 선 개들이 코요테를 뒤쫓았을 때만큼 빨리 달리는 것 같지 않다는 생각이 들었다. 그러나 사냥의 끝은 아무도 알 수 없었다. 개들이 한 마리씩 되돌아왔고 늑대는 더 이상 보이지 않았다.

이제는 사냥꾼들이 서로를 마음껏 비꼬고 되받아쳤다.

"쳇, 겁 먹었군. 완전히 얼었어. 따라잡으려면 쉽게 따라잡을 수 있었다구. 헌데 놈이 돌아서니까 그렇게 잽싸게 도망이나 치구, 푸하하하." 펜루프 영감이 개들에게 퍼부어 댄 말이었다.

힐튼도 비꼬듯이 물었다. "세상에 상대 못 할 것이 없다던 그 녀석, 겁대가리라고는 하나도 없다던 그 불테리어는 대체 어디 있는 겁니까?" 내가 대답했다. "나도 모르오. 녀석이 늑대를 보지 못했던 것 같소. 하지만 보았다면, 장담컨대, 녀석은 분명 죽기살기로 뛰어갔을 거요."

그날 밤 목장 근처에서 암소들이 몇 마리 죽었다. 화가 난 우리는 또다시 사냥을 떠났다.

이번에도 지난번과 매우 비슷하게 시작되었다. 우리는 오후 느지막이 채 1킬로미터도 떨어지지 않은 곳에서 꼬리를 치켜든 회색 짐승을 볼 수 있었다. 힐튼이 안장 위로 뛰어오라고 댄더를 불렀다. 나도 뭔가 수가 생각나 스냅을 내 안장 위로 불렀다. 녀석은 다리가 너무 짧아서 여러 번의 시도 끝에 겨우 안장 위로 뛰어올랐다. 그것도 내 발을 중간 발판 삼아 겨우 기어오른 것이다. 나는 늑대를 가리키며 "공격해!" 하고 말했다. 사냥감을 보자마자 녀석은 기대에 가득 차 앞서 출발한 그레이하운드의 뒤를 전력을 다해 쫓아갔다.

이번 추격은 강을 따라 난 거친 덤불이 아니라 높고 사방이 탁 트인 지역으로 이어졌다. 그 이유는 나중에 알게 되었다. 함께 모여 고지로 올라가자 1킬로미터쯤 떨어진 곳에서 벌어지고 있는 추격 장면이 보였다. 댄더가 늑대를 거의 따라잡고 늑대의 엉덩이를 덥석 물었다. 회색늑대가 싸움을 하려고 몸을 돌렸다. 우리는 그 광경을 똑똑히 보았다. 개들이 두 마리 혹은 세 마리씩 무리를 지어 다가와 짖으며 놈의 주위를 둘러쌌다. 그때 마지막으로 도착한 그 작고 하얀 개가 놈에게 돌진했다. 녀석은 짖느라고 시간을 낭비하지도 않고 늑대의 목으로 곧장 돌진했다. 목은 빗나갔지만 대신 녀석의 코를 문 것처럼 보였다. 그러자 커다란 개 열 마리가 가까이 접근했고, 2분 만에 늑대는 목숨을 잃었다. 우리는 마지막 현장을 보려고 부지런히 말을 달렸다. 비록 멀리서 지켜본 것이긴 하지만 적어도 스냅이 내가 그들에게 약속한 것과 전보에 쓰여진 대로 행동했음은 볼 수 있었다.

이제는 내가 자랑할 차례였다. 나는 그 기회를 놓치지 않았다. 스냅은 사냥을 어떻게 해야 하는지를 그들에게 보여 준 것이다. 그리고 마침내 멘도저의 사냥개들은 사람의 도움 없이도 회색늑대를 죽일 수 있었다.

그러나 승리를 훼손시킨 것이 두 가지 있었다. 첫째는 죽은 놈이 새끼 늑대에 불과하다는 것이다. 아마도 너무 어려서 길을 잘못 들어 참변을 당한 것이리라. 두 번째는 스냅이 상처를 입었다는 것이다. 놈에게 어깨를 심하게 물린 것이다.

말을 타고 행렬을 이루며 자랑스럽게 집으로 돌아오는 동안 나는 녀석이 다리를 조금 저는 것을 보았다. 나는 큰 소리로 녀석을 불렀다. "이리 와. 스냅, 이리 와." 녀석은 한두 차례 뛰어오르려 했지만 안장으로 오르는 데 실패했다. "힐튼, 힐튼, 이 녀석 좀 나한테 끌어올려 줘요."

힐튼이 대꾸했다. "고맙지만 사양하겠소. 당신의 믿을 수 없는 강아지는 당신이 들어올려요." 녀석의 일에는 간섭하지 않는 것이 낫다는 것을 모두들 안 것이다. "여기. 스냅 이걸 꽉 물어." 나는 이렇게 말하며 녀석에게 채찍을 내밀었다. 채찍을 물자, 나는 녀석을 들어올려 내 안장 앞쪽에 앉히고 집으로 데리고 왔다. 나는 녀석을 아기처럼 돌봐 주었다. 녀석은 목동들에게 사냥개 무리들의 약점이 어떻게 해야 보완되는지를 보여 주었다. 폭스하운드들은 좋은 개이고, 그레이하운드들도 빠른 개이며, 러시아 개들과 데인들도 싸움을 잘한다. 하지만 먼저 용기 있게 나서서 싸우는 개가 없다면 녀석들은 아무짝에도 쓸모가 없다. 그리고 그러기에는 불테리어만 한 것이 없다. 그날 목동들은 늑대 문제를 어떻게 해결하면 될지를 배운 것이다. 여러분도 언젠가 멘도저에 가게 된다면 알 수 있을 것이다. 그곳 사람들은 늑대 사냥을 나갈 때면 꼭 불테리어 한 마리를 함께 데리고 가기 때문이다. 그리고 그들이 특히 좋아하는 것은 스냅-멘도저 혈통의 불테리어이다.

4

다음 날은 핼러윈 데이로 스냅이 내게 처음 온 지 꼭 1년 되는 날이었다. 무척이나 맑고 화창한 날이었다. 너무 춥지도 않고 눈도 쌓여 있지 않았다. 그곳 남자들은 사냥을 하며 핼러윈을 축하하곤 했는데 물론 이번에도 목표는 늑대였다. 모두에게 실망스럽게도, 스냅은 지난번에 입은 상처 때문에 몸 상태가 좋지 않았다. 늘 그렇듯이 녀석은 발 밑에서 잠을 잤는데 그 자리가 피로 얼룩져 있었다. 녀석은 지금 싸움에 나설 건강 상태가 아니었다. 그래도 우리는 늑대 사냥에 나서기로 했다. 그래서 녀석을 속여 딴채로 데리고 가 가둬 두었다. 출발할 때 나는 뭔가 나쁜 일이 일어날지도 모른다는 느낌이 슬그머니 들었다. 내 개가 없이는 사냥이 실패로 돌아가리라는 것을 알고 있었지만 그것이 얼마나 뼈저린 실패가 될지는 깨닫지 못하고 있었다.

멀리 있는 해골 개울의 산들 사이를 돌아다니고 있을 때 하얀 공이 세이지 덤불을 헤치고 껑충껑충 뛰어가는 모습이 보였다. 그리고 1분쯤 더 있다가 스냅이 으르렁거리며 나타나 뭉뚝한 꼬리를 흔들며 내 말 옆으로 뛰어올랐다. 나는 녀석을 되돌려 보낼 수 없었다. 그런 명령을 들을 녀석도 아니었다. 설사 내가 내리는 명령일지라도 말이다. 녀석의 부상은 심해 보였다. 그래서 나는 녀석을 불러 채찍을 아래로 내밀어 내 안장 위로 끌어올려 주었다.

"그래, 집에 돌아갈 때까지 내가 널 안전하게 지켜 주마." 그랬다. 나는 정말로 그럴 생각이었다. 하지만 그것은 내가 스냅을 잘 알지 못한 것이었다. "저기, 저기야!" 늑대를 본 힐튼이 소리쳤다. 스냅의 경쟁 상대인 댄더와 라일리가 늑대가 보인다는 곳을 향해 튀어 나갔다. 하지만 서로 충돌하는 바람에 함께 바닥으로 떨어져 쑥 덤불 속에 대자로 나뒹굴었다. 그러나 유심히 살펴보던 스냅은 늑대가 그다지 먼 곳에 있지 않다는 것이 보이자 내가 미처 알아차리기도 전에 안장에서 뛰어내려 이리저리 높게 혹은 낮게 껑충껑충 뛰면서 쑥 덤불 숲을 헤쳐 나갔다. 몇 분 후 녀석은 모든 개들을 거느리고 적을 향해 곧장 달려갔다. 물론 그리 멀지 않은 곳이었다. 몸집이 큰 그레이하운드들은 움직이는 점을 보고 보통 때처럼 줄을 지어 들판 위를 달려갔다. 사냥이 성공할 것 같아 보였다. 왜냐하면 늑대가 채 1킬로미터도 떨어지지 않은 곳에서 달리고 있었고 모든 개들이 아주 흥미 있어 했기 때문이다.

가빈이 외쳤다. "개들이 회색곰 협곡으로 방향을 바꿨어요. 이쪽으로 가면 따라잡을 수 있을 거예요."

그래서 우리는 방향을 바꿔 헐머스 산 북쪽을 돌아 열심히 말을 몰았다. 그동안 추격은 남쪽으로 간 것 같았다.

말을 몰아 시더 리지 꼭대기에 올라갔다가 내려오려는 순간 힐튼이 외쳤다. "저런, 놈이 여기 있어. 바로 코앞이라고." 그는 말에서 뛰어내려 고삐를 내팽개치고 앞을 향해 달려갔다. 나도 똑같이 했다. 거대한 회색늑대 한 마리가 육중한 몸을 이끌고 탁 트인 벌판을 가로질러 우리 쪽으로 오고 있었다. 녀석은 고개를 숙이고 꼬리를 수평으로 뻗고 있었고, 그 뒤로 50미터쯤 떨어져 댄더가 매처럼 땅을 스칠 듯이 달리고 있었다. 늑대보다 두 배는 더 빨랐다. 1분 후 댄더는 늑대 옆을 달리며 물려고 했다. 하지만 늑대가 자기 쪽으로 돌아서자 펄쩍 뛰어 물러섰다. 녀석들은 이제 우리 아래쪽으로 15미터도 되지 않는 곳에 있었다. 가빈이 회전식 연발 권총을 꺼냈다. 그러나 그 절대절명의 순간을 힐튼이 방해했다. "안 돼. 안 돼. 지켜보자구." 몇

초 후, 다음번 그레이하운드가 도착했고 나머지 개들도 빠른 순서대로 도착했다. 녀석들 모두는 투지와 분노에 가득 차 금방이라도 달려들어 회색늑대를 갈기갈기 찢어 놓을 작정을 한 듯 보였다. 하지만 녀석들은 매번 옆으로 비켜 서서 안전한 거리에서 맴돌며 짖어 대기만 했다. 1분쯤 후 러시아 개들이 나타났다. 덩치도 크고 훌륭한 개들이었다. 먼 곳에서 달려올 때만 해도 틀림없이 늑대한테 곧장 달려들 것 같았다. 그러나 늑대의 대담한 태도, 늠름한 태도, 무시무시한 턱을 본 녀석들은 가까이 가기도 훨씬 전에 겁을 잔뜩 집어먹고 말았다. 녀석들 역시 늑대를 둥글게 둘러싸기만 했다. 그사이 한가운데 있는 그 악당은 이쪽 저쪽으로 몸을 돌리며 누구든 덤비기만 하면 싸울 준비를 했다.

다리가 굵직굵직한 데인들이 도착했다. 녀석들 모두 몸집이 늑대만큼이나 컸다. 나는 녀석들이 돌진해 올 때 거친 숨소리가 위협적인 소리로 바뀌어 가는 것을 들었다. 녀석들은 적을 갈가리 찢고 싶어했다. 하지만 그곳에서 무서움을 모르는 태도, 억센 턱, 지칠 줄 모르는 다리를 하고는 필요하다면 죽을 수도 있지만 결코 혼자 죽을 수는 없다는 준비가 되어 있는 늑대의 모습을 보자, 이 덩치 큰 데인 세 마리 역시 나머지 다른 개들처럼 몸이 딱딱하게 굳더니 갑자기 수줍은 처녀가 되었다. 그렇다. 녀석들은 이제 곧 덤벼들 모양이다. 지금 당장은 아니

하얀 공처럼 보이는 것이 뛰어오르더니 작은 불테리어로 변했다.

고 숨을 고른 다음 바로 곧, 늑대를 겁내다니. 오. 절대로 그렇지 않아. 나는 녀석들이 내는 소리에서 용기를 읽어 낼 수 있었다. 녀석들은 첫 번째로 뛰어들면 다친다는 것을 잘 알고 있지만 그런 것 따위에는 결코 신경 쓰지 않을 것이다. 열기를 불러일으키기 위해 조금 더 짖고 있을 뿐이리라.

커다란 개 열 마리가 아무 소리 못 하는 늑대를 궁지에 몰아넣고 둘러싼 채 뛰어다니고 있을 때 맞은편 세이지 덤불 속에서 뭔가가 버스럭거리는 소리가 들렸다. 마치 눈같이 하얀 공처럼 보이는 것이 뛰어올라 오더니 작은 불테리어 한 마리로 변했다. 사냥개들 중에 가장 늦게 가장 마지막으로 숨을 헐떡이며 스냅이 나타난 것이다. 어찌나 심하게 헐떡거리던지 마치 죽기 일보 직전인 것 같았다. 탁 트인 곳으로 나온 녀석은 감히 어느 누구도 대면하려 하지 않는 그 소 살해범 쪽으로 곧장 달려갔다. 녀석이 주저했을까? 아니 단 한순간도. 짖어 대기만 하고 있는 사냥개들을 뚫고 이 지방의 폭군을 향해 달려들어 가 목을 향해 곧바로 뛰어올랐다. 그러자 회색늑대가 반달칼 같은 발톱을 휘둘렀다. 그러나 이 작은 개는 나가떨어져도 다시 뛰어올랐다. 그다음 어떤 일이 벌어졌는지는 나는 알지 못한다. 개들이 한 덩어리가 되어 돌고 있었기 때문이다. 작고 하얀 개가 회색늑대의 코를 물고 늘어지는 것을 봤다는 생각이 들기도 한다. 개들이 늑대 주위를 완전히 둘러싸고 있었다. 우리는 녀석들을 도와줄 수 없었지만 녀석들은 우리를 필요로 하지 않았다. 그들에게는 절대로 꺾이지 않는 용기를 가진 지도자가 있었다. 잠시 후 최후의 장면이 연출되었다. 바닥에 거대한 회색 늑대가 쓰러져 있었다. 그리고 늑대의 코를 꽉 물고 있는 작고 하얀 개가 있었다.

우리는 도와줄 준비를 하고 5미터쯤 떨어진 곳에서 둘러서 있었지만 그런 기회는 찾아오지 않았다.

늑대는 죽었고 나는 스냅을 큰 소리로 불렀지만 녀석은 움직이지 않았다. 나는 스냅 위로 몸을 굽혔다. "스냅, 스냅, 이제 다 끝났어. 네가 늑대를 죽였다구." 그러나 녀석은 아무런 움직임도 없었다. 몸 두 군데에 깊은 상처가 난 것이 보였다. 나는 녀석을 들어올리려고 했다. "그만해도 돼, 친구야. 이제 다 끝났다고." 녀석은 힘없이 으르렁거리다가 결국 늑대를 놓아 주었다. 거친 목동들도 녀석의 주위에 무릎을 꿇고 앉았다. 펜루프 영감이 떨리는 목소리로 혼잣말을 했다. "난 소 20마리를 준다고 해도 녀석을 다치게 하지 않을 텐데." 나는 녀석을 들어올려 안고 이름을 부르며 머리를 쓰다듬었다. 녀석이 잠시 으르렁거렸다. 그것은 작별 인사였다. 예전에 그랬던 것처럼 녀석이 내 손을 핥았다. 그러고 나서는 두 번 다시 으르렁거리지 않았다.

나는 슬픔에 젖은 채 말을 타고 집으로 돌아왔다. 괴

물 같은 늑대의 가죽을 얻었지만 승리의 흔적은 어디에도 없었다. 우리는 두려움이라고는 하나도 없던 스냅을 목장 뒷산에 묻어 주었다. 옆에 서 있던 펜루프 영감이 푸념하듯 말했다. "정말 그렇지. 용감했어, 정말로 용감했어! 용기 없이는 소를 키울 수 없지."

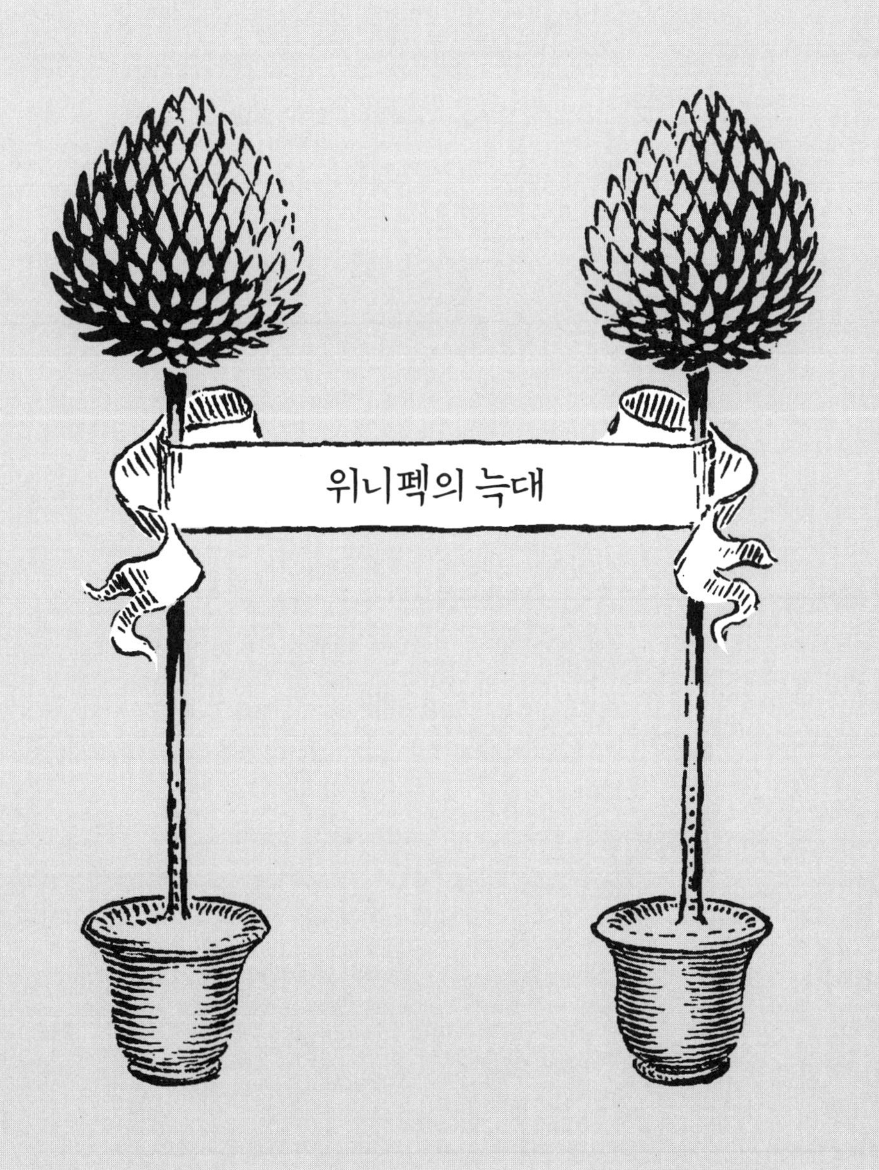
위니펙의 늑대

1

내가 위니펙의 늑대를 만난 것은 1882년 눈보라가 엄청나게 치던 날이었다. 나는 3월 중순에 세인트폴을 떠나 초원을 가로질러 위니펙으로 가고 있었다. 평소 같으면 24시간이면 갈 수 있는 거리였다. 그러나 폭풍의 왕은 무슨 다른 계획이 있었는지 동쪽에서 거센 돌풍을 보냈다. 눈은 한 시간이고 두 시간이고 지칠 줄 모르고 맹렬한 기세로 내렸다. 그런 눈보라는 보다 보다 처음이었다. 눈, 눈, 눈뿐이었다. 온 세상이 온통 눈으로 덮였다. 살을 에는 듯한 찬바람을 동반하고 무섭게 흩날리는 눈, 괴물 같은 기차도 결국, 티 하나 없이 순수한 이 작은 수정

들의 명령에 굴복해 멈춰서고 말았다.

건장한 사람 여럿이 삽을 들고 나와 한 시간 내내 우리 앞을 가로막고 있는 눈 더미를 치운 뒤에야 기차는 제 길을 갈 수 있게 되었다. 하지만 눈이 계속 심하게 오는 바람에 또다시 멈춰서야 했다. 기차를 가로막는 눈을 매일같이 밤낮으로 치우는 일은 정말 끔찍했다. 그런데도 눈은 우리를 놀리기라도 하듯 계속해서 퍼부었다.

차장은 "22시간 후에 에머슨에 도착할 것"이라고 했다. 그러나 철로에 쌓인 눈을 치우면서 오느라 에머슨에 도착하는 데는 거의 2주나 걸렸다. 기차가 포플러 고장을 지나게 되자 울창한 숲이 눈발을 막아 주었다. 그곳에서부터는 기차의 속도가 빨라졌다. 그러고 나서 탁 트인 곳이 나타났던 것 같다. 위니펙 교외 동쪽에 있는 세인트보니페이스에 가까워져 가고 있을 때, 숲 속에 너비가 50미터쯤 되는 작은 공터가 나왔다. 그런데 그 한가운데에 내 영혼을 휘저어 놓은 한 무리 짐승들이 보였다.

큰 개, 작은 개, 검은 개, 흰 개, 누런 개……. 엄청난 수의 개들이 둥그런 원을 그리며 여기저기 모여 있는 모습이 한눈에 들어왔다. 숨을 헐떡이는 녀석도 멈칫거리는 녀석도 있었다. 그 한켠에 작고 누런 개 한 마리가 눈 위에 몸을 쭉 뻗은 채 조용히 있었다. 또 원 바깥쪽에 덩치 큰 검은 개 한 마리가 주위를 뛰어다니며 짖고 있었다. 하지만 어떤 놈도 무리를 헤치고 앞으로 나갈 생각은 없어 보였다. 그리고 그 원 한가운데에는 크고 무시무시한 늑대 한 마리가 있었다. 바로 사태의 주인공이자 원인이 되는 녀석이었다.

늑대 녀석은 사자처럼 보였다. 녀석은 완전히 혼자였다. 녀석은 목털을 곤두세우고 단호하고 침착하게 서 있었다. 녀석은 네 다리로 굳건히 버티고 서서 이쪽저쪽을 살펴보며 어느 방향으로건 공격할 만반의 준비를 하고 있었다. 녀석은 입술을 삐죽거렸다. 마치 비웃는 것처럼 보였다. 하지만 이빨을 드러내고 으르렁거리는 것이 내 생각에는 마치 싸움의 결의를 다지는 것 같았다. 개들의 무리를 이끌고 있는 것은 늑대같이 생긴 개였다. 하지만 녀석은 싸움을 썩 내켜하지 않았던 것 같다. 개들이 돌진했다. 스무 번째 공격이 확실했다. 하지만 그 몸집 큰 잿빛 짐승은 여기저기 뛰어오르며, 무시무시한 턱으로 개들을 물고 또 물었다. 그 외로운 전사에게서는 아무런 소리도 나지 않았다. 그러나 그의 적들에게서는 외마디 비명소리가 터져 나왔다. 몇몇은 펄쩍 뛰어 뒤로 도망갔다. 잿빛 짐승은 아무 데도 다치지 않은 채 여전히 적들을 경멸하며 조각상처럼 홀로 서 있었다.

기차가 눈에 갇혀 움직이지 못하기를 내가 얼마나 바랐던가. 내 온 정신은 그 회색늑대에게 가 있었다. 그곳으로 가서 녀석을 돕고 싶은 마음이 간절했다. 하지만 눈이 깊게 쌓인 공터는 획하고 지나갔고, 포플러나무들이 더 이상 보이지 않게 되었다. 우리는 목적지를 향해 계속 갔다.

이것이 내가 본 전부였다. 사실 거의 본 것이 없는 거나 마찬가지였다. 하지만 환한 대낮에 녀석을 본 것이 얼마나 영광스러운 일인지를 확실히 알게 되는 데는 그리 긴 시간이 필요하지 않았다. 녀석은 정말로 희귀하고 멋진 동물이었다. 녀석이 바로 위니펙의 늑대였던 것이다.

녀석의 삶은 참으로 특이했다. 시골보다 도시를 좋아하고, 양은 그냥 지나치면서도 개는 죽이는 데다, 항상 홀로 사냥을 하는 늑대였던 것이다.

어떤 사람들은 녀석을 '르 가루(늑대 인간을 뜻하는 프랑스어—옮긴이)'라고 부르기도 했다. 그 지역 사람들은 녀석에 대해 잘 아는 것처럼 말했지만, 사실 읍내 사람들 대부분은 녀석에 대해 거의 모르고 있었다. 중심가의 잘난 척하기로 유명한 소매점 주인조차 도살장에서 녀석이 최후를 마치고 나서야 녀석에 대해서 들었을 정도였다. 녀석의 거대한 시체는 하인 박제소로 옮겨졌다가 후에 시카고 세계 박람회에 전시되었다. 그러다 안타깝게도 1896년 멀비 중학교에 화재가 나 건물이 재로 변할 때 함께 불에 타 없어졌다.

커다란 회색늑대가 20마리의 개들에게 둘러싸여 있었다.

2

혼혈인 폴은 잘생기긴 했지만 일보다는 사냥을 더 좋아하는 백수건달이었다. 1880년 6월 어느 날, 그는 총을 들고 수목이 무성한 레드 강의 강둑을 따라 돌아다니다가 강둑에 있는 굴에서 회색늑대 한 마리가 나오는 것을 보고 총을 쏘아 명중시켰다. 그는 개들을 보내 큰 늑대가 더 이상 없다는 것을 확인한 후에, 굴속으로 기어들어 갔다. 그는 너무도 기뻤다. 늑대 새끼가 여덟 마리나 있었던 것이다. 한 마리당 보상금이 10달러인데 아홉 마리라니, 이게 얼마야? 행운이 확실했다. 그는 막대기를 열심히 놀렸다. 그리고 누런 개의 도움으로 한 마리만 빼놓고 나머지 새끼들을 모두 죽였다. 한배에서 태어난 것들 가운데 마지막까지 살아남은 새끼와 관련된 미신이 있었기 때문이다. 그것은 녀석을 죽이면 재수가 없다는 것이었다. 그래서 그는 어미 늑대와 새끼 늑대 일곱 마리의 머리가죽 그리고 살아남은 마지막 새끼를 가지고 마을로 돌아왔다.

살아남은 새끼 늑대는 늑대 머리가죽을 바꾸어 줄 돈을 가지고 있는 술집 주인이 가지게 되었다. 녀석은 사슬에 묶여 자랐다. 하지만 녀석은 자라면서 읍내의 그 어떤 사냥개도 따를 수 없을 정도로 튼튼한 가슴과 턱을 갖게 되었다. 새끼 늑대는 술집 손님들의 오락거리로 마당에

서 길러졌다. 손님들이 좋아하는 것은 녀석이 개에게 물어뜯기는 광경이었다. 그래서 죽을 정도로 심하게 물어뜯겼다가 회복된 적도 여러 번 있었다. 하지만 몇 달이 지나자 녀석에게 대들려는 개들이 거의 없어졌다. 녀석의 삶은 정말로 고달팠다. 그래도 녀석을 따뜻하게 해 주는 것이 하나 있었다. 그것은 술집 주인의 아들인 꼬마 지미와 녀석 사이에 자란 우정이었다.

지미는 무엇이든 제멋대로 하려 드는 고집쟁이 꼬마 악동이었다. 지미는 녀석이 마음에 들었는데, 그것은 전에 자기를 물었던 개를 녀석이 죽였기 때문이었다. 꼬마는 먹이를 주며 귀여워했다. 그래서 녀석도 다른 사람들은 누구도 감히 하지 못할 짓이더라도 꼬마가 하면 가만히 내버려두었다.

지미의 아버지는 모범적인 아버지는 아니었다. 그는 평상시에는 아들의 응석을 잘 받아 주다가도, 사소한 일에도 가끔 불같이 화를 내며 아들을 심하게 때렸다. 꼬마는 자기가 잘못했기 때문에 맞는 것이 아니라, 단지 아버지를 화나게 했기 때문에 맞는다는 사실을 곧 배웠다. 아버지의 화가 가라앉을 때까지만 피해 있으면 더 이상 걱정할 필요가 없었다. 어느 날, 아버지가 뒤에서 쫓아오자 지미는 안전하게 도망칠 곳을 찾다가 늑대 집으로 들어갔다. 그러자 난데없이 잠에서 깬 지미의 회색 친구는 문 쪽으로 몸을 돌려 상앗빛 이빨을 두 줄 모두 드러내고 지미의 아버지에게 이렇게 경고

했다. "감히 내 친구를 건드리지 마."

호건은 그때 녀석을 쏠 수도 있었지만 그러다가는 아들이 죽을 수도 있었기 때문에 녀석과 아들을 그대로 내버려두었다. 그리고 30분이 지나자 무슨 일이 있었냐는 듯이 웃어 넘겼다. 그때부터 꼬마 지미는 위험에 처할 때마다 늑대 집으로 갔다. 그래서 사람들은 지미가 그 사나운 폴 뒤로 슬며시 숨는 것을 보면, 녀석이 또 뭔가 못된 짓을 했구나 하고 생각했다.

종업원을 고용할 때 호건이 가장 먼저 고려하는 것은 절약이었다. 그래서 그는 술집 일을 중국인에게 '맡겼다.' 이 중국인은 소심하고 악의 없는 사람이었다. 그래서인지 건달 폴은 그 중국인을 괴롭히는 데 주저함이 없었다. 어느 날 호건은 외출해서 없고 이 중국인 혼자만 가게에 있다는 것을 안 폴이 벌써 얼큰히 취해 있으면서도 또 외상 술을 요구했다. 그러나 우직한 성격의 중국인 퉁링은 이 청을 거절했다. 그는 "돈을 내지 않으면 아무것도 줄 수 없어요."라고 딱 잘라 말했다. 골칫거리의 해결과는 거리가 먼 말이었다. 폴은 모욕을 복수할 요량으로 그에게 다가갔다. 착하디착한 중국인이 심하게 다칠 수도 있는 상황이었다. 하지만 옆에 있던 지미가 긴 막대기로 발을 걸어 건달을 넘어뜨렸다. 폴은 끝장내 주겠다고 욕을 퍼부으며 비틀거리며 일어섰다. 하지만 지미는 뒷문 쪽에 있었기 때문에 늑대 집을 금방 찾을 수 있었다.

꼬마에게 보호자가 생긴 것을 본 폴은 기다란 작대기를 잡고 안전한 거리에서 회색늑대를 심하게 때렸다. 늑대는 폴을 향해 돌진했지만, 쇠사슬 때문에 번번이 좌절했다. 하지만 작대기를 이빨로 꽉 물어 잔인한 매질을 많이 피할 수는 있었다. 그래도 심하게 아팠다. 폴은 잠시도 쉬지 않고 욕을 해 대다 지미가 늑대를 풀어 주고 있다는 사실을 깨달았다. 초조했던지 손놀림은 서툴렀지만 그래도 금방 다 풀 수 있을 것처럼 보였다. 사실, 늑대가 사슬을 계속 잡아당기지만 않았더라도, 이미 끝났을 일이었다.

자기가 그렇게도 화나게 했던 커다란 늑대가 풀려날지도 모른다는 생각이 들자 거만한 폴도 갑자기 무서워졌다.

지미가 늑대를 구슬리는 소리가 들렸다. "가만히 있어, 울피, 그래 조금만 더 뒤로 가 봐. 그럼 저 녀석을 물 수 있을 거야. 그래 됐어. 착하지, 울피야." 그것으로 충분했다. 백수건달은 줄행랑을 친 후, 문을 모두 꽉 닫아 두었다.

지미와 늑대 사이의 우정은 점점 더 깊어졌다. 자연으로부터 물려받은 엄청난 힘이 나타나면서, 녀석은 자기를 괴롭혔던 개들과 술냄새 나는 남자들에게 날마다 심한 혐오감을 드러냈다. 이러한 야릇한 습성은 커 가면서 점점 더 굳어졌고 녀석의 삶을 지배하는 힘이 되어 가는 것 같아 보였다. 늑대는 지미를 사랑하듯 어느 정도는 모든 아이들에 대해 애정을 갖게 되었다.

3

이 무렵, 그러니까 1881년 가을, 쿠아펠 강 지역의 목장주들 사이에는 늑대 수가 많아져서 가축이 너무 많이 죽어 나간다는 불만이 늘고 있었다. 독이나 덫은 놓아 보았자 소용이 없었다. 그래서 유명한 독일인 하나가 위니펙의 술집에 나타나 자기가 개들을 데리고 왔는데 녀석들이라면 이 지역에서 늑대들을 쉽게 없앨 수 있을 것이라고 장담하자, 사람들은 그의 말을 매우 관심 있게 들었다. 사냥을 좋아하는 목동들은 늑대사냥개를 기르면 목장일에 도움이 될 것이라는 그의 말에 마음을 사로잡혔다.

그 독일인은 곧 자기 개 두 마리를 본보기로 제시했다. 두 마리 다 몸집이 엄청나게 큰 데인 종이었는데, 한 마리는 희고, 한 마리는 푸른 기가 도는 바탕에 검은 점이 있었다. 한편 이 점박이 녀석은 한쪽 눈이 하얘서 더 사나워 보였다. 녀석들은 몸무게가 100킬로그램에 육박했다. 게다가 녀석들은 호랑이처럼 단단해 보였다. 그 독일인은 사람들로 하여금 이런 개 두 마리만 있으면 가장 큰 늑대도 충분히 상대할 수 있다고 믿게 만들었다. 그는 녀석들이 어떻게 늑대를 사냥하는지에 대해 말해 주었다. "여러분은 그저 이 개들에게 냄새를 맡게 해 주면 됩니다. 이 녀석들은 하루가 지난 냄새도 맡아 낼 수 있답니다. 늑대는 녀석들을 절대로 따돌릴 수 없어요. 녀석들은 놈을 금방 발견해 낼 겁니다. 녀석들이 추격을 따돌리려고 발자국을 되짚어 가거나 어딘가에 숨는다고 해도 말입니다. 녀석들은 놈을 포위하면, 늑대가 몸을 돌려 달아나려는 순간 푸른 개가 엉덩이를 물어서 내던집니다. 이렇게 말이죠." 그는 이렇게 말하며 빵 하나를 공중으로 휙 던졌다. "그러고 나서는 놈이 땅에 닿기도 전에, 하얀 녀석은 놈의 머리를 물고 다른 녀석은 꼬리를 뭅니다. 그러고는 잡아당겨 찢어 버립니다. 이렇게 말이죠."

모두들 그럴듯하게 들었다. 여하튼 모두가 그게 사실인지 아닌지 알고 싶어 못 견뎌 했다. 그곳에 있던 몇몇이 아시니보인 강을 따라가면 회색늑대를 발견할 기회가 꽤 있을 거라는 말을 했다. 그래서 사냥대가 꾸려졌고 사흘 동안 찾아다녔지만 늑대는 한 마리도 발견할 수 없었다. 그때 누군가가 호건의 술집에 가면 사슬에 묶인 늑대 한 마리가 있는데 보상금을 충분히 주면 살 수 있을 거고 겨우 한 살짜리이긴 하지만 그래도 개들의 실력을 보여 주는 데는 충분할 거라고 말하자 사람들은 당장 사냥을 포기했다.

일의 중요성을 알게 된 호건은 늑대의 값을 올렸다. "양심의 가책을 느낀다."는 것이 그 이유였다. 하지만 그의 예상가와 사람들이 제시한 가격이 맞아떨어지자 양심의 가책은 눈녹듯 남김 없이 사라져 버렸다. 그가 첫 번째로 취한 조치는 일에 방해가 되지 않도록, 지미를 할머니 집으로 심부름을 보낸 것이다. 그러고 나서 그가 한 일은 늑대를 집에 몰아넣고 못질을 한 것이다. 사람들은 늑대 집을 포장마차에 싣고 수송로를 따라 벌판으로 갔다.

늑대 냄새를 맡자마자 개들은 자제력을 잃어 버렸다. 녀석들은 싸움을 못해 안절부절못했다. 하지만 힘센 남자 서너 명이 개줄을 잡고 있었다. 마차가 1킬로미터쯤 더 갔다. 약간의 어려움을 겪으며 녀석을 풀어 주었다. 녀석은 처음에는 겁을 집어먹은 것처럼 보였다. 달아나려고만 했지 공격할 기색을 전혀 보이지 않았다. 하지만 사람들이 "쉿" 혹은 "우우" 하는 소리를 질러대는 데다 자신이 자유의 몸이 되었다는 사실까지 알게 되자 녀석은 남쪽으로 뛰어 달아나기 시작했는데, 그쪽은 기복이 많아 보이는 땅이었다. 그 순간 개들을 풀어 주었다. 녀석들은 사납게 짖어 대며 어린 늑대의 뒤를 쫓아 달려 나갔다. 사람들은 환호성을 지르며 말을 타고 녀석들의 뒤를 따라갔다. 녀석이 살 가망성은 처음부터 전혀 없었다. 개들은 녀석보다 훨씬 더 빨랐다. 하얀 개는 그레이하운드만큼이나 빨리 달릴 수 있는 개였다. 그 개가 초원을 나는 듯이 가로지르며 시시각각 녀석과의 거리를 줄여 나가자, 그 독일인은 미친 듯이 열광했다. 개들에게 돈을 걸려는 사람은 많았지만, 녀석에게 걸겠다는 사람은 단 한 명도 없었다. 결국 녀석을 죽이는 개가 어떤 개일 것인가를 놓고 내기를 할 수밖에는 없었다. 어린 늑대는 빠르게 달려 나갔지만, 1킬로미터도 채 못 가서 하얀 개에게 바로 뒤까지 쫓기게 되었다. 따라잡히는 것은 시간 문제였다.

독일인이 소리쳤다. "어서 와서 봐요. 공중에 내동댕이쳐지는 일만 남았어요."

한순간 그 둘이 엉겨붙었다가 떨어졌다. 공중에 내동대이쳐진 녀석은 없었지만, 하얀 개가 어깨를 심하게 물린 채 나뒹굴었다. 죽지는 않았지만 싸울 수는 없었다. 10초 후에 푸른 점박이 개가 도착해 짖어 댔다. 이번 싸움도 첫 번째 싸움만큼이나 순식간에 끝나는 바람에 어떤 일이 벌어진 건지 도저히 알 수 없었다. 단지 스쳤을 뿐이다. 회색늑대가 옆에서 뛰어가다가 잠깐 머리가 안 보인 적이 있었다. 번개처럼 빠른 동작이었다. 휘청거리는 점박이 개의 옆구리에서 피가 흘러내렸다. 사람들이 다그치는 바람에 녀석은 다시 공격에 나섰지만 또다시 상처를 입고 물러섰다.

술집 주인은 당장 몸집 큰 개를 네 마리 더 데리고 왔다. 사람들은 개들을 풀어준 후 몽둥이와 올가미를 들고 늑대를 끝장내기 위해 다가갔다. 그때 한 사내아이가 조랑말을 타고 들판을 달려왔다. 아이는 말에서 뛰어내려 사람들 사이를 비집고 들어가 늑대의 목을 껴안았다. 아이는 늑대를 "울피, 이 귀염둥이", "사랑스런 울피"라고 불렀다. 녀석도 지미의 얼굴을 핥으며 꼬

리를 흔들었다. 지미는 사람들을 향해 돌아서서는 눈물을 흘렸다. 흠, 지미가 말한 것은 이 책에 그대로 옮길 수 없을 것 같다. 지미는 이제 겨우 아홉 살이었지만 술집에서 자라서 그런 곳에서 들리는 상스러운 말들을 주워 배운 것이다. 지미는 모든 사람들에게 욕을 퍼부었다. 지미는 자기 아버지조차 눈감아 주지 않았다.

만약 어른이 그런 형편없고 모욕적인 말을 썼다면, 아마도 그 자리에서 맞아 죽었을 것이다. 하지만 꼬맹이가 그런 말을 하니 사냥꾼들도 어쩔 바를 몰랐다. 결국은 크게 한 번 웃고 넘어갈 수밖에 없었다. 그것이 최선이었다. 자기 자신들을 향한 웃음도 아니었고, 그리 유쾌한 웃음도 아니었다. 그 웃음은 자기 개가 최고라고 했다가 아직 다 자라지도 않은 늑대 한 마리에게 망신당한 그 독일인에 대한 비웃음이었다.

지미는 눈물로 얼룩진 더러운 작은 주먹을 호주머니에 찔러 넣었다. 여느 사내아이들의 주머니와 마찬가지로 그 안에는 구슬, 껌, 담배, 성냥, 권총 탄약통, 그리고 아이들이 좋아할 만한 것들이 잔뜩 들어 있었다. 지미는 식료품 가게에서 쓰는 삼끈을 호주머니에서 꺼내 늑대의 목에 매었다. 그러고 나서 엉엉 울면서 조랑말을 타고 늑대와 함께 집으로 향했다. 마지막으로 지미는 독일인에게 협박과 저주를 퍼부었다. "2센트를 준다고 해도 난 네 녀석을 물어뜯으라고 우리 늑대에게 시킬 거야. 이

지미는 사람들 사이로 비집고 들어가 늑대의 목을 껴안았다.

개 같은 자식아."

4

그해 초겨울, 지미가 열병에 걸려 쓰러졌다. 늑대는 어린 친구가 그리워 마당에서 처절하게 울부짖었다. 아이는 늑대와 같이 있고 싶다고 했고, 결국 그 소원이 이루어졌다. 아이가 아파 누워 있는 방에 들어갔다. 거대한 야생 개, 아니 늑대는 자기 친구의 침대 옆을 한시도 떨어지지 않고 지켰다.

열병은 처음에는 그리 심해 보이지 않았다. 그러다가 갑자기 증세가 심해지자 모두 깜짝 놀랐다. 아이는 크리스마스를 사흘 앞두고 죽었다. 아이의 죽음을 '울피'보다 더 진심으로 가슴 아파한 이는 아무도 없었다. 덩치 큰 회색늑대는 크리스마스 이브에 세인트보니페이스에 있는 무덤까지 아이의 시신을 따라가다 교회 종소리가 들리자 그에 대답이라도 하듯 처절하게 울부짖었다. 녀석은 곧 술집 뒤쪽에 있는 자기 집으로 돌아왔지만, 다시 자기를 사슬로 묶으려고 하자 판자 울타리를 훌쩍 뛰어넘어 사라져 버렸다.

그해 겨울, 덫꾼인 르노드 영감이 강둑에 있는 작은 통나무집으로 이사왔다. 예쁜 처녀 하나도 함께 왔는데, 르노드와 인디언 여자 사이에서 난 혼혈아였다. 지미에 대해

아무것도 알지 못했던 르노드는 세인트보니페이스와 포트게리를 끼고 흐르는 강에서 늑대의 발자국과 흔적을 발견하고는 깜짝 놀랐다. 허드슨베이 회사 사람들이 이 근처에 몸집이 거대한 늑대 한 마리가 있는데 녀석이 심지어 밤에 읍내에도 오고 특히 세인트보니페이스 교회 주위의 숲에 특히 애착을 가지고 있다는 말을 하자 관심을 가지고 들었다.

다음 해 크리스마스 이브에, 지미의 장례식 때처럼 교회 종이 울리자 숲에서 외롭고 슬픈 울음소리가 들려왔다. 이 소리를 듣고 르노드는 전에 들은 이야기가 사실이라고 믿게 되었다. 그는 늑대가 우는 소리를 잘 알고 있었다. 그는 도움을 청하는 울음소리, 사랑의 노래, 외로워서 우는 소리, 싸움을 거는 날카로운 소리 등을 구별할 수 있었다. 지금의 소리는 외로워서 우는 소리였다.

덫꾼은 강가로 가서 늑대의 울음소리에 화답했다. 어슴프레한 형체 하나가 저 먼 숲에서 나와 얼음판을 가로질러 그가 앉아 있는 곳으로 왔다. 그는 통나무 위에 꼼짝 않고 앉아 있었다.

녀석은 가까이 다가온 후, 그의 주위를 맴돌면서 냄새를 맡고는 눈을 번뜩였다. 녀석은 화가 조금 난 개처럼 으르렁거리다가, 밤의 어둠 속으로 미끄러지듯이 사라졌다.

이렇게 해서 르노드도, 그리고 얼마 안 있어 읍내 사

람들 대부분도 '호건의 술집에 묶여 있던 늑대보다 몸집이 세 배는 큰' 거대한 늑대가 읍내 거리에 살고 있다는 것을 알게 되었다. 녀석은 기회가 생기기만 하면 어김없이 개들을 죽였기 때문에, 개들에게는 공포 그 자체였다. 그리고 증명된 것은 아니지만, 하여튼 녀석이 술에 취해 해롱대던 사람 하나를 잡아먹었다고 말하는 사람들도 있었다.

그 늑대가 전에 내가 겨울 숲에서 보았던 바로 그 위니펙의 늑대였다. 그때 녀석이 이길 가망이 전혀 없다고 생각했던 나는 도와주고 싶은 마음이 간절했다. 하지만 녀석이 싸우는 모습을 보고 나서 마음이 바뀌었다. 나는 그 싸움이 어떻게 끝났는지 모르지만, 그 뒤로도 녀석은 몇 차례 목격되었고 그 개들 가운데 일부는 보이지 않았다는 것은 알고 있다.

이처럼 녀석의 삶은 다른 늑대의 삶과는 전혀 비교가 안 될 정도로 기이했다. 숲과 들판으로 나갈 수 있었음에도 불구하고 굳이 매일매일 위험으로 가득 찬 읍내에서 살았으니까 말이다. 적어도 일주일에 한 번씩은 잡힐 뻔했고, 나무 건널목 아래 몸을 숨겨야만 하는 위험한 상황을 매일같이 겪어야 했다. 남자들을 증오하고 개들을 경멸하는 녀석은 날마다 싸웠다. 녀석은 떼를 지어 몰려다니는 개들을 만나면 궁지에 몰아넣었고, 개가 몇 마리 안 되거나 한 마리이면 무자비하게 죽여 버렸다. 녀석은 술 취한 남자를 보면 시비를 걸었지만, 총을 든 사람을 보면 피했다. 그리고 녀석은 덫이나 독약에 대해서도 잘 알고 있었다. 녀석이 그런 걸 어떻게 배웠는지는 모른다. 하지만 그런 경우에 어떻게 해야 하는지를 잘 알고 있는 것은 분명했다. 그런 상황을 여러 차례 피했을 뿐만 아니라 늑대 특유의 경멸감이 담긴 흔적을 남겨 둔 것으로 보아 말이다. 녀석은 위니펙에 있는 강을 전부 다 꿰뚫고 있었다.

위니펙의 경찰들 중에 녀석이 어둑어둑한 새벽을 뚫고 쏜살같이 지나가는 모습을 한 번도 본 적이 없는 경찰은 단 한 명도 없을 것이다. 위니펙에 사는 개들 중 녀석이 가까운 곳에 웅크리고 있다는 것을 알려 주는 바람의 냄새를 맡고도 털이 곤두서고 위축되지 않을 개는 단 한 마리도 없을 것이다. 녀석의 삶은 전쟁 그 자체였고, 세상 모든 것이 다 녀석의 적이었다. 하지만 반쯤은 신화가 되어 버린 이 무시무시한 기록들 속에도 안심스러운 구석이 하나 있었으니, 그것은 이 녀석이 어린아이를 해친 적은 단 한 번도 없었다는 사실이다.

5

니네트는 인디언인 자기 어머니를 닮아 황무지 태생 특유의 아름다움을 지니고 있었고, 눈은 아버지를 닮아 회색빛이었다. 열여섯 살인 이 매력적인 소녀는 또래 중에서 가장 미인이

었다. 그녀는 마음만 먹으면 그 지역의 부유하고 성실한 그 어떤 젊은이와도 결혼할 수 있었겠지만, 마음은 백수건달인 폴에게 가 있었다. 축제 때마다 사람들은 폴을 찾았다. 잘생기고, 춤도 잘 추고, 게다가 바이올린도 잘 연주했기 때문이다. 하지만 그는 무능한 술고래인데다 로어캐나다에 이미 아내가 있다는 말도 들렸다. 딸과 결혼하고 싶다고 폴이 찾아왔을 때 르노드가 퇴짜 놓은 것은 당연한 일이었다. 하지만 이는 그다지 소용이 없는 일이었다. 다른 일에는 언제나 순종적이었던 그녀가 폴만큼은 포기하려 들지 않았기 때문이다. 아버지가 폴에게 자기 딸 곁을 떠나라고 말한 바로 그날, 그녀는 강 건너 숲에서 폴과 만나기로 약속했다. 그곳에 가는 것은 쉬운 일이었다. 카톨릭 신자였던 그녀는 성당을 갈 때 다리를 건너 돌아가지 않고 얼어붙은 강을 건너가는 지름길을 택하곤 했기 때문이다. 눈 덮인 숲을 지나 약속 장소로 가던 그녀는 커다란 회색개 한 마리가 자기를 따라오고 있는 것을 눈치챘다. 녀석은 꽤 친근해 보여서 그 어린 니네트(그녀는 아직도 어려 보였다.)는 하나도 겁을 먹지 않았다. 하지만 폴이 기다리고 있는 장소에 도착하자, 그 회색개가 나지막하게 으르렁거리며 앞으로 나왔다. 폴은 녀석이 개가 아니라 거대한 늑대라는 것을 첫눈에 알아보고 겁쟁이답게 줄행랑을 쳤다. 폴은 나중에 사실은 총을 가지러 간 것이라고 변명했다. 하지만 총이 어디에 있는지 잊어버렸던 것이 확실하다. 총을 찾는다며 제일 가까운 나무 위로 올라갔으니 말이다. 한편 그녀는 얼음판을 달려 집으로 돌아와 그가 위험에 처해 있다고 폴의 친구들에게 알려 주었다. 나무 위에서 아무런 총도 찾지 못한 이 용감한 연인은 나뭇가지에 칼을 묶어 창을 만들고 그것으로 늑대의 머리에 상처를 입히는 데 성공했다. 녀석은 무섭게 으르렁거렸다. 녀석은 폴이 내려올 때까지 기다리겠다는 의사를 확실하게 보여 주긴 했지만 나무에서 조금 떨어진 곳에 있었다. 하지만 구조대가 도착하자 마음을 바꿔 그곳을 떠났다.

니네트는 백수건달 폴이 하는 변명을 너무도 쉽게 믿어 주었다. 니네트가 가장 사랑하는 사람은 여전히 폴이었지만, 그녀의 아버지의 마음이 바뀔 가능성은 전혀 없어 보였다. 그래서 그들은 폴이 포트알렉산더에서 돌아오는 대로 함께 도망을 가기로 했다. 폴은 개썰매를 타고 그곳에 있는 회사에 갔다와야 했던 것이다. 그 회사에 물건을 대는 도매업자는 썰매를 끄는 자신의 개들에 자부심을 가지고 있었다. 몸집이 큰 허스키 세 마리였는데 꼬리털은 탐스러웠고 송아지만큼이나 크고 힘도 셌다. 하지만 해적처럼 사납고 제멋대로였다. 폴은 이 개들이 끄는 썰매로 중요한 소하물 몇 개를 포트게리에서 포트알렉산더까지 운반해야 했다. 그는 개썰매를 아주 잘 몰았는데, 그것은 그만큼 개들에게 무자비하다는 뜻이기도 했다. 그는 위스키를 몇 잔을 마셔 얼큰하게 취한 상태에서 새벽에 강을 출발했다. 그는 일주일 후면 호주머니에 20달러를 넣고 돌아올 예정이었다. 그는 그 돈을 니네트와 함께 사랑의 도피를 하는 데 필요한 자금으로 쓸 계획을 가지고 있었다. 폴은 얼어붙은 강으로 내려갔다. 폴이 긴 채찍을 휘두르며 "출발, 출발"이라고 외치자 그 커다란 개들은 빠르게 썰매를 끌고 나갔다. 하지만 썩 내켜하는 것 같지는 않았다. 썰매가 강둑에 있는 르노드의 오두막을 지나갈 때, 그는 썰매 뒤쪽에서 채찍을 휘두르며 니네트에게 손을 흔들었다. 그녀가 오두막 문가에 서 있었던 것이다. 시무룩한 개들이 모는 썰매는 술 취한 썰매꾼을 태우고 강 모퉁이를 돌아 빠르게 사라졌다. 백수건달 폴의 모습을 본 것은 그것이 마지막이었다.

그날 저녁, 허스키들이 따로따로 한 마리씩 포트게리로 돌아왔다. 몸에는 피가 튀겨 얼어붙어 있었고, 몇 군데씩 깊은 상처가 나 있었다. 하지만 이상하게도 '배가 고픈' 기색은 별로 없어 보였다.

심부름꾼들은 썰매가 갔던 길을 되짚어 가 물건들을 회수했다. 물건들은 얼음판 위에 그대로 있었다. 썰매의 흔적들은 강

상류를 따라 1, 2킬로미터쯤 거리를 두고 흩어져 있었다. 그리고 짐들이 흩어져 있던 곳에서 얼마 떨어지지 않은 곳에서 폴이 입고 있던 옷 조각들이 발견되었다.

개들이 썰매꾼을 잡아먹은 것이 거의 확실했다.

도매업자는 이 일로 심한 충격을 받았다. 개들을 죽여야 할지도 몰랐기 때문이다. 그래서 그는 그 보고서를 거절하고 증거를 찾으러 직접 나섰다. 그는 르노드도 함께 데리고 갔다. 그 끔찍한 현장에서 5킬로미터쯤 떨어진 곳까지 갔을 때 르노드는 동쪽 강둑에서 서쪽 강둑을 가로지르며 나 있는 커다란 발자국을 가리켰다. 개썰매를 따라간 발자국이었다. 르노드는 동쪽 둑 위에 난 발자국을 따라 2킬로미터쯤 가보고는 그 발자국이 개들이 걸으면 따라 걷고 개들이 달리면 따라 달리면서 쫓아간 것을 알아냈다. 르노드가 도매업자를 돌아보며 말했다.
"큰 늑대입니다. 놈이 개썰매를 내내 쫓아간 겁니다."

발자국은 서쪽 강둑까지 이어져 있었다. 킬도넌 숲에서 3킬로미터 정도 더 간 곳에서 놈은 일단 속도를 늦추고 썰매로 다가가 몇 미터쯤 따라갔다가 다시 숲으로 돌아왔다.

"폴이 여기서 뭔가를 떨어뜨렸네요. 짐이었을 거예요. 그래서 늑대가 냄새를 맡으러 온 거죠. 그렇게 쫓아오다가 술 취한

폴이 전에 자기 머리를 찔렀던 자라는 걸 안 겁니다."

1.5킬로미터쯤 더 가자 썰매를 쫓아 뛰어간 늑대 발자국이 얼음판 위에 나 있는 것이 보였다. 썰매꾼의 발자국은 더 이상 보이지 않았다. 썰매로 뛰어올라 개들에게 채찍을 휘둘렀기 때문이다. 여기서 그는 줄을 끊어 짐을 떨어뜨렸다. 짐들이 얼음판 위에 흩어져 있던 것은 바로 이 때문이었다. 개들이 채찍을 맞으며 겅중겅중 뛴 흔적도 보였다. 눈 속에서 그의 칼도 나왔다. 늑대를 공격하려다 떨어뜨린 것이 분명했다. 그리고 여기 뭔가가 있었다! 늑대의 발자국은 사라지고, 속도를 올린 썰매 자국만 있었다. 늑대가 썰매에 뛰어오르자 겁에 질린 개들이 더욱 속도를 낸 것이다. 하지만 개들 뒤쪽 그러니까 썰매 위에서는 복수극이 벌어지고 있었다. 그 일은 순식간에 끝났다. 썰매에서 굴러떨어진 것이다. 늑대의 발자국은 동쪽 강둑에서 다시 나타났다. 숲으로 향하는 발자국이었다. 진로를 잃고 서쪽 둑을 향해 달리던 썰매는, 1킬로미터쯤 더 가 나무뿌리에 충돌해 부서졌다.

눈 위의 발자국은 썰매끈에 엉킨 개들이 서로 싸우다가 끈을 끊고 서로 다른 길로 얼어붙은 강을 따라 집으로 오다가 폭군의 시체에 모여 그것을 게걸스레 먹었다는 사실도 르노드에게 말해 주었다.

개들이 폴을 죽이지 않았다는 충분한 증거였다. 폴을 죽인 것은 늑대의 짓임이 분명해지자, 르노드는 무시무시한 충격에서 벗어나 안도의 숨을 내쉬며 말했다. "늑대였군. 우리 딸을 구해 준 것이. 녀석은 아이들에게는 늘 친절했지."

6

이 일을 계기로, 사람들은 크리스마스 날 대규모로 늑대 사냥을 벌여 놈을 끝장내 버리기로 작정했다. 지미가 무덤에 묻힌 지 정확히 2년째 되는 날이었다. 데인, 사냥개, 농장개, 그리고 평범하기 그지없는 개들까지, 그 지역에 있는 개들이란 개들은 전부 다 모인 것 같았다. 그중에는 그 허스키 세 마리도 있었다. 도매업자는 그 개들이 중요한 일을 해낼 것이라고 생각한 것이다. 개들은 아침 내내 세인트보니페이스 동쪽 숲을 뒤졌지만 아무런 성과도 거두지 못했다. 하지만 읍내 서쪽의 아시니보인 숲 근처에서 늑대 발자국이 발견되었다는 전화 연락이 왔다. 한 시간 후, 함성이 터져 나왔다. 사냥개들이 위니펙의 늑대가 금방 남긴 냄새를 맡은 것이다.

한 무리의 개, 말을 탄 사람들, 걸어가는 사람들. 늑대는 개라면 하나도 무섭지 않았지만, 총을 가진 남자들이 위험하다는 것은 알고 있었다. 녀석은 나무가 울창한 아시니보인 지대로 방향을 잡았다. 하지만 말을 탄 사냥꾼들은 녀석을 탁 트인

벌판으로 다시 내몰았다. 녀석은 콜로니 크릭 골짜기를 따라갔다. 이미 총알이 날아오고 있었지만 녀석은 능숙하게 피했다. 녀석은 철조망 울타리 쪽으로 가서 말 탄 남자들을 한동안 따돌리긴 했다. 하지만 총알에 맞지 않으려면 골짜기를 따라 가야 했다. 이제 개들에게 거의 따라잡히고 있었다. 녀석은 개들하고만 있고 싶었을 것이다. 40대 1, 아니 50대 1이라도 아무 문제없었다. 그래도 녀석에게 더 승산이 있었으니까 말이다. 개들이 늑대를 둘러쌌지만 감히 가까이 다가가는 개는 한 마리도 없었다. 말라빠진 사냥개 한 마리가 자기가 빠르다는 사실만 믿고 녀석 옆까지 바짝 다가갔다가 옆구리를 물려 나자빠졌다. 말 탄 사냥꾼들은 멀찍이 떨어져 있을 수밖에 없었다. 하지만 이제 추격은 읍내 쪽으로 향했고 그러자 더 많은 사람들과 개들이 이 소동에 합류하기 위해 달려 나왔다.

늑대는 자기가 잘 아는 휴식처인 도살장 쪽으로 방향을 바꿨다. 사냥꾼들은 더 이상 총을 쏠 수 없었다. 개들뿐만 아니라 집들이 너무 가까이 있었기 때문이었다. 이제 녀석은 개들에게 완전히 바싹 포위되었다. 더 이상은 도망칠 수 없었다. 녀석은 최후의 결전을 벌이기로 하고 자신의 후방을 막아 줄 만한 곳을 찾아보았다. 그러다가 하수구 위쪽의 나무 다리를 보고 그 안으로 뛰어들어 갔다. 그러고는 돌아서서 개들을 궁지에 몰아넣었다. 사람들은 몽둥이를 들고 다리를 부쉈다. 녀석은 자기가 죽을 것을 알면서도 제대로 한 번 싸워 보겠다는 생각으로 그곳에서 뛰어나왔다. 환한 대낮에 처음으로 적들에게 자신의 모습을 드러낸 것이다. 그림자 같은 개 살해자, 세인트보니페이스 숲에서 들려오던 목소리, 그 멋진 늑대가 말이다.

7

3년 동안의 긴 싸움 끝에 드디어 늑대는 홀로 적들 앞에 섰다. 녀석은 개 40마리와 그 뒤에서 총을 들고 개들을 지키고 있는 사내들과 마주쳤다. 하지만 내가 예전에 겨울 숲에서 보았던 그때처럼 이번에도 녀석은 적들과 단호하게 맞섰다. 경멸하듯이 삐죽 내민 입, 몸에 착 달라붙어 가볍게 오르내리는 옆구리, 그리고 침착하게 빛나는 초록색과 노란색 눈동자는 여전했다. 개들이 다가서기 시작했다. 숲에서와는 달리 이번에 무리를 이끄는 개는 녀석을 아주 잘 아는 커다란 허스키들이 아니라 읍내에서 온 불도그였다. 발을 끄는 소리가 시끄럽게 들려왔다. 잠시 후 시끄럽게 짖어 대는 개들의 소리를 누르고 낮게 으르렁거리는 소리가 들려왔다. 그 순간 늑대가 회색빛 털을 벌리고 번개같이 뛰어올랐다. 녀석은 다시 홀로 버티고 섰다. 냉혹하면서도 함부로 다가설 수 없는 위엄을 풍기면서. 개들은

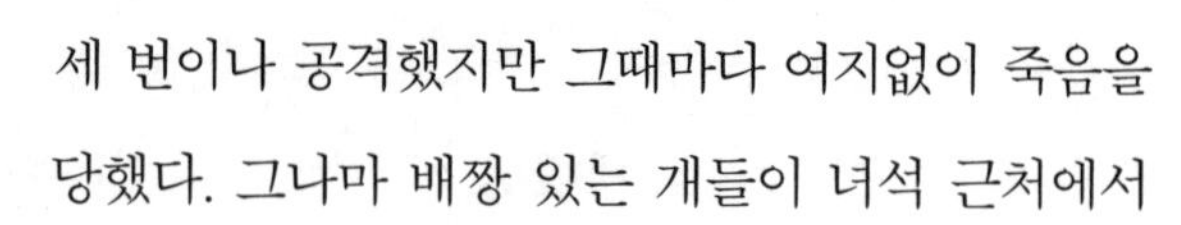

세 번이나 공격했지만 그때마다 여지없이 죽음을 당했다. 그나마 배짱 있는 개들이 녀석 근처에서 나뒹굴었다. 맨 먼저 나가떨어진 것은 불도그였다. 녀석이 얼마나 센지를 알게 된 개들은 뒤로 슬그머니 물러났다. 하지만 녀석은 초조하게 기다리다가 몇 발짝 앞으로 나섰다. 아뿔싸! 그것이야말로 총잡이들이 오랫동안 기다려 온 기회였다. 엽총 세 자루가 동시에 발사되었다. 동시에 녀석이 눈 위에 쓰러졌다. 전투로 점철된 녀석의 삶도 함께 마감되었다.

늑대 스스로 선택한 길이었다. 짧은 삶 속에 너무도 많은 일들이 한꺼번에 벌어졌다. 오래도록 평화롭게 살 수도 있었지만 끊임없는 시련 속에서 3년 만에 생을 마감한 것이다. 녀석은 아무도 가지 않은 길, 고귀하지만 짧은 길을 선택한 것이다. 자기에게 주어진 술잔을 단숨에 마신 후 잔을 과감하게 깨뜨려 버린 것이다. 하지만 영원히 이름을 남겼다. 그 늑대의 마음을 누가 들여다볼 수 있겠는가? 그 늑대의 깊은 뜻을 누가 알 수 있겠는가? 왜 끊임없이 힘든 일만 벌어지는 읍내를 떠나지 못한 것일까? 다른 곳을 몰라서는 아니었다. 그 일대에는 먹을 것이 풍부한 지역이 지천에 널려 있었다. 게다가 녀석이 셀커크까지 간 것도 목격되지 않았던가. 복수를 위해서도 아닐 것이다. 복수를 위해 온 생명을 바치는 동물은 결코 없다. 그런 사악한 마음은 인간에게만 있는 것이다. 동물들은 평화를 추구한다.

그렇다면 그 늑대를 묶어 둔 굴레는 단 하나뿐이다. 그것은 무엇이든지 다 견뎌 낼 수 있게 해 주는 강한 요청이었다. 세상에서 가장 강력한 힘 말이다.

늑대는 죽었다. 녀석이 남긴 마지막 흔적은 멀비 중학교에 화재가 났을 때 사라져 버렸다. 하지만 세인트보니페이스 교회의 이 교회지기는 지금도 크리스마스 이브의 종이 울리면 교회에서 백 걸음쯤 떨어진 숲 속 무덤으로 어김없이 찾아와 으스스하고 구슬프게 운다고 한다. 지미, 세상에서 그를 사랑으로 대해 준 유일한 이가 잠들어 있는 곳에서.

하얀 순록의 전설

건배! 건배! 노르웨이를 위해 건배!
반 댐 트롤의 노래를 부르자
내가 숨어 있을 때
노르웨이의 운명은
하얀 순록을 타고 온다
하얀 순록을 타고

우트로반은 깊고 어둡고 춥고 황량한 호수이다. 빙하수를 담은 긴 주머니이자, 지구의 틈이자, 노르웨이의 높은 산맥에 난 주름이기도 한 이 호수는 또 다른 산으로 가로막혀 있어 빙하가 녹으면 범람한다. 어머니인 바다보다 900미터 위에 있지만 그렇다고 아버지인 태양에 더 가까운 것도 아니다. 쓸쓸한 호숫가에는 제대로 자라지 못한 나무들이 띠처럼 늘어서 있는데 그 긴 꼬리는 계곡 높은 곳까지 올라가다 이끼로 바뀐다. 이 띠는 또 호수를 에워싸고 있는 높이 300미터 가량의 화강암 언덕들의 중턱까지 이어지기도 한다. 나무의 한계, 즉 나무가 자랄 수 있는 한계인 것이다. 자작나무와 버드나무는 서리와 가장 오래까지 싸우다 떨어져 나가는 나무들이다. 이 작은 숲은 개똥지빠귀, 힝둥새, 뇌조의 울음소리로 시끄럽지만, 위쪽 고원으로 더 올라가면 이들마저 사라지고 그 자리를 바위 그림자와 거센 바람 소리가 대신 채운다. 호이피엘은 바위 투성이의 추운 지대로 깊은 골짜기에는 눈이 아주 많이 쌓여 있고 그 멀리는 눈 덮인 산봉우리들로 가로막혀 있다. 그리고 더 북쪽으로 올라가면 정령들과 빙하와 만년설의 고향인 요툰헤임이 희미하게 빛을 발하고 있다.

나무라고는 단 한 그루도 없이 넓게 펼쳐진 그 지역은 기온의 힘을 아주 잘 보여 주고 있다. 해가 모자라 기온이 1도가 낮아질 때마다 생물의 빈곤한 왕국이 더욱더 눈에 잘 띄는 것이다. 골짜기의 북쪽 사면은 남쪽 경사면보다 침엽수가 더 적다. 소나무와 가문비나무를 볼 수 없게 되는 것은 훨씬 아래쪽에서부터다. 마가목도 보이지 않는다. 그리고 골짜기 중턱부터는 자작나무와 버드나무도 찾아보기 힘들어진다. 여기서부터는 덩굴 식물이나 이끼류 말고는 아무것도 자라지 못한다. 들판은 회색빛이 연하게 감돈다. 순록이끼가 아주 많이 자라고 있기 때문이다. 하지만 솔이끼가 많이 자라 오렌지색을 띠는 곳도 군데군데 있고, 좀더 햇볕이 잘 드는 곳은 풀들이 자라 녹색 기운이 더 많아 보이기도 한다. 곳곳에 흩어져 있는 바위들은 연한 라일락 빛이지만 군데군데 녹회색 이끼류나 오렌지색 줄무늬 그리고 청초함을 더해 주는 까만 점들로 알록달록하게 치장되어 있다. 이 바위들은 열을 보존하는 데 탁월한 능력을 가지고 있다. 그래서 따뜻한 곳을 좋아해 원래는 그렇게 높은 곳에서 살 수 없는 작은 식물들이 그 바위들을 둘러싼 채 자라고 있다. 키 작은 나무의 대표격인 자작나무와 버드나무가 이곳에서 자란다. 마치 겨울 내내 난로를 꼭 껴안고 사는 프랑스 출신의 어느 노인네처럼 자작나무와 버드나무는 이 따뜻한 바위를 꼭 껴안기라도 하듯 차가운 공중이 아닌 바위 위로 가지를 뻗고 있다. 그곳에서 조금 떨어진 좀더 추운 곳에서는 히스가 자라고 있다. 그리고 그곳보다 더 추워서 아무것도 자랄 수 없어 보이는 곳에서는 녹회색 순록이끼가 무성하게 자라 고지의 색을 녹회색으로 물들이고 있다. 골짜기에는 아직도 눈이 가득 쌓여 있다. 지금은 6월인데도 말이다. 하지만 이 눈들도 얼음처럼 차가운 강물이 되어 호수로 흘러들고 있고 그래서 눈이 덮인 지역은

점점 줄어들고 있다. 눈 덮인 지역에는 생명의 흔적조차 보이지 않는다. 이곳에는 붉은 플랑크톤조차 살 수 없고 그 주위에는 불모의 땅이 펼쳐져 있어서, 생명체가 살기 위해서는 온기가 절대적으로 필요함을 보여 준다.

새는 물론 어떠한 생명체도 살지 않는 녹회색 황무지는 여기 수목 한계선과 만년설 한계선 사이에 아주 넓게 뻗어 있다. 그리고 그 위쪽으로는 겨울만이 존재한다. 더 북쪽으로 가면 수목 한계선과 만년설 한계선이 둘 다 점점 낮아져, 수목 한계선은 결국 해수면과 같아진다. 나무가 자라지 못하는 지역을 유럽에서는 툰드라라고 부르고, 미국에서는 배런이라고 부르는데, 그것이 바로 순록의 고향 즉 순록이끼의 왕국이다.

1

어느 날 순록 떼의 우두머리인 암순록 바르시믈레가 봄기운이 완연한 강둑을 지나가고 있는데, 뭔가가 물 위아래로 들락거리며 날면서 노래를 불렀다.

"건배! 건배! 노르웨이를 위해 건배!" 그 가수는 마치 특별한 통찰력을 타고나기라도 한 듯이 '하얀 순록과 노르웨이의 행운'에 대해 더 많은 것을 노래했다.

우트로반 바로 위쪽에 있는 로어 호이피엘에 반 댐을 만들고 물레방아를 돌린, 스베굼은 그것들 모두의 주인이 자기라고 생각했다. 하지만 그보다 앞서 그곳에 살던 누군가가 있었다. 거침없이 흐르는 개울 속으로 뛰어들어 갔다가 다시 솟구쳐 나오며 누군가가 때와 장소에 맞는 노래를 지어 불렀다. 그는 물레방아의 바큇살에서 바큇살로 가볍게 뛰어다니며 스베굼이라면 운에 맡길 수밖에 없는 많은 일을 해냈다. 그것이 어떤 일이든 간에 말이다. 어떤 사람들은 스베굼의 행운이 물레방아 요정에게서 나온다고 말했다. 물레방아 요정 즉 흰 수염을 기르고 갈색 외투를 입고 있는 물의 요정이 땅에서건 물 속에서건 자기 마음이 가는 곳에서 산다는 것이다.

하지만 이웃 사람들 대부분은 포세칼밖에는 보지 못했다. 포세칼은 폭포에서 사는 작은 새인데 해마다 이곳 개울에 와서 춤을 추거나 깊은 물 속으로 잠수하곤 했다. 아마 둘 다 맞을 수도 있다. 아주 늙은 농부들 중에는 요정 트롤이 사람이나 동물로 변신할 수 있다고 말하는 이도 있으니까 말이다. 포세칼은 어떤 새와도 다른 삶을 살았고, 노르웨이에서는 아무도 부르지 않는 노래를 불렀다. 이 새는 또 눈이 놀랄 정도로 좋아서 사람 눈에는 결코 보이지 않는 광경도 볼 수 있었다. 예를 들면 자기

앞에서 지빠귀가 집을 짓고 있는 모습이나 자기 눈 아래에서 레밍쥐가 새끼들에게 먹이를 주는 광경들 같은 것 말이다. 이 새는 이 모든 것들을 볼 수 있었다. 사람에게는 술래틴 언덕 위에 있는 어렴풋한 점 하나로밖에는 보이지 않는 것도 포세칼에게는 털갈이를 반쯤 끝낸 순록으로 보인다. 그리고 반렌의 초록빛 진흙도 포세칼에게는 진수성찬이 차려진 아름다운 녹색 초지로 보였다.

오, 인간은 너무 보지 못하는 것이 많아서 자기 스스로를 혐오스럽게 만든다. 하지만 포세칼은 아무도 해치지 않기 때문에 포세칼을 두려워하는 사람은 아무도 없다. 포세칼은 단지 노래를 불렀을 뿐이다. 가끔 익살과 예언, 그리고 약간 경멸이 섞인 그런 노래 말이다.

자작나무 꼭대기에서 포세칼은 반 댐의 물이 뉘스투엔의 촌락을 지나 우트로반 호수의 검푸른 물로 흘러가는 모습을 한눈에 보거나 좀더 높이 날아올라 북쪽의 요툰헤임까지 굽이치는 불모의 고원도 볼 수 있었다.

만물이 잠에서 깨어나고 있었다. 봄이 이미 숲에 도착해 있었다. 골짜기에는 생명이 요동치고 있었다. 남쪽에서 새로운 새들이 찾아왔고, 겨울잠을 자던 동물들도 다시 모습을 보이고 있었으며, 낮은 남쪽 숲에서 겨울을 난 순록도 곧 고원지대에서 다시 볼 수 있을 것이다.

서리 거인들은 자기들이 오랫동안 차지하고 있던 영토를 아무런 싸움도 하지 않고 포기하지 않는 법이다. 대규모 전쟁이 벌어지고 있었다. 하지만 태양은 천천히 확실하게 이겨 서리 거인들을 그들이 원래 있던 요툰헤임으로 쫓아냈다. 그들은 골짜기나 음지 곳곳에서 저항하거나 밤이 되면 슬며시 돌아왔지만 또다시 패배했다. 고집 센 싸움꾼인 그들은 무모한 싸움을 벌였다. 그들의 무모한 싸움으로 인해 수많은 화강암 바위들이 산산조각 나 마치 천둥 번개의 신 토르들처럼 평원에 점점이 흩어져 있는 녹회색 바위들 사이에서 속살의 색을 드러낸 채 따뜻하게 빛나고 있었다. 이런 모습은 전투가 벌어지는 모든 것에서 볼 수 있는데, 바위들이 술레틴의 비탈을 따라 800미터쯤 흩어져 있었다. 잠깐! 그것들이 움직였다. 바위가 아니라 살아 있는 생명체였던 것이다.

녀석들은 여기저기 흩어져 무질서하게 다니는 것 같았지만 그래도 한 가지만큼은 지키고 있었다. 모두들 바람이 불어오는 방향으로 나아가고 있는 것이다. 녀석들은 골짜기로 사라졌다가 가까운 산등성이에서 다시 모습을 드러냈다. 하늘을 배경으로 빽빽이 모여 있었다. 녀석들의 나뭇가지처럼 갈라진 뿔은 고향으로 돌아온 순록 떼라는 걸 알리고 있었다.

순록 떼는 마치 양처럼 먹이를 먹기도 하고 자기들만이 낼 수 있는 소리를 내기도 하면서 정처 없이 떠돌다 우리가 있는

쪽으로 다가왔다. 각자 먹이가 있는 곳을 찾아 그곳에 있는 먹이를 다 먹고 나면 녀석들은 또 다른 곳을 찾아 발굽 소리를 내면서 총총걸음으로 다가왔다. 그 순록 떼의 대열과 모습은 계속 바뀌었다. 그러나 늘 선두나 그 부근에 있는 순록이 있었으니, 그 순록이 바로 크고 아름다운 암순록인 바르시믈레였다. 순록의 대열이 아무리 바뀌고 아무리 멀리 흩어져도 바르시믈레는 늘 선두에 서 있었다. 자세히 관찰해 보면 그 암순록이 무리 전체의 이동을 관장하고 있다는 것을 알 수 있다. 바르시믈레가 바로 무리의 우두머리인 것이다. 아무리 커다란 뿔을 가지고 있고 아무리 덩치가 큰 수컷이라고 하더라도 바르시믈레의 지휘에는 복종했다. 독립심이 강한 기질 때문에 어디 다른 곳으로 가고 싶어하는 수컷이 있다면 녀석은 어쩔 수 없이 혼자서 가야만 했다.

우두머리 암순록 바르시믈레는 지난 한두 주 동안 수목 한계선을 따라 무리를 이끌고 더 높은 곳으로 가는 일을 반복했다. 그들은 매일매일 더 높은 지대로 올라갔는데 그곳에는 눈도 대모등에도 전혀 없었다. 높은 곳에서도 점점 풀이 나기 시작하자, 암순록은 먹이를 찾아 올라갔다가 해 질 무렵이면 으슥한 숲으로 돌아왔다. 사람들처럼 야생 동물들 역시 차가운 밤바람을 두려워하기 때문이다. 그러나 숲에 대모등에가 우글거리기 시작하고 바위투성이 산기슭 구석진 곳에서도 밤을 지낼 수 있을 정도로 따뜻해지자 이제는 굳이 숲으로 되돌아가지 않아도 되었다.

아마 동물 무리의 지도자들은 자기 자신의 지도력을 의도적으로 자랑하지는 않지만, 다른 동물들이 자기를 따르지 않으면 불쾌감을 느낄 것이다. 그러나 고독이 필요할 때는 누구에게나 있는 법이다. 바르시믈레는 겨울 내내 살이 찌고 건강도 좋았지만, 지금은 왠지 만사가 귀찮아 무리가 풀을 먹기 위해 자기를 지나쳐 앞서가도 고개를 숙인 채 그냥 뒤처져 있었다.

때때로 바르시믈레는 이끼를 씹지도 않고 입에 매단 채로 얼이 빠져 딴 곳을 쳐다보다가 정신을 차리고 전처럼 다시 앞장서서 가곤 했다. 그러나 마치 마법에라도 걸린 듯 얼이 빠진 채 딴 곳을 바라보거나 혼자 있는 일이 더욱더 잦아졌다. 바르시믈레가 자작나무 숲을 찾아 아래쪽을 돌아서자 다른 순록들도 전부 그쪽으로 돌아섰다. 바르시믈레는 머리를 숙이고 마치 목석처럼 꼼짝 않고 있었다. 다른 순록들은 언덕 비탈을 등진 채 조각상처럼 서 있는 바르시믈레만 남겨두고 풀을 뜯어먹으며 중얼거리며 지나갔다. 다른 순록들이 모두 가 버리자 바르시믈레는 조용히 도망쳤다. 몇 발짝을 걷고 나서 주위를 살핀 후 풀을 뜯어먹는 척하기도 하고 킁킁거리며 땅 냄새를 맡기도 하고, 다른 순록들을 살펴보기도 하면서 언덕을 대충 훑어보았다. 그러고 나서 몸을 숨길 수 있는 숲을 향해 아래로 내려갔다.

어느 날 바르시믈레가 강둑 위를 뚫어지게 바라보고 있는데 또 다른 암순록이 혼자서 불안하게 헤매는 것이 보였다. 하지만 바르시믈레는 혼자 있고 싶었다. 이유는 알 수 없었지만 어딘가 숨어야 할 것만 같은 느낌이 든 것이다.

바르시믈레는 그 암순록이 지나갈 때까지 움직이지 않고 서 있다가 옆길로 들어서서 우트로반 호수가 보일 때까지 더 빠른 걸음으로 그리고 덜 머뭇거리며 걸어가서 스베굼의 물레방아를 돌아가게 하는 작은 개울로 내려갔다. 댐 위쪽으로 올라간 바르시믈레는 속이 훤히 비치는 맑은 개울물을 건너갔다. 흐르는 물을 자신과 자신이 피하려는 것 사이에 두는 것이야말로 뿌리 깊은 본능이었기 때문이다. 그러고 나서 헐벗었기는 하지만 이제는 약간 푸른 빛이 도는 건너편 강둑 위에서 방향을 바꾼 후, 비틀린 나무들을 지나 소란스런 댐을 떠났다. 그리고 좀 더 높은 지대로 올라가 멈춰서 이리저리 살펴본 후 조금 더 갔다가 다시 돌아왔다. 여기, 엷게 이끼가 낀 바위들과 봄철의 새순이 돋은 자작나무들로 완전히 둘러싸인 곳에서 쉬고 싶은 것처럼 보였다. 하지만 쉬려는 것은 아니었다. 다리에 들러붙는 대모등에를 쫓아내기는 했지만 돋아난 풀에는 아무런 관심도 보이지 않고 불안해 하며 서 있었기 때문이다. 세상 모든 것으로부터 자기가 완전히 숨었다고 생각하며 말이다.

하지만 포세칼을 피할 수 있는 것은 아무것도 없는 법이다. 무리를 떠나는 것을 보고 있던 포세칼은 툭 튀어나와 있는 멋진 바위 위에 앉아서, 마치 자기가 이 일을 기다려 왔었고 나라의 운명이 이 먼 골짜기에서 일어날 일에 달려 있다는 것을 알고 있다는 듯이 노래를 불렀다.

건배! 건배! 노르웨이를 위해 건배!
반 댐 트롤의 노래를 부르자.
내가 숨어 있을 때
노르웨이의 운명은
하얀 순록을 타고 온다.
하얀 순록을 타고

노르웨이에는 아이를 데려다주는 황새가 없다. 그런데도 한 시간 뒤 멋진 새끼 순록 한 마리가 바르시믈레 곁에 누워 있었다. 바르시믈레는 새끼 순록의 털을 골라 주기도 하고 핥아 주기도 하며 정성껏 보살폈다. 바르시믈레는 자신의 새끼 순록이 무리에서 처음 태어난 새끼라도 되는 양 행복하고 자랑스러웠다. 그 달에 무리에서는 수백 마리의 새끼 순록이 태어났을 테지만 이 새끼 순록과 비슷한 새끼 순록은 단 한 마리도 없을 것이다. 이 새끼 순록은 눈처럼 하얗기 때문이다. 그때 이끼 낀 바위 위에서 노래가 들려왔다.

행운이, 행운이 깃들기를,

하얀 순록에게도.

새끼 순록이 어른 순록으로 자라면서 무슨 역할을 할지 확실하게 예언이라도 하는 듯했다.

그런데 또 다른 경이로운 일이 생겨났다. 한 시간 후에, 두 번째 새끼가 태어난 것이다. 이번 새끼는 갈색이었다. 이상한 일이 일어난 것이다. 꼭 필요하다면 아무리 가혹한 일일지라도 해야 하는 법이다. 두 시간 후, 바르시믈레는 하얀 새끼 순록만을 데리고 그곳을 떠났다. 그곳에는 갈색 새끼 순록 대신 순록의 털이 붙어 있는 납작한 넝마조각들만 남아 있었다.

어미 순록은 현명했다. 약한 새끼 두 마리보다는 튼튼한 새끼 한 마리를 키우는 게 나은 법이다. 며칠 만에 어미 순록은 다시 무리를 이끌었다. 어미 순록의 곁에는 하얀 새끼 순록이 뛰어가고 있었다. 어미 순록은 새끼를 가장 먼저 고려했고, 그래서 무리 전체의 속도를 새끼 순록의 걸음에 맞추었다. 그것은 옆에 새끼를 데리고 다니는 다른 어미 순록들에게도 아주 잘 맞는 속도였다. 바르시믈레는 크고 튼튼하고 현명한 데다 힘도 셌다. 그리고 이 하얀 새끼 순록은 그런 바르시믈레가 한창때에 피운 꽃이었다. 어미 순록이 무리를 이끌고 갈 때, 새끼 순록은 가끔 어미를 앞질러 달려가곤 했다. 어느 날 롤은 순록들 근처에 왔다가 녀석들이 지나가는 모습을 보고 폭소를 터뜨렸다. 새끼 순록, 어른 순록, 살진 암순록, 뿔이 난 수순록이 하얀 새끼 순록 한 마리에 이끌려 다니는 것 같아 보였기 때문이다. 커다란 갈색 무리 전체가 말이다.

순록들은 정처 없이 떠돌아다니다가 높은 산으로 올라가 여름 내내 그곳에서 지내게 되었는데 "검은아비가 얼음판 위에서 웃고 있는 곳에 사는 정령들이 가르침을 받아서 가버린 거야." 라고 로루어 달레에 사는 리프라는 사람이 이야기했다. 그러자 늘 순록들 사이에서 살아온 스베굼은 "우리 인간처럼 말이야. 순록들의 선생님은 어미 순록들인걸." 하고 말했다.

가을이 되었을 때 스베굼의 눈에 저 멀리 떨어진 갈색 황무지에서 하얀 눈송이가 움직이는 것이 보였다. 하지만 트롤의 눈에는 한 살짜리 하얀 순록 즉 넥북이 또렷이 보였다. 우트로반 호숫가에서 나란히 서서 물을 마실 때, 다른 순록들은 호숫물에 형체만 간신히 비쳤지만 하얀 순록의 모습은 뚜렷이 비쳤다. 뒤쪽의 언덕과 함께 말이다.

그해 봄에 태어난 새끼 순록들 중에는 이끼가 자라는 황무지에서 방황하다 영영 돌아오지 못하는 순록도 많이 있었다. 어떤 녀석들은 허약했고 어떤 녀석들

은 어리석었던 것이다. 어떤 녀석들은 여행 중에 쓰러지기도 했고 어떤 녀석들은 규칙을 배우지 않아 목숨을 잃기도 했다. 하지만 하얀 새끼 순록은 새끼들 중에서도 가장 튼튼하고 현명해서 무리 중에서 가장 지혜가 뛰어난 어미에게서 많은 것을 배웠다. 하얀 순록은 햇빛을 받는 바위 쪽에서 자라는 풀은 맛이 있지만 해가 안 드는 골짜기에서 자라는 풀은 같은 풀이라도 맛이 없다는 것을 배웠다. 또 어미가 갑자기 발굽 소리를 요란하게 내면 움직여야 하고, 모든 순록들이 발굽 소리를 요란하게 내면 위험이 있다는 신호이므로 어미 곁에 붙어 있어야 한다는 것도 배웠다. 이 발굽 소리는 휘파람오리가 내는 휘파람 같은 날갯짓 소리와 같은 것이다. 따라서 발굽 소리는 순록들을 하나로 모아 주는 역할을 하는 것이다. 하얀 순록은 하얀 깃털이 달린 풀들이 자라는 곳은 위험한 늪지라는 것도 배웠고, 뇌조가 귀에 거슬리게 울면 독수리가 아주 가까이 있다는 뜻이라는 것도 배웠다. 독수리는 뇌조는 물론이고 새끼 순록에게도 위험했다. 그리고 작은 트롤베리는 치명적인 독을 가지고 있고 등에 떼가 쏘려고 달려들면 반드시 눈밭으로 피해야 하며 모든 동물의 냄새 중에서 확실하게 믿을 수 있는 것은 어미 냄새뿐이라는 것도 배웠다. 하얀 순록은 자신이 지금 자라고 있다는 것도 배웠다. 홀쭉하던 옆구리는 이제 한 살짜리답게 제법 볼록해졌고 무릎만 툭 튀어나와 있던 다리도 늘씬해졌다. 그리고 태어난 지 두 주 만에 머리에 조금씩 보이기 시작했던 작은 혹은 싸움에 이길 수 있을 만큼 이제는 날카롭고 단단한 뿔이 되었다.

언젠가는 순록들이 무척이나 두려워하는 북부의 난폭자 냄새가 풍겨 왔다. 사람들이 구즈리, 혹은 울버린이라고 부르는 짐승이었다. 그러던 어느 날 그 위험한 냄새가 갑자기 진해지면서 바위 절벽에서 거대한 흑갈색 형체가 요란한 소리를 내며 맨 앞에 있던 하얀 새끼 순록에게 힘껏 달려들었다. 새끼 순록의 눈에 번뜩거리는 이빨과 눈을 하고 털이 수부룩한 것이 번개처럼 냅다 달려드는 모습이 보였다. 엄청난 두려움으로 인해 온몸의 털이 곤두섰다. 콧구멍도 확 달아올랐다. 하지만 또 다른 어떤 감정이 솟구치는 바람에 도망갈 수 없었다. 바로 자신의 평화를 깨뜨린 녀석에 대한 분노였다. 분노는 두려움을 일순간에 없애 주었다. 새끼 순록은 다리로 굳건히 버티고 서서 뿔로 받을 준비를 했다. 그 갈색 짐승은 가슴 깊숙한 곳에서 으르렁거리는 소리를 내며 땅에 내려 앉았다. 그 순간 새끼 순록이 녀석을 뿔로 받았다. 뿔은 그 갈색 짐승 몸에 깊게 박혔다. 하지만 충격이 지나치게 커서 새끼 순록도 쓰러졌다. 항상 새끼 근처에서 경계를 하는 어미 순록이 없었다면 새끼 순록은 죽었을지도 모른다. 어미 순록은 당장에 그 괴물에게 돌진했다. 몸집도 더 크고, 훌륭한 무기를 가진 어미 순록은 그 괴물을 바다으로 내다 꽂았다. 그러자 하얀 새끼 순록은 순하기만 하던 눈을 악마처럼 번뜩이며 공격했다. 구즈리는 목숨을 잃었다. 그런데도 새끼 순록은 어미가 먹이를 먹으러 그곳을 떠나자 구즈리에게 가까이 가서 분노의 콧김을 내뿜으며 눈처럼 하얀 머리가 적이 흘린 피로 얼룩질 때까지 그 증오스러운 녀석을 뿔로 찔러 댔다.

하얀 순록은 소처럼 조용해 보이는 겉모습과는 달리 싸움을 좋아하는 야수 같은 면도 있었다. 녀석은 마치 턱수염이 수북하고 어깨가 쫙 벌어진 모습에 침착한데다 참을성도 있지만, 가끔 '불같이 화를 내는' 북방 남자들 같았다.

그해 가을 순록들이 호숫가에 대열을 이루고 있었을 때, 포세칼이 오래전 노래를 불렀다.

> 내가 숨어 있을 때
> 노르웨이의 운명은
> 하얀 순록을 타고 온다.
> 하얀 순록을 타고

마치 이것이 자기가 기다려 왔던 것이라도 되는 것처럼 말이다. 그리고 포세칼은 아무도 알지 못하는 곳으로 사라져 버렸

거대한 흑갈색 형체가 하얀 순록에게 달려들었다.

다. 스베굼은 포세칼이 새가 하늘을 날 듯이 강물 속에서 나는 모습과 뇌조가 바위 위를 걷듯이 깊은 연못의 바닥을 걷는 모습을 본 적이 있었다. 어떤 새도 포세칼처럼 살 수는 없을 것이다. 스베굼은 포세칼이 겨울을 나려고 남쪽으로 날아갔다고 말했다. 스베굼은 읽을 줄도 쓸 줄도 몰랐다. 그가 어떻게 알 수 있겠는가?

2

봄이 되면 매년, 순록 떼는 더 추운 곳을 찾아 저지대 숲에서 우트로반 호숫가로 가곤 했는데 그때마다 스베굼의 물방아용 도랑을 지나갔다. 그러면 포세칼이 나타나 하얀 순록의 노래를 불렀다. 해가 갈수록 하얀 순록은 더욱더 진정한 지도자의 모습을 갖춰 갔다.

태어나서 첫 번째 봄을 맞았을 때, 하얀 순록은 키가 멧토끼보다 약간 더 컸다. 하지만 가을에 물을 마시러 왔을 때는 우트로반 호수로 흘러 들어가는 스베굼의 도랑에 있는 바위보다 키가 더 커져 있었다. 다음 해에는 발육이 정지된 자작나무 아래를 겨우 지나갈 수 있을 정도로 커졌고, 3년째에는 이끼 낀 바위에 있는 포세칼이 녀석이 지나가는 모습을 내려다보는 것이 아니라 올려다보아야 할 정도로 커졌다. 가을이 되자, 롤과 스베굼은 호이피엘을 돌아다니며 순록들을 잡아온 후, 썰매를 잘 끌 만한 가장 튼튼한 녀석들을 골라냈다. 하얀 순록에 대해서는 아무런 이견이 없었다. 눈처럼 하얀 그 순록은 다른 순록들보다 키도 크고, 몸무게도 많이 나갔다. 게다가 목털은 쌓인 눈더미를 단숨에 쓸어 버릴 듯했고, 가슴은 말처럼 넓었고, 뿔은 폭풍을 견뎌내고 자란 참나무처럼 단단했다. 하얀 순록은 순록의 왕이었는데, 장차 썰매 끌기 왕의 자리도 쉽게 차지할 것 같았다.

말을 길들이는 사람에 두 부류가 있는 것처럼 순록을 길들이는 사람에도 두 부류가 있다. 한 부류는 순록은 사람을 따르도록 만들고 가르쳐서 생기 있고 친절한 조력자로 만드는 사람이고, 다른 한 부류는 순록을 불만이 가득 찬, 그래서 언제든 반항을 하거나 증오를 터뜨릴 준비가 되어 있는 노예로 만드는 사람이다. 많은 라플란드 인과 노르웨이 인들이 자기 순록을 잔인하게 대한 대가로 목숨을 잃었고 롤도 순록 때문에 제 명에 죽지 못할 뻔한 적이 있었다. 하지만 스베굼은 다정한 사람이었다. 하얀 순록을 훈련시키는 일은 그가 맡았다. 훈련은 오래 걸렸다. 녀석은 다른 순록이 무례하게 구는 것을 싫어했듯이 인간이 무례하게 구는 것도 싫어했기 때문이다. 녀석을 길들인 것은 두려움이 아니라 친절함이었다. 녀석은 사람에게 복종

하는 법과 썰매 경주에 참가하는 것이 자랑스러운 일임을 배웠다. 선량한 눈을 가진 거대한 하얀 순록이 길게 뻗은 우트로반의 눈길을 빠르게 달려 나가는 모습은 장관이었다. 콧구멍에서 김이 심하게 뿜어져 나오고 발밑에서는 증기선의 뱃머리에 부딪쳐 소용돌이치는 파도처럼 눈이 소용돌이쳐 휘날리는 가운데 썰매와 썰매 몰이꾼과 순록은 눈을 온통 뒤집어쓴 채 희미하게 보였다.

그러고 나서 율 축제가 열려 빙판 위에서 경주가 벌어지자 우트로반 지역이 들썩거렸다. 음산한 주위의 산들에도 즐거운 함성이 메아리쳤다. 순록 경주가 가장 먼저 열렸는데, 우스꽝스런 사고가 많이 일어나 한바탕 웃음을 자아냈다. 롤도 자기 순록들 중에서 가장 빠른 썰매 순록을 데리고 참가했는데, 키가 크고 거무스름한 다섯 살짜리 순록이었다. 하지만 우승하고 싶은 마음이 지나친 데다가 원래부터 잔인했던 그는 불만에 가득찬 그 멋진 노예를 괴롭혔다. 그는 경기 중간쯤 되어 이제 막 우승를 하려는 순간 무자비하게 채찍질을 하고 말았다. 그 덕에 그는 순록이 나무에 대고 화풀이를 다 할 때까지 뒤집힌 썰매 밑에 들어가 숨어 있어야 했다. 그래서 우승은 롤의 순록이 아니라 어린 하얀 순록의 차지가 되었다. 하얀 순록은 호숫가를 도는 10킬로미터 경주에서도 우승을 했다. 매번 우승할 때마다 스베굼은 하얀 순록의 마구에 은종을 달아 주었다. 그래서 하얀 순록이 달리면 즐거운 방울소리가 울렸다.

다음은 말 경주였다. 말 경주야말로 진짜 달리기 경주였다. 순록 경주는 빨리 걷는 정도에 불과했다. 우승마인 발데르가 리본을 받고, 그 주인이 상금을 받자 스베굼이 자기가 받은 우승 상금을 몽땅 손에 들고 가서 말했다. "흠, 라르스, 멋진 말이군. 하지만 내 순록이 더 나은 것 같구만. 우승 상금을 전부 걸고 시합을 해 보면 어떻겠나? 이기는 쪽이 몽땅 차지하는 걸로 말야."

순록 대 경주마라. 지금까지 그런 경주는 한 번도 볼 수 없었다. 출발을 알리는 총성이 울리자 순록과 말이 출발했다. "발데르 잘한다! 발데르 이겨라!" 아름다운 경주마가 휙 하고 빠르게 달려 느린 걸음으로 뛰어가는 하얀 순록을 뒤로 처지게 했다.

"발데르 잘한다!" "하얀 순록 힘내!" 말이 거리를 벌리며 달려 나가자 사람들은 환호성을 질러 댔다. 하지만 말은 출발점에서부터 전속력으로 달렸고, 하얀 순록은 달리면서 속도를 늘려 갔다. 더 빨리, 더 빨리. 말은 이제 더 이상 거리 차를 벌리지 못했다. 1.5킬로미터가 휙 하고 지나갔다. 말은 처음부터 지나치게 빨리 달렸지만 하얀 순록은 고른 보폭으로 조금씩 조금씩 빨리 달려 나갔다. 스베굼은 "음, 하얀 순록, 잘하고 있어. 잘하고 있다구." 하고 말해 주었다. 고삐를 아주 부드럽게 다루면서 말이다. 말과 순록은 반환점을 비슷하게 돌았다. 그때 말이 빙판에서 미끄러졌다. 기수도 말을 잘 몰았고, 편자도 좋은 것이었는데 말이다. 말은 그때부터 겁을 먹은 듯 머뭇거렸고 그 사이에 하얀 순록은 전속력으로 달려 나갔다. 말 썰매가 한참을 뒤처졌고 필레피엘의 모든 사람의 입에서 환성이 터져나왔다. 하얀 순록이 결승점을 통과하고 경주에서 이긴 것이다. 이 모든 것은 하얀 순록이 아직 자신의 완전한 힘과 속도에 도달하기 전의 일이었다.

그날 롤이 하얀 순록을 모는 일에 도전했다. 하얀 순록은 처음에는 외줄고삐의 움직임에 따라 순조롭게 출발했다. 채찍질도 심하게 하지 않았기 때문에 순록은 온순히 따랐다. 하지만 롤은 별다른 이유도 없이 평소의 습관대로 가혹하게 채찍질을 했다. 갑자기 변화가 생겼다. 하얀 순록이 속도를 줄이더니 네 다리로 버티며 멈춰 선 것이다. 하얀 순록은 쳐져 있던 눈꺼풀을 올리고 눈을 뒤룩거리기 시작했다. 눈에서는 초록빛이 나기 시작했다. 콧구멍에서 콧김이 세 번이나 뿜어져 나왔다. 위험을 감지한 롤이 고함을 치고 재빨리 썰매를 뒤집은 후 그 밑에 숨었다. 하얀 순록은 썰매를 공격하려고 돌아서서 코를 킁킁거리며 발로 눈을 파헤쳤다. 하지만 스베굼의 아들인 꼬마 크누테가 달려와 팔로 하얀 순록을 감싸 안자 하얀 순록의 눈에서 사나운 빛이 사라졌다. 그러고는 아이가 이끄는 대로 조용히 출발점으로 되돌아왔다. 조심하라. 순록을 몰 때는! 순록도 '역

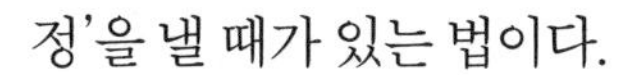

정'을 낼 때가 있는 법이다.

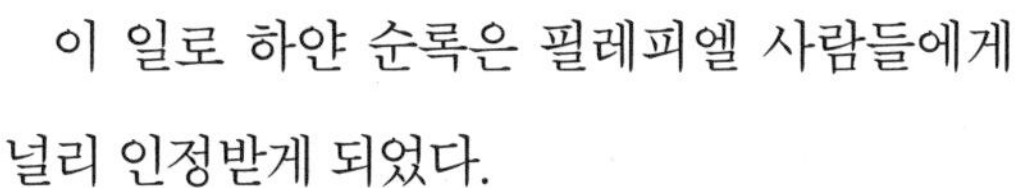

이 일로 하얀 순록은 필레피엘 사람들에게 널리 인정받게 되었다.

그로부터 두 해 만에 하얀 순록은 많은 놀라운 성과를 올리며 전국적으로 유명해져 사람들의 입에 오르내렸다. 하얀 순록은 스베굼을 태우고 둘레가 10킬로미터인 우트로반 호수를 20분 만에 돌았다. 눈사태로 홀케르 마을이 눈에 덮였을 때, 옵달스톨레 마을에 구조 요청을 전하고 브랜디와 식량 그리고 빠른 구조 약속을 받고서 7시간 동안 깊은 눈 속을 60킬로미터 넘게 달려 다시 돌아온 것도 하얀 순록이었다.

한 번은 지나치게 모험심이 많은 크누테 스베굼이 아직은 얇게 언 우트로반 호수의 빙판을 지나다 물에 빠진 적이 있었는데, 도와 달라는 크누테의 외침을 듣고 구조하러 온 것도 다름 아닌 하얀 순록이었다. 하얀 순록은 순록들 중에서 가장 친절해서 누군가 부르는 소리가 들리면 언제든 왔다.

하얀 순록은 물에 빠진 소년을 물가로 데려갔다. 그들이 반댐 개울을 건널 때, 트롤 새가 노래했다.

행운이, 행운이 깃들기를,

하얀 순록에게도.

그 후 몇 달 동안 하얀 순록은 모습을 보이지 않았다. 혹 어느 수중 동굴로 잠수해 들어가 겨울 내내 진수성찬을 먹으며 흥청망청댄 것이 확실했다. 비록 스베굼은 그렇게 믿지 않았지만 말이다.

3

한 왕국의 운명이 어린아이의 손에 주어지거나 심지어는 새나 짐승의 보호에 의지하게 되는 경우가 얼마나 비일비재한가! 암늑대 한 마리가 로마 제국을 돌본 적도 있다. 그리고 북의 가죽 위에 있는 빵가루를 쪼아 먹던 굴뚝새 한 마리가 오렌지 군을 각성시켜 영국의 스튜어트 왕조를 끝장낸 적도 있다. 그렇다면 고귀한 수순록 한 마리에게 노르웨이의 운명이 맡겨진다는 것도 그리 놀라운 일은 아니다. 트롤이 물레방아 위에서 부르던 노래도 다 그럴 만한 이유가 있었을 것이다.

이 무렵 스칸디나비아는 불안한 시기를 겪고 있었다. 남몰래 반역을 꿈꾸는 사악한 사람들이 노르웨이와 스웨덴 사이에 불화의 씨를 뿌리고 있었던 것이다. 그래서 "연맹을 무너뜨리자!"라는 말이 대중적인 구호가 되었다.

오! 어리석은 사람들이여! 스베굼의 물레방아에 가서 트롤이 노래하는 것을 들을 수 있었다면 얼마나 좋았을까.

도래까마귀와 사자
둘이 곰을 궁지에 몰아넣었지.
그러자 곰들이 둘의 뼈를 조금씩 조금씩 먹었지.
둘이 도중에 싸우니까.

독립을 위한 내전이 벌어질지도 모른다는 말이 노르웨이 전역에서 들렸다. 비밀스러운 회합이 열렸고 그때마다 지갑이 두둑한 사람과 말 잘하는 사람들이 나라의 잘못을 부풀려 말했다. 그러면서 그들은 자유를 위해 투쟁하겠다는 결심만 보여주면 그 즉시 외부의 강력한 세력이 도와줄 것이라고 약속했다. 아무도 공개적으로 그 세력의 이름을 입에 담지 않았다. 말할 필요도 없었다. 모두가 느끼고 알고 있었기 때문이다. 진정한 애국자들도 그 말을 믿기 시작했다. 노르웨이가 잘못되어가고 있었다. 이제 조국을 바로잡아야 했다. 명예를 조금도 의심할 수 없는 사람들이 이 세력의 비밀 요원이 되었다. 나라는 벌집 쑤신 듯 시끄러워지고 서서히 무너져 갔다. 그리고 사회 전체가 음모로 얽히고설키게 되었다. 왕이 바라는 것은 국민들의 행복뿐이었지만 그는 무기력했다. 아무리 정직한 왕일지라도 이처럼 만연한 음모에 대항해서 무슨 일을 할 수 있겠는가?

왕의 측근들조차 잘못된 애국심으로 부패해 있었는데 말이다. 자신들이 다른 나라 사람들의 손에 놀아나고 있다는 생각을 이 얼간이들은 결코 진지하게 해 본 적이 없었다. 일반 국민들도 아닌데 말이다. 적의 시험을 통과해 선택되고 매수된 몇몇 사람만이 진짜 목적을 제대로 알고 있었는데, 이들의 우두머리는 예전에 노르들란에서 견습 선원으로 일했던 보르그레빈크였다. 비상한 재능을 가진 사람으로 노르웨이의 국회의원이었으며 타고난 지도자였던 그는 몇 가지 신념에 어긋나는 거래로 불신을 받지만 않았어도 오래전에 수상이 되었을 터였다. 평가를 제대로 받지 못한다고 생각해 비뚤어진 데다 야망마저 좌절된 상태에 있던 그에게 외국의 첩자가 의사를 타진하자 그는 기꺼이 끄나풀을 자처했다. 처음에는 마음 한구석의 애국심이나마 없애 버려야 했지만 음모가 진행되자 그럴 필요조차 없었다. 그 엄청난 음모에 참여한 사람들 중에서 외국인의 이익을 위해 연맹을 무너뜨릴 준비가 되어 있는 사람은 아마도 그가 유일했을 것이다.

계획은 완벽하게 진행되고 있었다. 장교들은 "조국이 잘못되어 가고 있다."는 그럴싸한 말에 속아 넘어갔고, 계획이 실행될 때마다 우두머리로서 보르그레빈크의 지위도 점점 더 공고해져 갔다. 그때 그와 '배달자' 사이에 보상 문제를 두고 다툼이 생겼

다. 그들은 돈이라면 얼마든지 기꺼이 줄 수 있었다. 하지만 진정한 권력은 절대로 줄 수 없었다. 다툼은 더욱더 심각해져 갔다. 보르그레빈크는 모든 모임에 계속해서 참석하면서 권력을 자기에게 집중시키는 일에 전보다 훨씬 더 많이 매달렸다. 심지어는 더 큰 야망을 위해서라면 왕의 편으로 돌아설 준비도 하고 있었다. 자신의 안전을 사기 위해서라면 추종자들을 배신할 수도 있었던 것이다. 하지만 그러려면 증거가 필요했다. 그는 권리 선언문에 서명을 받는 일에 착수했는데 이것은 반역죄를 은근히 고백하는 것과 같은 일이었다. 라에르스달소렌에서 모임이 열리기 전에 이미 지도자들의 대다수가 서명을 하도록 속아 넘어간 상태였다. 라에르스달소렌의 모임은 초겨울에 열렸다. 그 모임에는 스무 명 정도의 애국자들이 참석했는데, 그들은 하나같이 똑똑하고 힘 있는 사람들이었으며 그들 중에는 신분이 높은 사람도 있었다. 그들은 좁고 답답한 응접실에서 계획을 짜고 토론하고 질문했다. 후끈한 열기 속에서 사람들은 거창한 희망을 이야기하고 위대한 일을 이룩하자고 약속했다.

겨울 밤, 바깥에서는 커다란 하얀 순록 한 마리가 썰매에 매어진 채로 울타리에 기대고 있었다. 하지만 녀석은 머리를 옆구리 쪽으로 숙이고 평화롭게 잠들어 있었다. 마치 수소 같은 모습이었다. 국가의 운명을 결정하는 것은 집안에 있는 진지한 사상가들일까, 아니면 밖에서 자고 있는 마치 수소 같은 순록일까? 이스라엘에 더 중요했던 것은 사울 왕의 천막에 있던 수염 난 장로들이었을까, 아니면 베들레헴의 개울에 돌을 던지고 있던 명랑한 양치기 소년이었을까? 라에르스달소렌에서도 그것은 마찬가지였다. 보르그레빈크의 그럴듯한 언변에 속아 넘어가 사람들은 스스로 함정에 빠져 자신들의 생명과 나라를 그의 손에 넘겨주었다. 배신을 밥먹듯이 하는 이 괴물을 나라를 위해서 자신을 희생할 정도로 애국심이 깊은 천사로 착각하고 말이다. 모두 다 그랬던 것일까? 아니, 절대로 그렇지 않다. 스베굼이 그곳에 있었던 것이다. 그는 읽지도 쓰지도 못했다. 그는 이것을 변명 삼아 서명을 거부했다. 책에 쓰여진 글자는 읽을 수 없었지만, 사람의 마음에 있는 것은 읽을 줄 알았기 때문이었다. 모임이 끝나자 그가 악셀 탄베르그에게 보르그레빈크를 가리키며 속삭였다. "저자도 서명했소?" 이런 질문에 깜짝 놀란 악셀이 "아니오."라고 대답했다. 그러자 스베굼이 말했다. "난 저자를 믿지 않소. 뉘스투엔 사람들도 그걸 알아야 하오." 뉘스투엔에서 정말로 중요한 회합이 열리기로 되어 있었기 때문이다. 하지만 그들에게 알릴 방법을 찾는 것은 쉬운 일이 아니었다. 보르그레빈크가 빠른 말을 타고 당장 그곳에 갈 태세였기 때문이다.

스베굼이 눈을 반짝이며 하얀 순록을 향해 고

개를 끄덕였다. 울타리에 묶인 채 서 있는 녀석을 보았기 때문이다. 보르그레빈크는 썰매에 뛰어올라 빠르게 떠났다. 활력이 넘치는 사람이었기 때문이다.

스베굼은 마구에서 방울들을 떼어 내고 순록을 맨 후 썰매에 올랐다. 외줄 고삐를 흔들며 하얀 순록을 몰아 그도 똑같이 뉘스투엔으로 출발했다. 빠른 말들이니 처음에는 아주 많이 앞서가고 있었다. 하지만 말들이 동쪽 언덕을 오르기도 전에 일부러 천천히 달려야만 할 만큼 스베굼은 말을 따라잡았다. 그들을 앞서면 안 되었기 때문이다. 그러고 나서 스베굼은 그들이 간 길로 가지 않고, 강가 모래톱 쪽으로 더욱 빠르게 순록을 몰았다. 더 먼 길이긴 했지만 그들 앞에서 가려면 그 길밖에 없었다.

삐걱, 타악 삐걱, 타악 삐걱, 타악. 하얀 순록의 아주 평평한 눈신에서 일정한 간격으로 소리가 났다. 그리고 순록이 규칙적으로 내뿜는 숨소리는 마치 노르들란 호가 하르당게르 협만을 지나갈 때 내는 소리 같았다. 높은 곳, 그러니까 왼쪽으로 꺾이는 평탄한 길에서, 그들은 말방울이 딸랑거리는 소리와 보르그레빈크의 몰이꾼이 외치는 소리를 들을 수 있었다. 보르그레빈크의 명령을 받고 몰이꾼이 더욱더 속도를 높여 뉘스투엔으로 달려가고 있었던 것이다.

그 길은 짧고 수월한 길이었지만, 강 계곡의 길은 멀고 험한 길이었다. 하지만 네 시간 후, 뉘스투엔에 보르그레빈크가 도

착했을 때, 라에르스달소렌에서 출발했던 사람이 그곳의 군중들 사이에 끼어 있었다. 보르그레빈크도 그 사람의 얼굴을 보았다. 하지만 보르그레빈크는 그를 알아차리지 못한 듯했다.

뉘스투엔에서는 서명하려는 사람이 아무도 없었다. 누군가가 이미 그들에게 경고를 한 것이다. 심각한 일이었다. 이렇게 중대한 시기에는 치명적으로 작용할 수도 있기 때문이었다. 곰곰이 생각할수록 저 무식한 노인네에게 더욱더 의심이 갔다. 하지만 저 노인네가 어떻게 빠른 말을 타고 달려온 자기보다 더 빨리 올 수 있단 말인가?

그날 밤, 뉘스투엔에서는 무도회가 열렸다. 그 무도회에서 보르그레빈크는 그 하얀 순록이 얼마나 빠른지를 알게 되었다.

뉘스투엔의 회합은 그 빠른 하얀 순록 때문에 실패로 돌아갔다. 보르그레빈크는 실패 소식이 베르겐까지 퍼지기 전에 그곳에 도착해야만 했다. 그렇지 않으면 모든 것이 물거품이 될 판이었다. 다른 사람들보다 확실히 앞서서 도착하려면 단 한 가지 방법밖에는 없었다. 이미 라에르스달소렌에서 베르겐까지 소식이 퍼졌을지도 모른다. 하지만 설사 그렇더라도 그 하얀 순록을 타고 빨리 그곳에 도착하기만 한다면 상황을 바꾸어 놓을 수도 있을 것이다. 필요하다면 노르웨이 전체를 그 대가로 치르더라도 말이다. 보르그레빈크는 포기라고는 모르는 사람이었다. 이번에도 그는 자신이 동원할 수 있는 영향력을 모두 동원했고 결국 스베굼의 허락을 받아 내고 말았다.

스베굼이 하얀 순록을 데리러 갔을 때, 녀석은 우리에서 느긋하게 자고 있었다. 녀석은 서두르지 않고 천천히 일어나더니 언제나처럼 꼬리를 말아서 엉덩이에 딱 붙이고는 나뭇가지들처럼 생긴 거대한 뿔을 흔들어 건초를 털어 낸 후 고삐를 잡아끄는 스베굼을 천천히 뒤따라갔다. 녀석이 어찌나 졸려 보이고 느렸던지 보르그레빈크는 참지 못하고 녀석을 걷어찼다. 그러자 순록은 짧은 콧김으로 응대했고 스베굼은 그를 엄하게 경고했다. 하지만 보르그레빈크는 스베굼과 하얀 순록 둘을 다 비웃어 넘겼다. 마구에는 은종이 달려있었지만 보르그레빈크는 종을 떼기를 바랐다. 조용히 가고 싶었던 것이다. 스베굼은 자기가 좋아하는 순록을 앞에 보내고 혼자 뒤에 남으려 하지 않았다. 그래서 보르그레빈크를 뒤따라가기로 되어 있던 말 썰매에 탔다. 그러자 보르그레빈크는 썰매 몰이꾼에게 뒤로 처져서 오라고 비밀리에 지시했다.

보르그레빈크는 생각을 잘못한 수많은 사람들을 죽음으로 몰고 갈 수도 있는 문서를 지니고 있었다. 마음속에 극악무도한 계획을 가진 그는 그것을 실행할 수 있는 힘도 가지고 있었다. 노르웨이의 운명이 손아귀에 있었다. 그가 하얀 순록이 끄는 썰매에 올라타 새벽길을 달려 나갔다.

스베굼의 명령을 받은 하얀 순록은 두어 차례 뛰어오르면서

출발했다. 썰매에 타고 있던 보르그레빈크가 그 덕분에 뒤로 자빠졌다. 그는 이 일로 화가 났지만, 순록이 말 썰매를 뒤로한 채 앞서 달려 나가는 것을 보고 화를 삼켰다. 그는 썰매줄을 흔들며 소리를 쳐댔다. 그러자 순록은 한번에 멀리씩 뛰며 빠르게 달렸다. 한 걸음을 뛸 때마다 순록의 넓적한 발굽은 달가닥 하는 소리를 두 번씩 냈다. 순록은 서리가 내리는 아침 공기 속으로 콧김을 규칙적으로 내뿜으며 자기 속도로 달렸다. 썰매는 눈 위에 기다란 썰매 자국을 남기며 나갔다. 사람과 썰매 모두 눈을 뒤집어써서 온통 하얗게 변했다. 말방울 소리가 저 뒤쪽으로 점차 사라져 가자, 순록의 왕인 하얀 순록의 크고 둥근 눈이 달리는 기쁨과 승리의 기쁨으로 반짝반짝 빛을 발했다.

오만방자한 보르그레빈크도 비록 간밤에는 자신을 방해했지만, 오늘은 빠른 발로 자신의 목표 달성을 도와주고 있는 그 고귀한 짐승에게 만족감을 표시할 수밖에는 없었다. 가능하면 말 썰매보다 몇 시간 먼저 도착할 생각이었기 때문이다.

썰매가 오르막길에서도 내리막길에서와 마찬가지로 빠른 속도로 달리자 보르그레빈크는 그 기운찬 속도에 기분이 고조되었다. 썰매의 날 아래서 눈은 끊임없이 신음 소리를 냈고, 나는 듯이 달리는 순록의 발굽 아래서 얼어붙은 눈이 삐걱삐걱하고 내는 소리는 마치 이빨을 가는 소리 같았다. 이윽고 썰매는 뉘스투엔 언덕에서 달레칼 언덕으로 뻗은 평탄한 곳에 다다랐다. 썰매가 질주하는 모습을 카를이란 꼬마가 이른 아침에 우연히 창문을 통해 보았다. 거인들의 이야기 속에 나오는 것처럼 하얀 순록과 눈 때문에 온통 하얗게 변해버린 썰매와 썰매몰이꾼의 모습을 본 그 꼬마는 손뼉을 치면서 외쳤다. "와, 멋지다, 멋져!"

하지만 꼬마의 할아버지는 방울 소리조차 없이 달려 나가는 놀라운 하얀 순록의 모습을 힐끗 보고는 머리뼈에 오싹한 한기를 느꼈다. 노인은 돌아가서 초에 불을 켠 후 해가 중천에 뜰 때까지 창가에 두었다. 바로 요툰헤임의 하얀 순록이었기 때문이다.

하지만 하얀 순록은 계속해서 빠르게 달려 나갔고, 보르그레빈크는 고삐를 흔들며 오직 베르겐만 생각했다. 보르그레빈크가 로프 끝으로 하얀 순록을 때렸다. 하얀 순록은 콧김을 세 번 세게 내뿜으며 세 번 높이 뛰어오르고는 더욱 빠르게 달렸다. 뒤르스카우르를 지나갈 때, 그 언저리에 거인이 앉아 있었는데 그 거인의 머리는 구름에 둘러싸여 있었다. 폭풍이 오고 있다는 뜻이었다. 하얀 순록은 그것을 알고 있었다. 하얀 순록은 코를 킁킁거리더니 걱정스러운 모습으로 하늘을 쳐다보았다. 속도도 조금 늦추었다. 하지만 보르그레빈크는 달리고 있는 하얀 순록에게 고함을 쳤다. 하지만 효과가 없었다. 그러자 보르그레빈크는 하얀 순록에게 채찍질을 했다. 한 번, 두 번, 세 번, 그리고 더욱더 세게. 그러자 썰매가 마치 증기선의 항적에 있는 작은 배처럼 소용돌이치며 앞으로 나아갔다. 하지만 하얀 순록의 눈에는 지금 핏발이 서 있었다. 보르그레빈크는 매우 힘겹게 썰매의 균형을 잡았다. 1킬로미터를 1미터처럼 단숨에 달려 나가자 스베굼의 다리가 나왔다. 그때 폭풍이 불어왔다. 그런데 그곳에 트롤이 와 있었다. 트롤이 어디서 왔는지는 아무도 몰랐다. 어쨌든 다리 쐐기돌 위에서 껑충껑충 뛰며 노래를 부르고 있었다.

노르웨이의 운명과 노르웨이의 행운
숨어 있는 트롤과 달리는 순록에 달려 있는

구불구불한 길을 달려 내려올 때는 모퉁이를 돌 때마다 썰매가 안쪽으로 기울어지곤 했다. 다리 위에서 목소리가 들리자 하얀 순록은 귀를 뒤로 젖히고 속도를 늦췄다. 왜 그런지를 모르는 보르그레빈크가 순록을 난폭하게 때렸다. 소처럼 순한 순록의 눈이 빨개졌다. 순록은 화가 나서 콧김을 내뿜으며 커다란 뿔을 흔들어 댔지만, 자기를 때린 자에게 복수를 하기 위해 멈추지는 않았다. 더 큰 복수가 아직 남아 있었기 때문이다. 순록은 전처럼 계속 빠르게 달렸지만 그때부터 보르그레빈크는 순록을 전혀 통제할 수 없었다. 순록이 듣는 유일한 목소리가 저 뒤에 처져 있었던 것이다. 다리에 도착하기 전에 썰매는 빙그르르 돌며 길에서 벗어났다. 썰매가 뒤집혔다가 저절로 똑바로 섰다. 끈이 없었다면 보르그레빈크는 아마도 내팽개져 죽었을지도 모른다. 하지만 그렇게 되지는 않았다. 마치 노르웨이의 온갖 저주가 단 하나의 목적을 위해 썰매로 모여든 것처럼 말이다. 보르그레빈크는 부딪혀 온몸에 멍이 든 모습으로 다시 나타났다. 트롤이 다리에서 하얀 순록의 머리 위로 가볍게 뛰어올라 뿔을 꽉 붙잡고 춤을 추며 예전의 노래를 불렀다. 물론 새로운 노래도 있기는 했다.

하! 드디어! 오, 행운의 날,
노르웨이의 저주가 말끔히 없어지네!

보르그레그빈크는 겁도 나고 화도 많이 났다. 그는 거친 눈밭 위로 뛰어오르는 하얀 순록을 더욱더 세게 채찍질을 해 댔다. 어떻게든 순록을 통제해 보려 했던 것이지만 아무 소용이 없었다. 그는 두려움에 사로잡혀 허둥댔다. 마침내 그는 칼을 꺼내 들고 순록의 발목을 찌르려고 했지만 순록의 뒷발에 맞아 칼을 떨어뜨렸다. 썰매의 속도는 이제 느려졌다. 하얀 순록은 더 이상 빨리 달리지 않았다. 하지만 다섯 번에 뛰어야 할 거리를 단 한 걸음에 뛰면서 미친 듯이 달렸다. 사악한 보르그레빈크는 썰매에서 채찍질을 해 댔다. 궁리를 하기도 하고 비명을 지르기도 하고 저주를 퍼붓기도 하고 기도를 하기도 해 보았지만 아무런 도움도 되지 못했다. 눈에 핏발이 선 순록은 미친 듯이 콧김을 내뿜으며 울퉁불퉁한 비탈길을 질주해 기복이 심하고 폭풍우가 몰아치는 호이피엘로 갔다. 하얀 순록은 제비슴새가 파도를 타고 넘듯이 언덕을 넘어갔고 풀마다제비가 바닷가를 스쳐 나는 것처럼 평지를 스치듯 달려갔다. 처음으로 어미 순록이 아장아장 걷는 자기를 반 댐의 후미진 곳에서 데리고 갔던 그 오솔길을 지금 하얀 순록이 달리고 있는 것이다. 하얀 순록은 지금 예전에 5년 동안 다니던 그 익숙한 길을 따라가고 있었다. 하얀 날개가 달린 새가 옆에서 날아다니는 곳이자, 눈에 덮여 하얗게 빛나는 검은 바위산들이 하늘을 가리키고 있는 곳이자, '순록이 자기의 신비를 찾는 곳'이었다.

폭풍 앞에서 춤추듯이 떨어지는 눈송이들처럼, 술래틴의 어깨 위로, 그리고 현관에 앉아 있는 거인인 토루홀멘드라에의 무릎 위로 부는 회오리바람처럼 하얀 순록이 달려 나갔다. 사람도 짐승도 결코 따라올 수 없는 속도로 점점 더 빨리 계속해서 올라갔다. 위로, 위로, 위로. 아무도 그들의 모습을 보지 못했다. 하지만 도래까마귀 한 마리가 휙 내려앉았다가 전혀 도래까마귀답지 않게 날아올랐다. 그때 반 댐 옆에서 노래하던 그 트롤이 순록의 뿔 가지 사이에서 춤을 추며 노래했다.

노르웨이의 행운,
행운이 하얀 순록을 타고 온다.

날아가는 구름처럼 그들은 트비네호르그를 넘어 황무지를 지나 저 멀리 악령들의 고향이자 영원한 눈의 땅인 요툰헤임으로 사라졌다. 그들의 흔적과 발자취는 쏟아지는 눈보라에 모두 지워져 버렸고 그래서 그들의 최후는 아무도 모른다.

노르웨이 국민들은 끔찍한 악몽에서 깨어났고, 그들의 조국은 파멸만큼은 피할 수 있었다. 증거가 아무것도 없었기 때문에 죽은 사람도 아무도 없었고, 고자질쟁이들의 이간질도 끝이 났다.

그 썰매 여행을 기억하게 해주는 지상의 유일한 징표는 스베굼이 하얀 순록의 목에서 떼어 놓았던 은종이 달린 목줄뿐이었다. 승리의 종들, 하나하나가 승리의 기록이었던 그 종들 말이다. 모든 사실을 알게 되었을 때 스베굼은 한숨을 쉬며 마지막으로 그 목줄에 가장 큰 종을 달았다.

나라를 거의 팔아먹을 뻔했던 그 사악한 인간도 그리고 그를 좌절시킨 하얀 순록도 다시는 볼 수 없었다. 아니 소식조차 들을 수 없었다. 하지만 요툰헤임 인근에 사는 사람들은 폭풍이 몰아쳐 눈보라가 치고 숲에 바람이 심하게 부는 밤이면 거대한 하얀 순록이 이글거리는 눈을 하고 눈처럼 하얀 썰매를 끌고 놀라운 속도로 질주하는 모습을 보곤 한다고 이야기한다. 썰매에는 눈을 맞아 하얗게 된 채 비명을 질러대는 치사한 녀석이 타고 있는 모습을 말이다. 그리고 갈색 옷을 입고 하얀 수염을 기른 트롤이 하얀 순록의 머리 위에서 뿔을 잡고 서서 순록에게 절을 하고 흐뭇하게 웃으며 노래를 한다.

노르웨이의 행운이라네.
하얀 순록은

똑같은 노래를. 예전에, 자작나무들이 봄의 싹을 틔울 때, 눈매가 선하게 생긴 바르시뮬레가 홀로 왔다가 하얀 새끼 순록을 옆에 데리고 천천히 그리고 조심스럽게 걸어가던 그때, 스베굼의 댐에서 부르던 그 예언의 노래와 똑같은 노래를.

폭풍 앞에서 춤추듯 떨어지는 눈송이처럼 하얀 순록은 달려갔다.

시튼의 발자취

1860년 8월 14일	· 영국 더럼 주 사우스실즈에서 명문가의 후손으로 태어나다.
1866년	· 아버지의 파산으로 온 가족이 캐나다 온타리오 주 린지로 이주하다.
1870년	· 토론토로 이주해 그곳에서 초등 교육을 받다. 미술에 두각을 나타내다.
1879년	· 화가가 되기를 원하는 아버지의 뜻에 따라 본격적으로 미술 교육을 받기 위해 영국 런던으로 가다.
1881년	· 건강 악화로 다시 캐나다로 돌아와 형들이 사는 매니토바 주로 가다. 이곳에서 이후 작품들의 무대가 된 카베리의 샌드힐 등을 쏘다니며 자연에 대한 이해의 폭을 넓히다. 이 시기에 아메리카 인디언들과 교류를 시작하다.
1883년	· 미국 뉴욕으로 가서 저명한 자연학자들을 많이 만나다.
1884년	· 프랑스 파리로 가서 미술 공부를 하다.
1885년	· 『센추리 백과사전』에 들어갈 동물들의 그림 1천 점을 그리다.
1886년	· 『매니토바의 포유류 목록』을 출간하다.
1892년	· 매니토바 주 정부의 자연학자로 임명되다.

1893년	· 미국 뉴멕시코 지역으로 사냥을 나감. 이때의 경험이 후에 〈커럼포의 왕, 로보〉로 태어나다.
1894년	· 〈커럼포의 왕, 로보〉가 미국 잡지 《스크라이브너》지에 실림. 이후 42권의 책과 수많은 글들이 발표되다.
1896년	· 미국 뉴욕 출신의 그레이스 갤러틴과 결혼하다.
1898년	· 야생 동물 이야기를 다룬 첫 번째 책인 『커럼포의 왕, 로보 : 내가 만난 야생 동물들』을 발표해 세계적인 명성을 얻다.
1899년	· 『샌드힐의 수사슴』을 출간하다.
1900년	· 『회색곰 왑의 삶』을 출간하다.
1901년	· 『위대한 산양 크래그 : 쫓기는 동물들의 생애』를 출간하다.
1902년	· 자연친화적인 단체 '우드크래프트 인디언 연맹'을 창설하다.
1904년	· 딸 앤 시튼이 태어나다.
1905년	· 『뒷골목 고양이 : 진정한 동물 영웅들』을 출간하다.
1906년	· 보이스카우트 운동에 본격적으로 참여하다.
1907년	· 캐나다 북부 지역을 카누로 여행하다.
1909년	· 『은여우 이야기』를 출간하다.
1910년	· 미국 보이스카우트 협회 창립위원회 의장이 되다. 첫 보이스카우트 매뉴얼을 쓰다.
1913년	· 『옐로스톤 공원의 동물 친구들 : 우리 곁의 야생 동물들』을 출간하다.
1916년	· 『구두 신은 야생 멧돼지 : 야생 동물들이 살아가는 법』을 출간하다.
1917년	· 수(Sioux) 인디언에게서 '검은 늑대'라는 이름을 얻다.

1927년	· 수 인디언, 푸에블로 인디언들과 함께 생활하다.
1930년	· 미국 뉴멕시코 주 샌타페이로 이주하여 미국 시민권자가 되다. 시튼 인디언 연구소를 설립하다.
1934년	· 그레이스 갤러틴과 이혼하고 줄리아 모스 버트리와 재혼하다.
1937년	· 『표범을 사랑한 군인 : 역사에 남을 위대한 야생 동물들』을 출간하다.
1940년	· 자서전 『야생의 순례자 시튼』을 출간하다.
1946년	· 미국 뉴멕시코 자택에서 생을 마치다.

시튼의 동물 이야기 5

뒷골목 고양이

1판 1쇄 찍음 2016년 2월 15일
1판 1쇄 펴냄 2016년 2월 25일

지은이 어니스트 톰슨 시튼
옮긴이 장석봉

주간 김현숙
편집 변효현, 김주희
디자인 이현정, 전미혜
영업 백국현, 도진호
관리 김옥연

펴낸곳 궁리출판 | **펴낸이** 이갑수

등록 1999년 3월 29일 제300-2004-162호
주소 10881 경기도 파주시 회동길 325-12
전화 031-955-9818 | **팩스** 031-955-9848
홈페이지 www.kungree.com | **전자우편** kungree@kungree.com
페이스북 /kungreepress | **트위터** @kungreepress

ISBN 978-89-5820-349-0 04840
ISBN 978-89-5820-354-4 (세트)

값 11,000원

Ernest Thompson Seton